U0090308

民國文化與文學研究文叢

十六編

李 怡主編

第6冊

朝聖路上的文學姻緣：中國現代詩人翻譯研究（下）

熊 輝著

國家圖書館出版品預行編目資料

朝聖路上的文學姻緣：中國現代詩人翻譯研究（下）／熊輝著 -- 初版 -- 新北市：花木蘭文化事業有限公司，2023〔民112〕

目 4+154 面；19×26 公分

（民國文化與文學研究文叢　十六編；第 6 冊）

ISBN 978-626-344-528-4（精裝）

1.CST：翻譯學　2.CST：中國文學　3.CST：文學評論

820.9　　112010622

民國文化與文學研究文叢
十六編　第六冊　　ISBN：978-626-344-528-4

朝聖路上的文學姻緣：中國現代詩人翻譯研究（下）

作　　者　熊　輝
主　　編　李　怡
企　　劃　四川大學中國詩歌研究院
總 編 輯　杜潔祥
副總編輯　楊嘉樂
編輯主任　許郁翎
編　　輯　張雅淋、潘玟靜　美術編輯　陳逸婷
出　　版　花木蘭文化事業有限公司
發 行 人　高小娟
聯絡地址　235 新北市中和區中安街七二號十三樓
　　　　　電話：02-2923-1455／傳真：02-2923-1452
網　　址　http://www.huamulan.tw　信箱　service@huamulans.com
印　　刷　普羅文化出版廣告事業
初　　版　2023 年 9 月
定　　價　十六編 18 冊（精裝）台幣 45,000 元

朝聖路上的文學姻緣：中國現代詩人翻譯研究（下）

熊輝　著

目次

上冊

下　冊

第三編：詩人翻譯與創作志趣

一、個人志趣的投影：徐志摩的文學翻譯

徐志摩短暫的生命歷程，在中國新文學史上劃出了一道閃亮的軌跡。他是作家，創作了大量藝術性強的新詩、優美的散文和曲折的小說、戲劇；他是學者，和聞一多等人倡導並實踐現代格律詩，為中國新詩文體的建構提供出路。徐志摩的生命只有短暫的三十五個春秋，而他的文學生命更為短暫。1920 年秋，他到英國後方對文學產生興趣，1921 年 11 月才創作了第一首新詩《草上的露珠》，到 1931 年 11 月去世，他的創作維持了十年左右的時間。徐志摩的文學翻譯實踐稍晚於創作，因此其翻譯時間更為有限。1922 年 1 月 31 日，徐志摩翻譯了英國浪漫派詩人華茲華斯（Wordsworth）的《葛露水》（*Lucy Gray or Solitude*），這應該是他最早的翻譯作品。在不足十年的時間裏，徐志摩先後翻譯了英國、德國、法國、美國、印度、日本以及俄國等國家的詩歌 60 餘篇，小說 10 多部（篇），散文 20 多篇，戲劇 4 部，翻譯成就顯著。

1923 年，胡文《徐志摩君的〈曼殊斐兒〉》拉開了徐志摩研究的序幕，學術界從文化、文體和藝術等角度進行探討，從而讓徐志摩研究走上了深刻化、全面化的發展道路。〔註 1〕90 餘年的徐志摩研究儘管成果斐然，但卻存在美中不足之處，不能全面還原徐志摩的文化形象。事實上，徐志摩除了創作各類文學作品之外，他還是一個文化交流大使和翻譯家。他不僅結識了許多外國文化名流，而且他對他們詩歌、小說、戲劇和散文的翻譯也卓有成效。但一直以來，學術界在徐志摩翻譯的專門研究上，成果並不豐富。接下來，本文將從徐

〔註 1〕李掖平：《徐志摩研究綜述》，《中國現代文學研究叢刊》，1998 年第 3 期。

志摩的翻譯初衷出發，梳理其翻譯成果和翻譯思想，以及與翻譯有關的值得關注的文化交流事件，力圖呈現徐志摩在翻譯領域的突出貢獻，進而讓徐志摩研究更加全面。

（一）徐志摩文學翻譯的誘因

翻譯者必須具備外語應用能力，具備與翻譯作品相關的專業素質。徐志摩的教育經歷和個人性情，決定了他日後對文學翻譯的興趣。徐志摩早年的理想是金融管理和實業救國，其在校所修的科目大多是政治、法律等社會學知識，這雖沒有為他日後的文學翻譯打下專業基礎，倒是對他後來翻譯政治革命、文學革命和婦女問題等議論性散文準備了條件。在這一點上，徐志摩和郭沫若有相似之處，即最先都是懷著學「技」的目的出國，後來卻愛上了文學，並翻譯了大量文學名著。

徐志摩在國內的學習，建立了他日後的文學翻譯基礎和興趣。私塾幾年的詩文學習，奠定了徐志摩一生的文學素養，少年時期才情橫溢，更是決定了他後來的興趣。1915 年，徐志摩在上海浸會學院學習期間，選修了中外歷史、中外文學、聖經等科目；1916 年，在天津北洋大學法科預科學習期間，選學了中國文學、英國文學、世界文學等科目；1917 年，天津北洋大學法科併入北京大學，徐志摩隨即轉入北京大學法科，旁聽政治學，另加修法文和日文等課程。在國內幾年的學習中，徐志摩對西方文學的母體「聖經」、英國文學及其他國家的文學、中國文學等有深入的瞭解，客觀上使他加深了文學素養。在語言方面，徐志摩在國內曾專修過法文、日文。更為重要的是，他於 1918 年赴美留學兩年，英語進步神速；且後來，又在英國倫敦政治經濟學院和劍橋大學遊學兩年，廣交英國名士，他的英語交流能力和應用能力可想而知。他對外國文學的閱讀和瞭解也更加全面而深刻，劍橋文化的浸染不僅最終使徐志摩走上了文學創作的道路，而且為他從事文學翻譯提供了可能。看問題入目三分的哲學大師羅素，曾這樣評價過徐志摩的文學修養和外語能力：「徐先生是一個有很高文化修養的中國籍大學肆業生，也是一個能用中英兩種文字寫作的詩人。」〔註 2〕

徐志摩的海外交遊也為他從事翻譯準備了條件。與郭沫若、魯迅等早期的

〔註 2〕梁錫華：《徐志摩海外交遊錄》，此文係梁先生編譯的《徐志摩英文書信集》的代序，臺北：聯經出版實業公司，1979 年。

文學翻譯家局囿於日本，只能通過閱讀接觸西方文學作品不同，徐志摩去過美洲（美國），遊歷過歐洲，到過非洲（埃及），拜訪過亞洲的印度、日本、新加坡等國，對國外文化有親歷的感受。而且他還與哲學家羅素、畫家傅來、小說家曼斯菲爾德和狄更生、詩人哈代（Thomas Handy）和泰戈爾（R・Tagore）等文化名流有過親密的接觸，並與他們交情深厚，他的許多翻譯作品是在對原作者有深入的瞭解後，才翻譯出來的。與其他從事文學翻譯的人相比，徐志摩的遊歷和交友活動使他的翻譯具備了得天獨厚的優勢。徐志摩本人的人生觀和世界觀通過交友活動發生了質變，最終促成他走上了文學發展之路。羅素讓他知道了人生快樂的條件是感情和藝術，曼斯菲爾德讓他回國後遠離混亂的政治，傅來寬厚溫雅的性格使他嚮往那些博大、美麗且高貴的思想與情感。這些因素，讓徐志摩有了翻譯外國文學的條件和動力。

（二）徐志摩文學翻譯的成就

徐志摩在詩歌、小說和戲劇翻譯中取得了不小的成就。

作為詩人，徐志摩的翻譯成就突出體現在詩歌方面。徐志摩的詩集《翡冷翠的一夜》（上海新月書店，1927 年）、《猛虎集》（上海新月書店，1931 年）和《雲遊》（上海新月書店，1932 年）等均收入了翻譯詩歌。其中《翡冷翠的一夜》中收入阿瑟・西蒙斯（Arthur Symons）的《兩位太太》和《「我愛你」》，哈代（T・Hardy）的《一個厭世人的墓誌銘》和《在火車上的一次心軟》，D・G・羅塞蒂（Dante Gabriel Rossetti）的《圖下的老江》，C・羅塞蒂（Christina Rossetti）的《新婚與舊戀》，共計六首。收入《猛虎集》中的譯詩有：布萊克（W・Blake）的《猛虎》，C・羅塞蒂的《歌》，安諾德（Matthew Arnold）的《誄詞》，哈代的《哈代八十六誕日自述》《對月》《一個星期天》，波特萊爾的《死屍》等，共計七首。收入《雲遊》中的譯詩只有兩首：一是莎士比亞（W・Shakespeare）的《羅米歐與朱麗葉》（片斷），二是梅瑞狄斯（Owen Meredith）的《小影》。除以上十五首譯詩外，徐志摩還有近五十首譯詩沒有結集出版。

徐志摩翻譯哈代詩作二十一首〔註 3〕，占其譯詩總量的三分之一，這與大陸出版的《徐志摩全集》所收錄的哈代譯詩，在數量上有一定的出入。為

〔註 3〕參見陸耀東《在中外文化交流橋上的徐志摩》，《外國文學研究》，1999 年第 11 期。

什麼徐志摩獨愛翻譯以寫小說成名的哈代的詩作呢？也許是哈代的「悲觀」和「厭世」呼應了徐志摩對個性自由解放的渴慕。還有一種情況，就是哈代的詩歌在審美向度上，比較符合徐志摩詩歌創作的主張：「什麼是誠實的思想家，除了大膽的，無隱諱的，袒露他的疑問，他的見解，人生的經驗與自然的現象，影響他心靈的真相……哈代但求保存他的思想的自由，保存他靈魂永有的特權——保存他的倔強的疑問的特權……實際上一般人所謂他的悲觀主義（pessimism），其實只是一個人生實在的探險者的疑問。」〔註 4〕正是哈代的這種「人生實在的探除者」的姿態打動了徐志摩，並經友人狄更生的引薦，他於 1926 年夏天，親自拜訪了喻為「英雄」的偉大作家哈代。除哈代外，徐志摩翻譯英國詩人的作品還有：華茲華斯的《葛露水》和《我們是女人》兩首，拜倫的《海盜之歌》《唐瓊與海》和《年歲已經僵化我的柔心》三首，曼斯菲爾德的《這樣的生活是疲倦的》（原為小說《園會》中的一段唱詞）、《會面》《深淵》和《在一起睡》四首。此外，他還翻譯了濟茲（Keats）、柯勒律治（S. T. Coleridge）、白朗寧夫人（E.B Browning）、史溫朋（Swinburne）、莫里斯・湯普森（Maurice Thompson）、弗萊克（James Eltoy Flecker）、嘉本特（Edward Carpenter）、D・G・羅塞蒂（D. G. Rossetti）、弗萊克（Flack）、約翰・威爾萊特（John Wilmot）和賽蒙斯（Arthur Symons）等英國詩人的詩歌。這些翻譯詩歌大都曾發表在報刊雜誌上，但均未選入作品集。

除翻譯大量的英國詩歌外，徐志摩譯得較多的是德國詩歌。他曾根據英國詩人卡萊爾的譯詩轉譯了歌德（Goethe）的《歌德四行詩》，席勒（Schiller）的譯詩一首。在歐洲，徐志摩還翻譯了意大利詩人丹農雪烏（D'Annunzio，現通譯為鄧南遮）的兩首詩：《十一首天堂的獻辭》和《無往不勝的愛神》，後者是其劇本《死城》中的一段唱詞。儘管徐志摩留學美國兩年之久，但他翻譯的美國詩歌僅有惠特曼（Walt Whitman）的《我們的歌》一首。在亞洲，由於徐志摩與泰戈爾（R. Tagore）是莫逆之交，所以翻譯了他的《謝恩》和《園丁之歌第 60 首》兩首。此外，徐志摩還翻譯了波斯詩人莪默的一首詩，以《莪默詩一首》為題發表在《晨報副刊》上。談起這首譯詩，我們不得不說說徐志摩與胡適之間在翻譯上的「攀比」。胡適 1919 年 2 月 28 日翻譯了兩首魯拜詩，收在我國第一本新詩集《嘗試集》中並作注如下：「八年二月二十八日譯英人 Fitzgerald 所譯波斯詩人 Omar Khayyam（d-1123 A.D）的 Rubaiyat（絕句）詩

〔註 4〕徐志摩：《哈代的悲觀》，《新月》（第 1 卷第 1 號），1928 年 3 月 10 日。

第一百零八首。」〔註 5〕胡適於成為第一位翻譯莪默伽亞謨作品的中國詩人，徐志摩在評價他翻譯的莪默伽亞謨的第 73 首時說：「那是他最得意的一首譯詩，也是在他詩裏最『膾炙人口』的一首」，並認為自己的翻譯「並不敢與胡適的翻譯『比美』」。〔註 6〕徐志摩重譯了這首詩，這也是中國現代譯詩史上首次就一首詩的翻譯出現多個譯本的現象。徐志摩之所以會重譯魯拜詩，原因並不在於他懷疑胡適的翻譯能力，而在於他對詩歌翻譯的獨特理解，即詩歌翻譯只是翻譯原詩的內容，至於譯詩的形式和表現方式則因人而異，不同的譯者由於詩歌形式和語言方式的差異會對同一首詩作出不同的翻譯，而同一首詩歌的不同譯本反映的並不是譯者能力的高低之別，僅僅是譯者藝術風格的個性化之異。徐志摩認為：「翻詩至少是一種有趣的練習，只要原文是名著，我們譯的人就只能憑我們各人的『懂多少』，憑我們運用字的能耐，『再現』一次原來的詩意，結果失敗的機會固然多，但亦盡有成品的——比如斐氏波詩的英譯」。〔註 7〕

徐志摩共計翻譯了二十一位英國詩人、兩位德國詩人、一位意大利詩人、一位美國詩人、兩位亞洲詩人的六十餘首詩歌，為中國現代詩壇奉獻了不可多得的資源。1989 年，湖南人民出版社出版了《徐志摩譯詩集》，由卞之琳作序，晨光先生輯注。這是對徐志摩詩歌翻譯的最好總結，但由於史料在不斷發掘，徐志摩翻譯詩歌作品也在不斷被發現，徐志摩譯詩集的編選也成為新的課題。

徐志摩在小說翻譯上也取得了不俗的成就。1925 年，徐志摩與陳源合譯的《曼殊斐兒小說集》由商務印書館以「小說日報叢刊」第三種出版，其中收入徐志摩譯作兩篇。1927 年，徐志摩自行翻譯出版了《英國曼殊斐兒小說集》，由上海北新書局初版，共收入曼斯菲爾德（五四時期譯為「曼殊斐爾」，現通譯為「曼斯菲爾德」）八個短篇。陸耀東先生在《在中外文化交流橋上的徐志摩》一文中認為該小說集收入了九個短篇，除《園會》《毒藥》《巴克媽媽的行狀》《一杯茶》《夜深時》《幸福》《一個理想的家庭》和《颳風外》，還將《金絲雀》列入其中。但通常的說法是八個短篇，《金絲雀》被作為散文看待。除入集的作品外，徐志摩還翻譯了曼斯菲爾德的《蒼蠅》（初載《長風》半月刊

〔註 5〕胡適：《嘗試集》，北京：人民文學出版社，2007 年，第 44 頁。
〔註 6〕徐志摩：《莪默的一首詩》，《晨報副刊》，1924 年 11 月 7 日。
〔註 7〕徐志摩：《莪默的一首詩》，《晨報副刊》，1924 年 11 月 7 日。

第 1 期，1930 年 9 月 1 日），一共是九個短篇，在其所譯的小說中佔有相當大的比例。徐志摩拜訪曼斯菲爾德的時候，答應將其作品迻譯到中國，這成為他翻譯曼氏作品的動力之一。但除此之外，曼斯菲爾德的小說自有迷人之處，徐志摩曾給予較高評價：「曼殊斐兒是個心理的寫實派，她不僅寫實，她簡直是寫真。你要是肯下相當的工夫去讀懂她的作品，你才相信她是天才無可疑的；她至少是廿世紀最重要的作者的一個，她的字一個個都是活的，一個個都是有意義的，在她最精粹的作品裏我們簡直不能增也不能減更不能更動她一個字；隨你怎樣奧妙的細微的曲折的，有時刻薄的心理她都有恰好的法子來表現；她手裏擒住的不是一個個的字，是人的心靈變化的真實，一點也錯不了。」〔註8〕讚美的語氣，似乎雷同於對威爾斯的評價。如此種種原因，也難得徐志摩對曼氏小說如此費心。

徐志摩對曼斯菲爾德小說的翻譯，影響到中國新文學諸多作家的創作，其中尤以林淑華為甚。20 世紀 20 年代，凌叔華在《晨報副刊》上發表了小說《寫信》，徐志摩一大早就上門恭賀，並且把凌叔華稱為「中國曼殊菲兒」。但凌叔華並不領情，當時就回道：「你白說了，我根本不認識她」。這表明凌叔華對這個稱號不滿，至於原因，學界有多種解釋，得出的結論卻很統一，那就是凌叔華所說並不真實，她其實瞭解曼斯菲爾德，並已經接觸徐志摩翻譯的曼氏小說。1924 年 1 月 13 日，凌叔華在《晨報副刊》發表了第一篇作品《女兒身世太淒涼》，3 月 23 日發表《資本家的聖誕》。對於《女兒身世太淒涼》和《資本家的聖誕》，陳西瀅曾這樣評價：「文字技術還沒有怎麼精練……前一篇描寫不幸女子所受封建禮教的殘害，後一篇揭露爆發富戶的奢侈及虛偽，筆鋒直刺罪惡社會，雖不免直露、生硬，但溢於滿紙搖撼人心。它們表明凌淑華的創作最初也曾涉身時代激流，其戰鬥風貌與後來淡雅秀逸的閨秀身姿何其懸殊」〔註9〕。1925 年 1 月，凌叔華小說《酒後》在《現代評論》上發表，受到一致好評。周作人署名平明在《京報副刊》發表《嚼字》，說「在《現代評論》上讀的一篇叔華先生的小說《酒後》，覺得非常地好。」〔註10〕短短一年的時間，凌叔華的創作為何發生如此巨大的變化？這得追述到林淑華與徐志摩的交往

〔註8〕徐志摩：《夜深時·附記》，《小說月報》（第 16 卷第 3 號），1925 年 3 月 10 日。
〔註9〕陳西瀅：《〈花之寺〉編者小言》，引自《徐志摩與他生命中的女性》，高恒文、桑農著，天津：天津人民出版社，2000 年，第 191 頁。
〔註10〕陳學勇：《凌叔華年表》，《新文學史料》，2001 年第 1 期。

上。1924 年 5 月初，凌叔華在家設茶點招待泰戈爾一行，陳西瀅、徐志摩、胡適、丁西林等在座。這一年的秋冬，徐凌交往密切，徐志摩認為凌叔華是他的知音，凌叔華也答應做他的「通信員」。徐志摩與凌叔華的交往因為陸小曼的出現而突然冷卻下來，但是他們之間仍然保持著密切的聯繫。1925 年，徐志摩出國前把一直保存有他與林徽因、陸小曼交往的日記和他的文稿交給凌叔華保管，大家都稱之為「八寶箱」，並對凌叔華戲言假如自己在國外出什麼意外的話，讓凌叔華以此為材料，為自己做傳，大有交代後事的意思，也反映出他們關係非同一般。

凌叔華的文學成就和徐志摩有密切關係，從某種角度而言，是徐志摩成就了凌叔華。晚年凌叔華在致陳從周的信中說：「我對於文藝的心得，大半都是由他培植的」。〔註 11〕凌叔華有影響的作品，是在認識徐志摩之後發表的，凌徐相識時正是徐志摩開始翻譯曼斯菲爾德小說的時候，他們的交往使凌叔華極有可能成為徐譯曼斯菲爾德小說的第一位讀者。徐發表的翻譯小說，甚至可能經過凌叔華的修改。有可靠的材料證明這一點：1933 年 1 月 30 日，凌叔華致胡適的信中提到，徐志摩有一篇翻譯稿，前七八年讓她隨意修改潤色，一直沒有改丟在一邊的，現找出來讓胡適看看，幫著修改，或者由胡適收藏〔註 12〕。閱讀或修改徐志摩翻譯的曼斯菲爾德小說，會給凌叔華產生潛移默化的影響，從而導致其小說創作前後期風格的變化。曼斯菲爾德的影響，並不限於凌叔華，似乎是整個五四時期的共性。在《麗莉・布瑞斯可的中國眼睛》中，勞倫斯教授認為，曼斯菲爾德的小說受到五四女作家的歡迎主要有幾個因素，「蕭幹和其他的中國讀者都被曼殊菲兒在小說《小姑娘》中所表現的充盈他們生活的貧困以及曼殊菲兒死於肺結核——一種在同時期的中文作品中經常被表現的『浪漫的』疾病所吸引」〔註 13〕，曼殊菲兒小說中有中國的品質，她的抒寫語句感傷而優美，感情纖細，描寫詩意，這正好符合當時中國作家追求感傷與浪漫的文學喜好，而凌叔華正是吸收了曼殊菲兒小說中的這些特點。

關於凌叔華受曼氏影響的論述較多。除徐志摩和陳西瀅外，又如《花之寺》小說結集出版後，沈從文這樣評論道：「凌叔華女士，有些人說，從最近幾片

〔註 11〕凌叔華：《談徐志摩文——致陳從周的信》，天津：百花出版社，1992 年，第 164 頁。

〔註 12〕張放，陳紅編：《朋友心中的徐志摩》，天津：百花出版社，1992 年，第 164 頁。

〔註 13〕Laurence Patrica, *Lily Brisco's Chinese Eyes-Bloombury, Modrenism, And China*. Columbia, South Carolina: University of South Caroline Press, 2003, p.203-204.

作品中，看出她有與曼殊菲兒相似的地方，富於女性的筆致，細膩而乾淨，但又無普通女人的愛為中心的那種習氣」〔註 14〕。蘇雪林在對凌叔華的《花之寺》和《女人》進行評論時，直接拿凌叔華的文章和曼斯菲爾德的作品進行比較，認為「如仿人家稱魯迅為『中國高爾基』，徐志摩為中國『雪萊』之例，我們不妨稱凌叔華為『中國曼殊斐兒』」。〔註 15〕到了當代，比如陳雪勇所著《才女的世界》一書、王敏燕《「凌叔華：中國的曼殊菲兒」——對一個被誤讀命題的探討》、楊慧《「高門巨族」中說話的女人們——凌叔華與曼殊菲爾德小說的比較研究》、廖群《曼殊菲兒與凌叔華短篇小說人物塑造方法之比較》等文章從不同角度，將曼斯菲爾德與凌叔華置於影響研究或平行研究的平臺上，均說明曼氏對凌叔華的影響是客觀存在的。

除翻譯曼斯菲爾德小說外，徐志摩還翻譯了詹姆·司蒂芬（James Stephens）的短篇小說《親愛的》，並與沈性仁合譯了長篇小說《瑪麗瑪麗》，徐志摩翻譯了前面的九章內容，沈性仁接譯了後面的二十三章，全書三十二章，成稿後於 1927 年由上海新月書店初版。他翻譯的英國小說還有赫胥黎（Huxley）的《半天玩兒》，A・E・科帕特（A. E. Corpard）的《蜿蜒：一隻小鼠》和 D・E 科帕特（D.Garuett）的《萬牲園裏一個人》。〔註 16〕許多翻譯家由於對第三方語言不精，曾轉譯過一些作品，徐志摩也不例外。由於對英語十分嫻熟悉，徐志摩曾轉譯過別國的英譯本作品。德國作家福溝的長篇小說《渦堤孩》（*Undine*）（上海商務印書館初版，1923 年 5 月）便是他在劍橋大學留學期間，根據高斯的英語譯本翻譯的，他在譯作的引文中說：「這篇故事算是西歐文學裏有名浪漫事（Romance）之一，大陸上有樂劇（Undine Opera），英國著名劇評家 W. L. Contney 將這故事編成三章的劇本。此外英譯有兩種，我現在翻的是高斯（Edmund Gosse）的譯本。」〔註 17〕後來，徐志摩翻譯了康特尼（W. L. Contney）根據小說《渦提孩》改編的同名戲劇。徐志摩翻譯的長篇小說還有法國啟蒙思想家伏爾泰（Voltaire）的《贛第德》，這篇譯作先後於 1925 年和 1926 年連載

〔註 14〕沈從文：《論中國創作小說》，《沈從文文集》（第 11 卷），廣州：花城出版社，1984 年，第 177 頁。

〔註 15〕蘇雪林：《中國二三十年代作家》，臺灣：純文學出版社，1979 年，第 362 頁。

〔註 16〕陸耀東先生將《蜿蜒：一隻小鼠》和《萬牲園裏一個人》兩作均歸為 A・E・科帕德所作，有待商榷。見《在中外文化交流橋上的徐志摩》，《外國文學研究》，1999 年第 1 期。

〔註 17〕徐志摩：《〈渦堤孩〉引子》，《渦堤孩》，徐志摩譯，上海：商務印書館初版，1923 年。

於《晨報副刊》，1927 年 6 月由上海北新書局初版。此外，他翻譯的馬萊尼（Maraini）《生命的報酬》，由於原作思想性和意識形態問題，未能收入大陸所編《徐志摩詩全集》。

戲劇翻譯不是徐志摩翻譯成就的亮點，但他在這個領域依然取得了一定成績。1925 年，徐志摩翻譯的意大利作家丹農雪烏（D' Annunzio）的戲劇《死城》（*The Dead City*），分別於 7 月 17 日至 9 月 26 日發表在《晨報副刊》第 1227 期至 1279 期上，中間多期未發，分十七次發完。1921 年至 1922 年，徐志摩在英國留學期間翻譯了此劇，分五幕十七景。但徐志摩的譯本後來被人們忽視了，因為沒有出版單行本，讀者往往難以查詢期刊文章，而習慣找出版物來閱讀。1935 年，上海生活書店出版了戲劇家向培良翻譯的《死城》，成為後來人們依賴的譯本，流行於世，掩蓋了志摩的譯本。徐志摩曾和陸小曼合作翻譯了意大利 5 幕劇《卞昆岡》，1928 年 7 月，上海新月書店初版。之前，徐志摩曾譯過意大利鄧南遮的劇作《死城》，陸小曼曾譯過意大利劇作《海市蜃樓》。可以說，二人翻譯意大利戲劇有一定基礎和經驗。但該劇的翻譯效果似乎不太叫人滿意，余上沅在《卞昆岡》劇本的序中曾這樣批評過該譯劇：「他倆最近合作的《卞昆岡》，在我個人看，也彷彿有一點意大利的氣息。……這話可又得說回來了，這個彷彿是有限制的，並不是絕對的。」〔註 18〕表明徐陸合譯的劇本過於歸化，不足之處顯而易見。

除《死城》和《卞昆岡》兩部意大利劇作外，徐志摩還翻譯了兩部英國戲劇。一是前面提到的康特尼編劇的《渦提孩》，二是 E・米德瞻（Edgar Middleton）的《墨梅・林尼的中飯》。在後面這部譯文前，有這樣的說明：「這小戲在英國是被禁止開演的，譯者注。」〔註 19〕該小劇既然「在英國是被禁止上演的」，那徐志摩又為何要譯到中國來呢？是劇中墨梅林尼的鎮壓舉動值得當時中國當權者傚仿嗎？還是為了提高讀者的閱讀興趣？顯然，徐志摩在翻譯此類作品時，沒有充分考慮作品內容對中國文化的適應度，造成了部分譯作遭到責難。

徐志摩的散文翻譯內容豐富，教育、政治革命、文學革命以及婦女問題等多有涉及。徐志摩翻譯的入集的散文有 20 多篇，涉及到印度的泰戈爾，日本

〔註 18〕余上沅：《〈卞昆岡〉序》，《卞昆岡》，上海：新月書店初版，1928 年。

〔註 19〕徐志摩：《徐志摩譯〈墨梅林尼的中飯〉》，《天地人》（第 2 期），1936 年 3 月 16 日。

的小煙薰良，英國的勞倫斯、曼斯菲爾德、蕭伯納、羅素等，蘇俄的契訶夫、盧那察爾斯基、尚爾奇等，美國的杜威等，愈十人的文章。1927 年 8 月，徐志摩的第二本散文集《巴黎的鱗爪》，由上海新月書店初版。其中收入了英國作家赫遜（W. H. Hudson）的《鷂鷹與芙蓉雀》，馬萊尼（Yoi Maraini）的《生命的報酬》，有人也將這兩篇文章歸入小說之列。徐志摩翻譯的散文多是社會政治的時論，文學性不強，純粹優美之作並不多見。

從以上考察可以看出，徐志摩的文學翻譯成就喜人。但他翻譯的不足也是顯而易見的，人們對他譯作的貶斥總是多於褒揚。徐志摩翻譯的時候，常常根據自己的主觀情感修改原作。早在 1928 年，《曼殊斐兒小說集》出版後不久，張友松曾撰文批評徐志摩修改了曼斯菲爾德小說的內容。〔註 20〕徐志摩本人也說過，他曾在譯作中加入了自己主觀的議論。在說「曲譯」一文中，徐志摩在談《渦堤孩》的翻譯時說：「有一處譯者竟然僭冒作者的篇幅借題發了不少他自己的議論。」〔註 21〕徐志摩譯文的效果，少有人恭維。卞之琳對徐志摩的詩歌翻譯作過這樣的概括：「他的譯詩裏挫敗借鑒有餘，成功榜樣不多。……他有些文章裏順便譯出的一些詩片段，譯得也並不精彩」。〔註 22〕有學者在談徐志摩翻譯研究沈寂的原因時，分析了內外兩種因素，從內來說便是徐志摩譯作本身的不足，「儘管他的中英文造詣極深，但就其翻譯而論，人們不知何時何故對此形成了一種不敢恭維的『刻板』的印象。」〔註 23〕讚揚徐志摩譯作的似乎只有胡適。二人私交甚好，無論別人對徐志摩翻譯的批評是否中肯，他都會站在朋友的立場上，維護志摩的譯文。如前面所提及的，張友松批評徐志摩修改了曼斯菲爾德的小說，胡適則不分青紅皂白地說：「張友松指出的錯誤，幾乎全是張先生自己的錯誤，不是志摩的錯誤。」同時讚揚徐志摩說：「他的譯筆很生動，很漂亮，有許多困難的地方很能委曲保存原書的風味，可算是很難得的譯本。」〔註 24〕也有人認為徐志摩的部分翻譯尤其是詩歌翻譯，能「充

〔註 20〕張友松：《我的派責——關於徐浩哲對於曼殊斐兒的小說之修改》，《春潮》第 2 期，1928 年 12 月 15 日。

〔註 21〕徐志摩：《說「曲譯」》，《新月》第 2 卷第 2 號，1929 年 4 月 10 日

〔註 22〕卞之琳：《徐志摩譯詩集・序》，《徐志摩譯詩集》，長沙：湖南人民出版社，1989 年，第 7 頁。

〔註 23〕劉全福：《徐志摩與詩歌翻譯》，《中國翻譯》，1999 年第 6 期。

〔註 24〕胡適：《論翻譯——寄梁實秋，評張友松先生評徐志摩的曼殊斐兒小說集》，《新月》（第 1 卷 11 號），1929 年 1 月 10 日。

分發揮漢語的優勢，譯寫出形式活潑，原味尤存的目的語」。〔註 25〕

徐志摩能在短短的時間裏，在各類文體的翻譯上有所斬獲，無論是從翻譯本身還是文化交流的角度來看，都應給予肯定。

（三）徐志摩的翻譯風格

徐志摩在文學翻譯的過程中，逐漸形成了自己鮮明的風格。

首先，徐志摩翻譯選材具有隨意性。徐志摩的翻譯動機和出發點不是向國人譯介優秀的文學作品，或輸入新的思想意識，他不像魯迅等人的翻譯具有明顯的「啟蒙」和「救亡」目的，儘管客觀上其翻譯作品可能產生了一定的社會效應。在對待翻譯問題上，徐志摩體現出較多的詩人思維，即隨興所致，並無明確安排和社會現實需要。他曾這樣說過：「翻譯往往是一種不期然的興致。存心做的放著不做，做的卻多半是不預期的。我想翻柏拉圖，想翻《舊約》，想翻哈代、康拉德的小說，想翻佩特的散文，想翻路易斯的《歌德評傳》，想翻的還多著哪，可是永遠放著不動手。……我說我的翻譯多半是興致。不錯的。我在康橋譯了幾部書……除了曼殊斐爾是我的溺愛，其餘的都可算是偶成的譯作。」〔註 26〕

其次，徐志摩的翻譯具有隨興化的特點。他往往根據個人喜好選擇翻譯作品，在他翻譯的各類作品中，很難找出西方文學史上公認的經典之作，大多是他自己崇拜的或私交甚深的作家作品。時隔多年，我們回頭審視他的許多譯作時，總會有「選材不當」的感覺。他翻譯曼斯菲爾德的作品很多，尤其是短篇小說，原因當然是英倫的短暫相會，給他留下了無限美好的回憶。因此他說：「曼殊斐兒是不容易念的，有地方你得用心看看才體會得到她的微妙的匠心。翻譯她當然是大膽，我譯她純粹是愛審她」。〔註 27〕再比如，收入徐志摩第二本散文集《巴黎的鱗爪》中有一篇英國作家赫遜的《鴿鷹與芙蓉雀》，在談及為什麼要翻譯這篇文章時，徐志摩說：「我有一次問太谷爾在近代作者裏他最喜歡誰，他說他就喜歡赫遜」，〔註 28〕這表明他完全是根據所崇拜對象的建議

〔註 25〕楊全紅：《詩人譯詩，是耶？非耶？——徐志摩詩歌翻譯研究及近年來徐氏翻譯研究沈寂原因新探》，《重慶交通學院黨報》，2001 年第 2 期。

〔註 26〕徐志摩：《〈瑪麗瑪麗〉序言》，《瑪麗瑪麗》，（愛爾蘭）斯蒂芬斯著，徐志摩、沈性仁譯，長春：時代文藝出版社，2012 年，第 1 頁。

〔註 27〕徐志摩：《譯曼殊斐兒小說之〈幸福〉小序》，《晨報七週年增刊》，1925 年 7 月 1 日。

〔註 28〕徐志摩：《鴿鷹與芙蓉雀》，《晨報副刊》，1925 年 11 月 5 日。

來選擇翻譯的對象，而較少考慮國內讀者的需要，或原文的文學性。徐志摩一生翻譯哈代的作品很多，不否認哈代詩作有較高造詣，但哈代是憑藉小說而聲名遠播。徐志摩選譯哈代的詩歌，恐怕是因為他與哈代有一面之緣，並染上了哈代「遠離塵囂」的自由思想。

最後，徐志摩翻譯態度不夠嚴謹。他不像郭沫若在《談文學翻譯工作》一文中所講，翻譯的目的是為著中外文化交流，是一項神聖的工作。徐志摩的翻譯嚴謹不足，輕率有餘。徐志摩曾說，「我性成的大意是出名的，尤其在翻譯上有時一不經心鬧出的笑話在朋友中間傳誦的是實繁有徒。」〔註 29〕徐志摩多次承認，他的譯文從沒有復看過一篇便付印了。因為「大意」的秉性，徐志摩的翻譯難免存在草率之過，他在翻譯法國思想啟蒙大師伏爾泰的小說《贛第德》時，也是在較短的時間內才著手翻譯：「我今晚這時候動手翻贛第德——夜半三時卻並不為別的理由，為的是星期六不能不出副刊，結果我就不能不抱佛腳。」〔註 30〕

文學翻譯是一項倫理道德活動，譯者應該具有翻譯職業操守，從道德和倫理的角度出發，既對原文負責又對讀者負責，不能僅僅出於發表譯作或掙錢的目的。20 世紀 20 年代，「許多譯書的人，稿費拿到了手，便再不管譯得如何，別人如何評論，也不傾聽。只顧忙著把新的譯書完稿。」〔註 31〕如果譯者抱著不負責任的態度將翻譯視為某種任務或者掙錢的方式，拿到稿費之後連對自己譯作的批評意見都不願意聽取，也不會去修正翻譯的錯誤和調整翻譯的方法，這便是對翻譯倫理的極大違背，完全淪落為純粹的拜金主義者而不是架構中外文化交流之橋的譯者，是一種應該受到譴責的翻譯行為。

徐志摩文學翻譯的這些特點，是導致其譯作錯漏和隨意改動的根本誘因，當然也是人們對其譯作評價不高的原因。

（四）徐志摩的翻譯思想

徐志摩是現代格律詩的倡導者和實踐者，他對新詩的理論建構遠不及同期的聞一多，但卻在詩歌創作中顯示出相當的實力。同樣，徐志摩在翻譯方面似乎也是理論創見不足，翻譯實踐「有餘」。與翻譯實踐相比，徐志摩的翻譯

〔註 29〕徐志摩：《說「曲譯」》，《新月》（第 2 卷第 2 號），1929 年 4 月 10 日。
〔註 30〕徐志摩：《贛第德．前言》，《晨報副刊》，1925 年 11 月 7 日。
〔註 31〕唐漢森：《瞿譯〈春之循環〉的一瞥》，《創造週報》（第 49 號），1924 年 4 月 19 日。

理論沒有系統性，沒有創新性，其關於翻譯的專門論述也不多見。儘管如此，作為一個詩人，作為一個文化大使，作為翻譯的親歷者，我們仍然能從他隨性的言談中歸納出其翻譯理論的主旨和特點。

就翻譯標準或翻譯的最高境界來說，徐志摩力圖綜合當時盛行的「直譯」和「意譯」兩家之長，將「形式」和「內容」協調到翻譯文本中。他曾這樣說過：「翻譯難不過譯詩，因為詩的難處不單是他的形式，也不單是他的神韻，你得把神韻化進形式去，像顏色化入水。又得把形式表現神韻，像玲瓏的香水瓶子盛香水。」〔註 32〕這種觀點似與 1920 年郭沫若所說的「風韻譯」有相通之處，郭沫若的「風韻」是文本的內容與形式之外的美學要素，與中國傳統詩論中的「韻致」、「風格」相通。徐志摩此處所講的「神韻」似乎側重於內容層面，他追求內容和形式俱佳的譯作。但同時，徐志摩認為譯詩要達到「形式」和「神韻」的交融是很難的，「有的譯詩專誠拘泥形式，原文的字數協韻等等，照樣寫出，但這來往往神味淺了；又有專注重神情的，結果往往是另寫了一首詩，竟許與原作差太遠了，那就不能叫譯。」〔註 33〕因此，徐志摩常說「譯詩難」的道理：「詩，不論是中是西是文是白，決不是件易事。這譯詩難，你們總該同意了吧？」〔註 34〕他在《〈瑪麗瑪麗〉序言》中也發表了內似的言論：「翻譯最難是詩，其次是散文寫成的詩。《瑪麗瑪麗》是後一類。經過一度移轉，靈的容易變呆，活的容易變死，幽妙的容易變粗糙」。〔註 35〕

詩歌獨特的文體特徵決定了翻譯的難度甚至是不可操作性，徐志摩在翻譯詩歌時主張「形式」和「神韻」的統一，而在小說和戲劇翻譯中，他卻顯示出「意譯」的意向。徐志摩翻譯小說《渦堤孩》的最初願望，是給他的母親看，「所以動筆的時候，就以她看得懂與否做標準，結果南腔北調雜格得很。」〔註 36〕這部小說的翻譯全然是為了達意，而省去了原文的形式風格，以至於譯

〔註 32〕徐志摩：《一個譯詩問題》，《現代評論》（第 2 卷第 28 期），1925 年 8 月 29 日。

〔註 33〕徐志摩：《一個譯詩問題》，《現代評論》（第 2 卷第 28 期），1925 年 8 月 29 日。

〔註 34〕徐志摩：《葛德的四行詩還是沒有翻好》，《晨報副刊》，1925 年 10 月 8 日。

〔註 35〕徐志摩：《〈瑪麗瑪麗〉序言》，《瑪麗瑪麗》，（愛爾蘭）斯蒂芬斯著，徐志摩、沈性仁譯，長春：時代文藝出版社，2012 年，第 2 頁。

〔註 36〕徐志摩：《〈渦堤孩〉引子》，《渦堤孩》，徐志摩譯，上海：商務印書館初版，1923 年。

者本人也不得不承認其語言「南腔北調」。也是在翻譯《渦堤孩》這部小說，「有一處譯者竟然僭冒作者的篇幅借題發了不少自己的議論！那是什麼話——該下西牢一類的犯罪！原因是為譯者當時對於婚姻問題感觸頗深，因此忍俊不住甩了一條狗尾到原書上去。此後當然再不敢那樣的大膽妄為，但每逢到譯，我的筆路與其說是直還不如說曲來得近情些。」〔註37〕要在譯文中發表自己的意見，那顯然不是保持原作風貌的「直譯」，筆路不是「直」而是「近情」，那顯然是在意譯。當然，與其說是徐志摩在主張意譯，不如說是他翻譯的隨意性導致了譯作的「變形」。

徐志摩認為白話新詩體比文言古詩體更適合翻譯外國詩歌，用白話文復譯那些曾經用文言文翻譯過的作品，彰顯新詩體的優勢，為翻譯開闢新路。此時復譯的目的不在譯文本身，而在倡導使用新詩體翻譯外國詩歌，研究新詩這新發現的達意的工具究竟有什麼程度的彈力性、柔韌性和應變性，究竟比我們舊有的表達有什麼不同。徐志摩將蘇曼殊翻譯拜倫的詩和郭沫若翻譯莪默伽亞謨的詩進行對比，得出的結論是：「舊詩格所不能表現的意致的聲調，現在還在草創時期的新體即使不能令人滿意的，至少可以約略的傳達」〔註38〕徐志摩的主張其實與古文今譯相似，目的在於改變作品的文字和形式。

在此，徐志摩解決了詩歌翻譯的一個難點，即語言和音韻形式的翻譯問題。由於詩在形式上有較多的「約束」，這不僅為我們達意造成了麻煩，也為翻譯的靈活性帶來了不便，新詩在形式上相對自由，譯者對原作形式和音韻的翻譯不必強硬苛求。在捨棄刻板形式的情況下，其主張無疑為翻譯的「達」掃清了許多障礙。所以，徐志摩認為在翻譯詩歌時，用新詩體比用古詩體更有優勢，更具「彈力性」，「柔構性」和「應變性」。

徐志摩主張「復譯」。郭沫若主張復譯的原因是「譯者多有所長，讀者盡可自由選擇」，〔註39〕魯迅主張復譯的原因是「不過要擊退這些亂譯，誣賴，開心，嘮叨，都沒有用處，唯一的好方法是又來一回復譯，還不行，就再來一回。」〔註40〕徐志摩主張復譯的原因大抵與郭沫若相類，認為譯者在原文理解、翻譯能力以及文化素養等諸多方面存在差異，有必要再對一些名著進

〔註37〕徐志摩：《說「曲譯」》，《新月》（第2卷第2號），1929年4月10日。

〔註38〕郭沫若：《徵譯詩啟》，《小說月報》（第15卷第3號），1924年3月10日。

〔註39〕郭沫若：《屠爾格涅甫之散文詩·序》，《時事新報·學燈》，1921年2月16日。

〔註40〕魯迅：《且介亭雜文二集·非有復譯不可》，《魯迅全集》（第6卷），北京：人民文學出版社，2005年，第283頁。

行翻譯。他說：「我都認為翻詩至少是一種有趣的練習，只要原文是名著，我們譯的人就只有憑我們各人的『懂多少』，憑我們運用字的能耐，『再現』一次原來的詩意，結果挫敗的機會固然多，但亦盡有成品的。」〔註41〕徐志摩曾翻譯歌德的四行詩，但遭到胡適的「批評」，後來他參照胡適的譯文對原詩又進行了翻譯，在總結他自己的兩個譯文和胡適的譯文時說：「這裡這三首譯文我覺得都還有缺憾，我很盼望可以引起能手的興趣，商量出一個不負原詩的譯本。」〔註42〕對經典作品，尤其是經典詩歌的翻譯永無止境，因為翻譯不可能窮盡原作的神韻，不同的譯者有不同的理解，導致產生不同的譯本。

徐志摩的翻譯思想包含了寬容的態度。他認為翻譯工作難免會出錯，如果將原文與譯文進行對照，很多譯作，哪怕那些優秀的譯作都存在錯漏。因此，譯文出現錯誤是可以理解的，值得寬容。他在編《晨報副刊》時，在回讀者的信中說：「說起翻譯，我怕我們還沒有到完全避免錯誤的時候，翻的人往往膽太大，手太匆忙，心太不細。」〔註43〕由於文化背景、語言習慣、個人理解能力和思維方法等存在差異，對原文的理解就會存在某些偏差，譯文總會在一定程度上與原文存在距離，這是為什麼翻譯時錯誤難免的原因。

徐志摩的朋友胡適長時間陷入與創造社的翻譯論爭中，反映出包容態度的欠缺。創造社反對溫和的翻譯批評方式，認為這樣的批評不利於翻譯文學的多元化發展。上世紀 20 年代左右的翻譯批評界看起來一團和氣，團體意識濃厚且權作了翻譯文學的「揚聲器」，這本身就是不符合批評倫理的翻譯評論方式。「我國的批評家——或許可以說是沒有——也太無聊，黨同伐異的劣等精神，和卑陋的政客者流不相上下，是自家人的做作譯品，或出版物，總是極力捧場，簡直視文藝批評為廣告用具；團體外的作品或與他們偏頗的先入見不相契合的作品，便一概加以冷遇而不理。」〔註44〕創造社的翻譯批評方式顯得比較激烈，語詞中常常夾雜著謾罵和詆毀的成分。不過，創造社翻譯批評的鋒芒並非僅僅針對文學研究會成員，對於他們內部的同人而言，如果翻譯中出現了重大錯誤尤其是「硬傷」，依然逃脫不了尖銳語詞的嘲諷，哪怕是對於他們的

〔註41〕徐志摩：《莪默的一首詩》，《晨報副刊》，1924 年 11 月 7 日。

〔註42〕徐志摩：《一個譯詩問題》，《現代評論》（第 2 卷第 28 期），1925 年 8 月 29 日。

〔註43〕徐志摩：《〈關於翻譯末函〉雜語》，《晨報副刊》，1926 年 5 月 16 日。

〔註44〕郭沫若：《海外歸鴻》（第二封），《創造季刊》（1 卷 1 號），1922 年 5 月 1 日。

主將郭沫若也不例外。比如田楚僑在《創造週報》第47號上發表的《雪萊譯詩之商榷》就指出了郭沫若翻譯的不足〔註45〕，孫銘傳發表在《創造日集刊》上的《論雪萊〈Naples灣畔悼傷書懷〉的郭譯》一文也採用「蜥蜴」去比喻郭沫若蹩腳的譯詩。〔註46〕不過，包容和刻薄的態度都是一把雙刃劍，都有助於提升翻譯的質量。

如前所論述的那樣，徐志摩在翻譯實踐和翻譯理論上都有一定的貢獻，在此對其加以評述，以廓清徐志摩翻譯家的形象。為什麼人們對徐志摩的翻譯作品會形成「不敢恭維」的刻板印象？陸耀東先生的分析也許能給我們提供答案，他說徐志摩的翻譯文字「選材不當」〔註47〕。其次，正如徐志摩自己所承認的，「我性成的大意是出名的」，大意而不嚴謹的性格導致翻譯質量不高。因此，造成這種認識的根本原因在譯者本身而不在評論者。「選材不當」幾乎成了徐志摩翻譯作品不受好評的頭號原因，當然所謂的選材不當，不僅是思想內容和意識形態方面，而且包括原作的藝術性和文學性。徐志摩的選材大多是隨性的，根據的也是自己的喜好和興趣，有的是基於私人的交往和情感。徐志摩對當時西方的經典名著翻譯甚少，其譯作包括詩歌，在今天難被人們認為是經典之作。關於翻譯的態度，徐志摩曾說：「我第一部翻譯是 La Fongue 的 *Undine*，九年前在康橋連著七個黃昏翻完，自己就從沒有復看一道。就寄回中國賣給商務印成書的。」〔註48〕對待自己的第一部翻譯小說就如此「匆忙」，沒有抱定「譯好」的想法，那以後的作品就更難保證質量。在談到翻譯《贛第德》時，他又說：「我的匆忙和大意是無可恕的，因為我自己從沒有復看過一遍，從晨副付印到全稿賣給北新付印；這是我的生性，最厭煩復看自己寫得的東西，有時明知印得奇錯怪樣，我都隨他去休。」〔註49〕徐志摩曾說翻譯不可能完全避免錯誤，那翻譯的初稿更會存在大量錯誤，但他卻厭煩復看「譯稿」，常常是將翻譯的初稿拿去發表或付印，這種對待翻譯的態度遭到人們的非議也是情理之中的事。

就徐志摩的翻譯理論來說，有人認為徐志摩的翻譯理論「並無多少新意」

〔註45〕田楚僑：《雪萊譯詩之商榷》，《創造週報》（第47號），1924年4月5日。
〔註46〕孫銘傳：《論雪萊〈Naples灣畔悼傷書懷〉的郭譯》，《創造日叢刊》，1923年7月。
〔註47〕陸耀東：《在中外文化交流橋上的徐志摩》，《外國文學研究》，1999年第1期。
〔註48〕徐志摩：《說「曲譯」》，《新月》（第2卷第2號），1929年4月10日。
〔註49〕徐志摩：《說「曲譯」》，《新月》（第2卷第2號），1929年4月10日。

且「與眾雷同」。〔註 50〕全面考察徐氏的翻譯理論就會發現，儘管他的許多主張（或隨性所說的與翻譯有關的話）難有突破性貢獻，但他還是通過一些文章彰顯出別具一格的主張。比如，徐志摩的詩歌翻譯標準是神韻和形式的統一，徐志摩 1925 年提出該主張時，很難說沒有受到郭沫若等人的影響。但換個角度看，借鑒引用也罷，重複雷同也罷，徐志摩對翻譯標準能有如此深刻的認識（或曰認同），較意譯或直譯而言，都是一種難得的進步。再比如，魯迅、郭沫若等人都主張對同一部作品進行復譯，但徐志摩主張復譯的原因卻與它人有很大不同：魯迅是從「實用」的角度，郭沫若是從審美差異的角度，而徐志摩則是從窮盡原作內容的角度，或是一項「有趣的練習」。儘管都主張復譯，但出發點和目的卻大相徑庭，徐志摩的復譯主張不僅充實和補充了整個翻譯界的復譯理論，而且為力主復譯提供了更為充分的理由，有助於「復譯」的實施。

總之，有翻譯成果並堅持翻譯，便是對翻譯事業的切實貢獻；有翻譯主張並堅持正確的翻譯思想，便是對翻譯理論的積極建構。徐志摩的譯作和翻譯批評儘管存在諸多弊端，但他通過不懈努力，在中國現代翻譯史上留下了重要一筆。

〔註 50〕楊全紅：《詩人譯詩，是耶？非耶？——徐志摩詩歌翻譯研究及近年來徐氏翻譯研究沈寂原因新探》，《重慶交通學院黨報》，2001 年第 2 期。

二、翻譯與創作的雙向印證：梁宗岱的詩歌翻譯

梁宗岱（1903～1983），廣西百色人，字世琦，祖籍廣東新會，是中國現代文學史上少數的集詩人、詩論家、教授學者、翻譯家於一身的才子，他甚至還胸懷俠義，擅長於武術和醫藥。梁宗岱曾輾轉歐洲各國在多所大學求學，受到後期象徵派詩人保羅．瓦雷里（Paul Valéry）的極大影響。在中國現代新詩史上極重要的三十年代，梁宗岱對象徵主義在中國的發展起到了舉重輕重的作用，他在李金髮之後，幾乎是憑藉一己之力進行象徵主義理論的中國化，對當時的中國詩壇產生巨大影響，並波及現代主義新詩。

（一）梁宗岱的翻譯成就

梁宗岱一生都在致力於外國詩歌的翻譯和介紹，其翻譯詩歌的數量雖然並不讓人稱奇，但在質量上卻屬上乘。他一生中翻譯了英國、法國、德國和意大利等四國的詩歌，涉及到莎士比亞、勃萊克、雪萊、歌德、尼采、雨果、波德萊爾、魏爾倫、梵樂希、里爾克以及泰戈爾等人的作品，通過對這些作品的翻譯，梁宗岱逐漸形成了自己獨具特色的譯詩特點。

1937 年，上海商務印書館出版了梁宗岱的譯詩集《一切的峰頂》，「收入所譯歌德、勃萊克、雪萊、雨果、波德萊爾等詩人的名篇，其中如歌德的《流浪者之夜歌》、《對月》、《迷娘曲》等，被公認為名作佳譯，傳誦一時，成為譯詩界自馬君武譯拜倫《哀希臘》之後的又一盛事。」〔註 1〕雖然這一評價有些

〔註 1〕彭燕郊：《〈梁宗岱批評文集〉序》，《梁宗岱批評文集》，珠海：珠海出版社，1998 年，第 2 頁。

高估了梁宗岱此譯詩集的歷史價值，但在詩歌翻譯盛行的 20 世紀上半期，梁宗岱的譯詩的確別具一格，給譯詩界帶來了不小的震撼和驚喜。該譯詩集收錄了梁宗岱此前翻譯的 37 首詩歌：德國詩人歌德的《流浪者之夜歌》《對月吟》《流浪者之夜歌》〔註 2〕《迷娘歌》《幸福的憧憬》《守望者之歌》《神秘的和歌》與《自然》（散文詩）8 首；英國詩人勃萊克的《天真的預示》與《蒼蠅》2 首；英國詩人雪萊的《問月》與《普羅米修斯的光榮》2 首；法國作家雨果的《播種季——傍晚》1 首；法國象徵主義詩人波德萊爾的《祝福》《契合》《露臺》和《秋歌》4 首；德國哲學家兼詩人尼采的《流浪人》《秋》《叔本華》《威尼斯》《松與雷》《最孤寂者》《醉歌》《遺囑》和《太陽落了》9 首；法國象徵派詩人魏爾倫的《月光曲》《感傷的對話》《白色的月》《淚流在我心裏》和《獄中》5 首；法國詩人梵樂希（瓦雷里）的《水仙辭》和《水仙的片段》2 首；奧地利德語詩人里爾克的《嚴重的時刻》、《這村裏》和《軍旗手的愛與死之歌》3 首；印度詩人泰戈爾的《無題》1 首。從梁宗岱最初的譯詩集中的作品我們可以看出，他對德國詩人和法國詩人的作品表現出極大的興趣，詩人自己也承認他對德國詩人歌德的詩歌情有獨鍾，特地選用其詩歌《流浪者之夜歌》中的一行詩「一切的峰頂」來作為譯詩集的書名。〔註 3〕從這部譯詩集中，我們也可以看出梁宗岱對法國象徵主義詩歌的偏愛，他一共翻譯了當年名噪一時的法國象徵主義大詩人波德萊爾、魏爾倫和瓦雷里的 16 首詩歌，接近總數的一半。這也為他後來從事象徵主義詩學以及純詩理論的探索奠定了基礎，至少啟發了梁宗岱對這類詩歌的興趣。

1979 年，人民出版社出版了梁宗岱翻譯的《莎士比亞十四行詩》，收入了 154 首譯詩。1983 年，長沙湖南人民出版社出版了《梁宗岱譯詩集》，在《一切的峰頂》的基礎上增加了梁宗岱翻譯的莎士比亞十四行詩，即是梁宗岱兩部譯詩集的合集，在譯詩的篇目上沒有增減。2003 年，廣東人民出版社推出了《梁宗岱的世界》5 卷本文集，其中包括 1 卷譯文和 1 卷譯詩。在譯詩卷中，除了包含之前出版的兩部譯詩集之外，還收入了梁宗岱翻譯的長詩《浮士德》，包括《獻詞》《劇場序幕》《天上序曲》，主體部分是《悲劇第一部》。譯詩卷還

〔註 2〕這兩首《流浪者之夜歌》並非同一首詩，二者也沒有情感上的聯繫。前者作於 1776 年 2 月 12 日，是在家庭風波之後，歌德寫給自己一生中最倚重的女友石坦安夫人的；後者作於 1783 年 9 月 3 日，寫在一間獵物的板壁上。

〔註 3〕梁宗岱在譯詩集《一切的頂峰》附錄中有這樣一段話：「這是我的雜譯外國詩集，而以其中一首的第一行命名。原因只為那是我最癖愛的一首罷了」。

收入了梁宗岱翻譯的聖詩 3 首，包括《慈光，領我》《作我依傍》〔註 4〕和《吾主，更親近你》，顯示出他作為基督徒對《聖經》文化的認同和對基督教文化的宣傳。梁宗岱中學時候就開始閱讀英語詩歌，其創作也從此受到他所閱讀的英語詩歌的影響。「培正中學是由美國人辦的，校中藏書豐富，宗岱便貪婪地閱讀各種古今中外名著。由於他英文水平進步很快，兩年後便能直接看英文本，特別喜讀屈原、李白、惠特曼、泰戈爾、歌德、拜倫、雪萊的詩歌。剛升上三年級時，他如饑似渴地攻讀美國詩人郎佛羅譯的但丁的《神曲》，其熱忱連英文教員和她的美國朋友也驚詫不已。」〔註 5〕因此，梁宗岱的詩歌翻譯應該始於他在培正中學讀書期間，據考證他於 1921 年在培正學校讀書時翻譯了泰戈爾《園丁集》中的第 36 首，取名為《他為什麼不回來呢？》。除了這首軼作之外，梁宗岱在上世紀 50 年代還翻譯過法國作家雨果的《赴難》，1957 年 6 月在《作品》上發表的時候名為《返巴黎途中》。這首譯詩主要表達了雨果在法國革命勝利後返回法蘭西時的激動心情，作者在譯文後面分段介紹了每一部分詩歌的內容，有助於讀者在瞭解該詩創作背景的基礎上深入瞭解譯詩的情感內容。梁宗岱還通過翻譯把大量的中國古詩翻譯到法國，比如對陶淵明、王維詩歌的翻譯，這屬於中詩外譯的情況，對詩人的創作產生的影響微弱，加上本書作者對法文比較隔膜，對此就不作過多論述。

（二）梁宗岱的翻譯特點

那麼梁宗岱的譯詩具有哪些特點呢？

首先，梁宗岱的譯詩取材廣泛。梁宗岱所翻譯的詩歌及近詩文體有一個非常顯著的特徵就是「廣泛」，他所翻譯的幾乎都是國外著名詩人的好作品，呈現出多作者、多國別和多語言的特徵。瓦雷里（Valéry）、歌德（Johann Wolfgang von Goethe）、布萊克（William Black）、雪萊（Percy Bysshe Shelley）、雨果（Victor Hugo）、波德萊爾（Charles Baudelaire）、尼采（Friedrich Wilhelm Nietzsche）、魏爾倫（Paul-Marie Veriaine）、里爾克（Rainer Maria Rilke）、泰戈爾（Rabindranath Tagore）、莎士比亞（William Shakespeare）等眾多如雷貫耳的名字和世界文學史上的重要詩人，都列在了梁宗岱翻譯的名錄上。用梁氏自己的話來說，「假如譯者敢有絲毫的自信和辯解，那就是這裡面的詩差不多沒

〔註 4〕梁宗岱後來以《與我同住》為題再次翻譯了該詩，只是第二次翻譯的時候，沒有重新翻譯第三小節。

〔註 5〕張瑞龍：《詩人梁宗岱》，《新文學史料》，1982 年第 3 期。

有一首不是他反覆吟詠，百讀不厭的每位大詩人底登峰造極之作，就是說，他自己深信能夠體會個中奧義，領略個中韻味的。」〔註6〕這些詩人分別來自法國、英國、德國和印度，他們使用法文、英文、德文寫詩，特別是像莎士比亞這樣的詩人使用的是古英語，很多詞彙即使今天的普通英國人也覺得艱澀難懂。翻譯尤其是譯詩最基本的問題是語言問題，中外不少譯者一再發出「譯詩難」的感歎多是基於語言處理的難度。梁宗岱在歐洲學習的時間從「1924 年秋，……青年梁宗岱從廣州來到香港……他搭乘的由香港啟航的客輪徐徐駛入大海。」〔註7〕到「『九一八』事變不久，梁宗岱懷著沉痛的心情，從馬賽港乘船，歷時一月餘，經過 16000 多公里的海上旅行，終於回到了廣州。」〔註8〕梁宗岱國外學習的時間不過七年，但是他已能翻譯三種語言和古英語寫就的詩作，足以見出其在語言方面的天賦和譯詩的才能。

其次，梁宗岱注重譯詩選材的審慎態度。雖是跨越多重國界，梁宗岱的譯詩數量與現代很多譯者相比卻稱不上豐富，這並不是由於他能力不及，或是怠工懶惰，恰是反映了梁先生對原作選擇的審慎態度。他認為只有完全體味原作的韻味與意義時，譯者才有可能在翻譯中傳達原作的精神風貌；只有原作在譯者心中引發深刻的感觸和共鳴時，譯者才有可能做到與作者在精神上的統一，才有可能使譯作與原作達到金石相和的境界，創作出高質量的譯品，使譯詩語言對原作發出戀語般的濃情與詩意。當「作品在譯者心裏喚起的迴響是那麼深沉和清澈，反映在作品裏的作者和譯者的心靈那麼融洽無間，二者的藝術手腕又那麼旗鼓相當，譯者簡直覺得作者是自己前身，自己是作者再世，因而用了無上的熱忱、摯愛和虔誠去竭力追摹和活現原作的神采。這時候翻譯就等於兩顆偉大的靈魂遙隔著世紀和國界攜手合作，那收穫是文藝史上罕見的佳話與奇蹟。」〔註9〕

第三，梁宗岱注重譯詩選材的藝術性。梁宗岱所選翻譯的詩歌雖然作者眾多，國別不同，但翻譯的詩作仍有一定的傾向性，即梁宗岱比較重視譯詩

〔註6〕馬海甸、施康強編：《梁宗岱文集》（III 譯詩卷），北京：中央編譯出版社，香港：天漢圖書公司，2003 年，第 50 頁。

〔註7〕黃建華主編：《宗岱的世界》（生平卷），廣州：廣東人民出版社，2003 年，第 29 頁。

〔註8〕黃建華主編：《宗岱的世界》（生平卷），廣州：廣東人民出版社，2003 年，第 63 頁。

〔註9〕馬海甸，施康強編：《梁宗岱文集》（III 譯詩卷），北京：中央編譯出版社，香港：天漢圖書公司，2003 年，第 50 頁。

選材的藝術性。「在『五四』後短短的幾年內，可以說西方文藝復興以來各種各樣的文學思潮都先後湧入中國。……當然，並非所有外來思潮都能在中國落地生根，發生影響，新文學先驅者大多數人對西方的思潮、理論也並不是盲目地照搬，他們力求做到從時代、社會和新文學發展的需要出發去檢驗和選擇外來的東西，並注入新的因素」〔註10〕，由此形成了思想大解放和各種文學團體百花齊放的新局面，「五四文學社團的卓有成果的翻譯和創作，在內容與技巧上對整個現代文學發展產生了巨大的影響；它們鮮明的流派特點也開了現實主義、浪漫主義、現代主義等不同文學流派的先河；五四後期新文學陣營的分化，也露顯出 30、40 年代持不同社會態度的作家群體的輪廓。」〔註11〕時至三十年代，「其一是『五四』所開啟的有相對思想自由的氛圍消失了，文學主潮隨著整個社會的變革而變得空前的政治化；二是無產階級革命文學運動推進了馬克思主義文藝理論的傳播與初步的運用，並在相當程度上決定著此後二三十年間文壇的面貌；三是在左翼文學興發的同時，自由主義作家的文學及其他多種傾向文學彼此頡頏互競，共同豐富著 30 年代的文學創作。」〔註12〕。梁宗岱憑藉詩歌翻譯使自己的文學世界疏離了時代主題——啟蒙或救亡層面的泛政治主題，他的譯詩中沒有戰鬥標語，沒有無產階級鬥爭，因為梁氏譯詩的目的不是政治宣傳而是藝術旨趣。從藝術流派的角度來講，梁宗岱翻譯的詩歌絕大多數可列入象徵主義的範疇，不僅波德萊爾、魏爾倫、里爾克、瓦雷里這些名字本已近乎象徵主義詩歌的代名詞，而且他翻譯的其他詩人的作品也都充滿濃厚的象徵意味。這形成了在審美傾向上具有象徵主義色彩的梁宗岱在翻譯詩歌上的優勢，因為「深厚的語言功底和文學修養水平並不能保證產生最佳的翻譯。……一個優秀的譯者要翻譯自己性之所近的作品和熟悉的題材，這也是十分重要的。翻譯性之所近的作品，這一點在翻譯詩文或散文的時候非常重要。只有翻譯自己心愛的作品，才能把自己的感情傾注到工作中去，在翻譯中才能以自己的心體察作者的心，在譯文中儘量傳達出作者的感情。……只有對所譯的東西具有一定的造詣，方不

〔註10〕錢理群、溫儒敏、吳福輝：《中國現代文學三十年》（修訂本），北京：北京大學出版社，2005 年，第 14～15 頁。

〔註11〕朱棟霖等編著：《中國現代文學史：1917～1997》（上冊），北京：高等教育出版社，1999 年，第 25 頁。

〔註12〕錢理群、溫儒敏、吳福輝：《中國現代文學三十年》（修訂本），北京：北京大學出版社，2005 年，第 191 頁。

會因才疏學淺而誤譯甚或亂譯。」〔註13〕

第四，梁宗岱的譯詩形象生動。梁宗岱的譯詩在詩情的傳達上各具特色，「風格的傳譯和意義的傳譯同等重要。儘管翻譯的首要之點是翻譯信息的內容，即翻譯原文的意思，同內容相比，風格居於次要地位，但風格的重要性也是不能疏忽。作者的風格或樸拙或飄逸，或凝重或流暢，或冷靜或歡快，或莊嚴或諧謔，這樣的變化對譯者的才智無疑是一大挑戰。」〔註14〕梁宗岱的譯詩作者、作品不同，皆能使人感到明顯的詩情變化，並不因為譯者的雷同而模糊了原作風格的差異。比如我們從《水仙辭》可以讀出瓦雷里「那慘淡的詩情，淒美的詩句，哀怨而柔曼如阿卡狄秋郊中孤零的簫聲一般的詩韻」〔註15〕；從歌德的譯詩中讀出歌德詩歌博大而不覺晦澀奇詭的深邃；布萊克那種善把大哲理蘊藉於小事物的巧思、雨果以純屬的修辭技巧寫出意境清新的格律詩、悲觀孤僻的里爾克賦予詩歌形式和音樂的美感等等，都從梁宗岱的譯詩中撲面而來。此外，通過梁宗岱的優秀譯詩，我們還可以感受到才華橫溢、意氣風發的雪萊；以夢幻抒情重塑靈性、挑戰「惡」世界的波德萊爾；多愁敏感、憤世嫉俗的尼采；細膩獨特、哀而不傷的魏爾倫；熱愛生命自然、機智豁達的泰戈爾等等。尤其值得一提的是莎士比亞十四行詩的翻譯，我們完全可以從154首梁譯本中讀出莎翁謎一樣的有關友情或愛情的動人故事，每首譯詩之間都暗藏啟承轉合，部分詩行中又暗含莎翁對人生、對文學的真知灼見，全作語言流暢而寓意深刻，堪稱翻譯詩歌的傑作。套用錢鍾書先生的話說，便是「把作品從一國文字轉變成另一國文字，既能不因語文習慣的差異而露出生硬牽強的痕跡，又能完全保存原作的風味，那就算得如於『化境』。」〔註16〕正是梁宗岱的譯筆讓這些作品彷彿是由大師們分別用中文寫就，並無雷同重複之感，並沒有披上梁宗岱詩歌風格的外衣。

梁宗岱的譯詩取得了較大的成績，他的譯作也得到了讀者和學界的認可。梁宗岱頗具成就的譯詩一直以來都是翻譯學的研究對象，或者外國文學研究

〔註13〕廖七一編著：《當代英國翻譯理論》，武漢：湖北教育出版社，2004年，第50頁。

〔註14〕廖七一編著：《當代英國翻譯理論》，武漢：湖北教育出版社，2004年，第49頁。

〔註15〕馬海甸、施康強編：《梁宗岱文集》（III 譯詩卷）北京：中央編譯出版社，香港：天漢圖書公司，2003年，第44頁。

〔註16〕錢鍾書：《七綴集》，北京：三聯書店，2004年，第77頁。

的內容，但是梁宗岱的譯詩究竟應該歸類於哪一國的文學範疇呢？作為法國文學，英國文學，甚至乎德國文學？顯然不能，那些頭銜是屬於原作者的。隸屬於比較文學一支的譯介學在對翻譯文學的研究方面，找到了全新的視角，不再著眼於分析文學翻譯是否準確、是要達意還是求字字精確之類的翻譯學問題。「它關注的是兩種不同文化背景的語言在傳喚過程中文化信息的失落、變形、擴伸、增生等等；以及文學翻譯在人類跨文化系統交流的橋樑作用，它所據有的特殊的價值和意義。」〔註 17〕譯介學重新審視翻譯文學的本質，翻譯文學並不是一件簡單的複製工作，而是本民族翻譯家（作家）以本民族語言對外國文學原本進行的再創造文學，「譯介學就是要緊緊扣住翻譯在促發國別文學新質形成、促進民族文學創新的過程中所起到的重要作用，研究翻譯文學與國別文學之間互動關係，為不同文學間的交流和國別文學發展做出貢獻。」〔註 18〕梁宗岱的譯詩充滿濃鬱詩意，文采富麗，既是一種外國詩歌的翻譯，也是一種本民族語言的詩歌創作新體驗。譯詩是外國詩歌對中國新詩發生影響作用的難以替代的中介，對梁宗岱而言，其精彩的譯詩對自身的詩歌創作實踐有著不可低估的作用。

學術界對梁宗岱的翻譯多持肯定態度，早在 1981 年第 7 期的《外國文學》雜誌上，就有錢兆明先生的《評莎氏商籟詩的兩個譯本》一文對梁宗岱和屠岸翻譯莎士比亞十四行的不同版本進行了比較，並給予了較高的評價。《中國翻譯》1998 年第 6 期刊登了徐劍的《神形兼備格自高——梁宗岱文學翻譯述評》一文，對梁宗岱的翻譯歷程、成果、重要價值進行了比較全面的評述。另外，在一些專門研究詩歌翻譯的論文中多提到梁宗岱的卓越貢獻。許多研究外國文學的著作，所選取的譯本多是梁宗岱的，例如王佐良《英國詩史》中所選莎士比亞《十四行詩》。〔註 19〕就其中原因而言，除梁宗岱本身卓越的才能之外，還有一個原因是早期文學翻譯人才短缺，有梁宗岱這樣外文能力者並不多，梁氏又從事多年外語教學，使其文學翻譯另附上了一層範式性作用。

梁宗岱從 20 世紀 20 年代初開始詩歌翻譯，直到去世前的 1983 年還在堅持詩歌翻譯，在 60 餘年的翻譯歷程中取得了不小的成就，也給中國新詩創作

〔註 17〕方平：《序言》，《譯介學》，謝天振著，上海：上海外語教育出版社，1999 年，第 4 頁。
〔註 18〕曹順慶主編：《比較文學學》，成都：四川大學出版社，2005 年，第 199 頁。
〔註 19〕王佐良：《英國詩史》，上海：譯林出版社，1997 年，第 106 頁。

帶來了諸多有益的啟示，是梁宗岱詩歌研究和文藝思想研究中不可或缺的構成部分。

（三）梁宗岱翻譯的評價

梁宗岱 20 世紀 20～30 年代的譯詩在語言上使用了大量的文言詞藻，以至於人們後來評價他的譯詩時給予肯定最多的是其滲透出來的精神，而非獨特的語言形式。梁宗岱的譯詩和譯介文章給中國詩壇輸送了現代主義文學的創作精神，推動了中國新詩的現代化。梁宗岱先生對中國新詩現代化的建構很大程度上是通過譯介外國詩人及其作品來影響新詩人的創作而得以實現的，卞之琳先生在紀念文章中回憶說：「我在中學時代，還沒有學會讀一點法文以前，先後通過李金髮、王獨清、穆木天、馮乃超以至于賡虞的轉手——大為走樣的仿作與李金髮率多完全失真的翻譯——接觸到一點作為西方現代主義文學先驅的法國象徵派詩，……但是它們炫奇立異而作踐中國語言的純正規範或平庸乏味而堆砌迷離恍惚的感傷濫調，至少給我真正翻譯的印象，直到從《小說月報》上讀了梁宗岱翻譯的梵樂希（瓦雷里）《水仙辭》以及介紹瓦雷利的文章才感到耳目一新。我對瓦雷利這首早期作的內容和梁譯太多的文言詞藻（雖然遠非李金髮往往文白都欠通的語言所可企及）也並不傾倒，對梁闡釋瓦雷里以至里爾克的創作精神卻大受啟迪。」〔註 20〕卞之琳對譯介法國象徵主義詩歌的諸多譯者在語言上都提出了批評，認為李金髮等的譯詩語言是在「作踐中國語言的純正規範」，顯得十分「平庸乏味」，而梁宗岱的譯詩則包含著「太多的文言詞藻」。試以梁譯《水仙辭》的第二節為例：

> 無邊的靜傾聽著我，我向希望傾聽。
> 泉聲忽然轉了，它和我絮語黃昏；
> 我聽見銀草在聖潔的影裏潛生。
> 宿幻的霽月又高擎她黝古的明鏡
> 照澈那黯淡無光的清泉的幽隱。

我們今天回過頭來用發展了近一個世紀的現代漢語打量梁宗岱的這首譯詩，分明會感覺到生硬和拗口，很多單音節詞的使用更是造成了閱讀時急促的停頓，比如「無邊的靜」、「聖潔的影」等便是該譯詩的語言瑕疵。儘管如此，梁宗岱翻譯的《水仙辭》在總體上還是「優雅傳神，迷倒了很多青少

〔註 20〕卞之琳：《人事固多乖——紀念梁宗岱》，《新文學史料》，1990 年第 1 期。

年讀者」，〔註21〕這顯然與他一貫主張詩歌翻譯要側重傳達原作精神有關。

梁宗岱反對新文學初期胡適等人將文學語言等同於「現代中國話」的主張，由此他也反對用絕對白話化的日常語言去翻譯外國詩歌。在梁宗岱看來，任何國家的語言都可以分為文言和白話兩大類，而常用的白話在詞彙上比文言要少得多，現代文學語言如果要採用白話作媒介，要使白話能「完全勝任文學表現底工具，要充分應付那包羅了變幻多端的人生，紛紜萬象的宇宙的文學底意境和情緒，非經過一番探險，洗煉，補充和改善不可。」〔註22〕如果新文學繼續使用白話口語而不加以文學向度上的提升，那新文學創作只會出現「簡單和淺薄」的結果：「要不是我們底文學內容太簡單了，太淺薄了，便是這文學內容將因而趨於簡單和淺薄。」〔註23〕由此我們不難理解為什麼梁宗岱的譯詩語言含有文言詞彙。也正是從這個角度出發，他認為胡適用以宣稱白話詩新紀元的譯詩《關不住了》由於採用了口語化的白話而顯得「幼稚粗劣」，就此他不無諷刺地說：五四時期的「文學革命家底西洋文學知識是那麼薄弱因而所舉出的榜樣是那麼幼稚和粗劣——譬如，一壁翻譯一個無聊的美國女詩人底什麼《關不住了》，一壁攻擊我們底杜甫底《秋興》八首，前者的幼稚粗劣正等於後者底深刻與典麗——而文學革命居然有馬到成功之概者，一部分固由於對方將領之無能，一部分實在可以說基於這誤解。」〔註24〕此處所謂的「誤解」即胡適提出的「文學底工具應該用真正的現代中國話」。後來，在《新詩底分歧路口》一文中，梁宗岱再次闡明了新詩語言的弊端和古詩語言的優點：「雖然新詩底工具，和舊詩底正相反，極富於新鮮和活力，它的貧乏和粗糙之不宜於表達精微委婉的詩思卻不亞於後者底腐濫和空洞。」〔註25〕既然文學的語言是區別於日常白話的，而且文言適宜表現「精微委婉的詩思」，那麼翻譯外國詩歌在語體上就理應拒絕白話化而適量地使用文言。

〔註21〕盧嵐：《心靈長青——懷念梁宗岱老師》，《宗岱的世界》（評說卷），廣州：廣東人民出版社，2003年，第50頁。

〔註22〕梁宗岱：《文壇往哪裏去——「用什麼話」問題》，《詩與真．詩與真二集》，北京：外國文學出版社，1984年，第56頁。

〔註23〕梁宗岱：《文壇往哪裏去——「用什麼話」問題》，《詩與真．詩與真二集》，北京：外國文學出版社，1984年，第56頁。

〔註24〕梁宗岱：《文壇往哪裏去——「用什麼話」問題》，《詩與真．詩與真二集》，北京：外國文學出版社，1984年，第54頁。

〔註25〕梁宗岱：《新詩底分歧路口》，《詩與真．詩與真二集》，北京：外國文學出版社，1984年，第169頁。

梁宗岱的文學語言觀念決定了他譯詩的語體觀念，也決定了他譯詩的語體風格——翻譯外國詩歌不宜直接採用口語化的白話，卻可適當地採用文言。因而卞之琳對梁譯《水仙辭》有「太多的文言詞藻」的判斷要麼是出於敏銳的語體感受，要麼是深諳梁的譯詩語言觀念。

（四）梁宗岱的翻譯語言主張

梁宗岱主張譯詩在形式上應當有所約束，句法上可以採用西方的跨句；主張為了維護原文至善至美的語句而採用直譯，但同時應保持譯詩語句的自然流暢。

在譯詩的句法上，梁宗岱鼓勵譯者「自制許多規律」，通過磨練達到自由創作的目的。首先，梁宗岱認為譯詩在句法上可以學習外國詩歌的跨句。瓦雷里曾說的一句話讓梁宗岱印象深刻：「制作底時候，最好為你自己設立某種條件，這條件是足以使你每次擱筆後，無論作品底成敗，都自覺更堅強，更自信和更能自立的。」〔註26〕詩歌創作和詩歌翻譯理應考慮詩句的整齊、押韻、節奏等形式因素，梁宗岱因此「很贊成努力新詩的人，盡可以自制許多規律；把詩行截得整整齊齊也好，把韻腳列得像意大利或莎士比亞式底十四行詩也好；如果你願意，還可以採用法文底陰陽韻底辦法」。〔註27〕當然，譯詩的詩句在借鑒這些「規律」的時候一定要充分考慮中國語言的音樂性特徵，因為不同的文字其音樂性是有差異的。比如中國詩歌語言的音樂性因素就包括停頓、韻律、平仄或清濁，而且這些音樂性因素在詩句中的運用與詩行的整齊與否沒有太大的關係，因此「中國詩律沒有跨句，中國詩裏的跨句亦絕無僅有」。〔註28〕梁宗岱對西洋詩的跨句持肯定態度，「跨句之長短多寡與作者底氣質（Le souffle）及作品底內容有密切的關係的，……我終覺得這是中國舊詩體底唯一缺點，亦是新詩所當採取於西洋詩律的一條。」〔註29〕葉維廉先生在《中國詩學》中講到「中國舊詩沒有跨句（enjambment）；每一行的意義都是完整

〔註26〕梁宗岱：《論詩》，《詩真．詩與真二集》，北京：外國文學出版社，1984年，第36頁。

〔註27〕梁宗岱：《論詩》，《詩與真．詩與真二集》，北京：外國文學出版社，1984年，第36頁。

〔註28〕梁宗岱：《論詩》，《詩與真．詩與真二集》，北京：外國文學出版社，1984年，第39頁。

〔註29〕梁宗岱：《論詩》，《詩與真．詩與真二集》，北京：外國文學出版社，1984年，第39頁。

的」，〔註 30〕即便胡適寫出的新詩也是這樣。但是到了郭沫若的筆下，詩行就變得異常自由和靈活，郭沫若的「主情說」讓他的詩句靈動而跳躍，詩的分行不再是根據意義，而是為著節奏或情感表達的需要。

儘管梁宗岱多次強調詩歌翻譯應該注重原作的精神和風格，落實到具體的翻譯實踐上，他卻「大體以直譯為主」，同時保證翻譯的詩行應當自然流暢。譯詩集《一切的峰頂》除了少數幾首詩之外，大部分詩「不獨一行一行地譯，並且一字一字地譯，最近譯的有時連節奏和用韻也極力模仿原作——大抵越近依傍原作也越甚。」〔註 31〕不僅如此，梁宗岱的翻譯「對於原文句法、段式、回行、行中的停與頓、韻腳等等，莫不殷勤追隨。」〔註 32〕為什麼梁宗岱會使用直譯這種他自認為笨拙的翻譯方式呢？是為了讓譯詩具有外國詩歌的風貌，抑或是給中國新詩輸入新鮮的表達方式？這涉及到梁宗岱對詩歌語言藝術的深切領悟，涉及到他對原作者遣詞造句的苦心的理解，畢竟詩歌高度凝練的語言和非同尋常的字句組合是其形式藝術的集中體現。原詩的每一個用詞和每一行詩都經過了詩人長時間的推敲，譯者不應該隨意對之加以改變。以下這的話可以幫助我們理解梁宗岱採用直譯的原因：「我有一種暗昧的信仰，其實可以說迷信：以為原作的字句和次序，就是說，經過大詩人選定的字句和次序是至善至美的。如果譯者能夠找到適當對照的字眼和成語，除了少數文法上地道的構造，幾乎可以原封不動地移植過來。」〔註 33〕

梁宗岱主張的直譯不同於翻譯學上所謂的直譯，也與魯迅等人採用直譯的目的存在差異，後者多採用原文的語言句法，給讀者造成很大的閱讀障礙。魯迅堅持使用「信而不順」的語言去翻譯外國文學，認為這樣的譯本「不但在輸入新的內容，也在輸入新的表現法。中國的文或話，法子實在太不，精密了，作文的秘訣，是在避去熟字，刪掉虛字，就是好文章，講話的時候，也時時要辭不達意這就是話不夠用，所以教員講書，也必須借助於粉筆。這語法的不精

〔註 30〕葉維廉：《中國現代詩的語言問題》，《中國詩學》，北京：人民文學出版社，2006 年，第 330 頁。

〔註 31〕梁宗岱：《〈一切的頂峰〉序》，《梁宗岱譯詩集》，長沙：湖南人民出版社，1983 年，第 205 頁。

〔註 32〕余光中：《繡鎖難開的金鑰匙——序梁宗岱譯〈莎士比亞十四行詩〉》，《余光中談詩歌》，南昌：江西高校出版社，2003 年，第 191～192 頁。

〔註 33〕梁宗岱：《〈一切的頂峰〉序》，《梁宗岱譯詩集》，長沙：湖南人民出版社，1983 年，第 205 頁。

密，就在證明思路的不精密，換一句話，就是腦筋有些糊塗。」〔註34〕魯迅對中國舊有語言文字在表達上的弊端的指認使人想起了胡適、傅斯年等人相似的觀點，〔註35〕因此，魯迅認為「寧信而不順」的翻譯可以醫治中國語言的疾病，他說：「要醫這樣的病，我以為只好陸續吃一點苦，裝進異樣的句法去，古的，外省外府的，外國的，後來便可以據為己有。」〔註36〕梁宗岱的直譯並不等於硬譯，其目的不像魯迅的直譯要給貧乏的中國文字輸入新鮮的詞語和句法，而是在保證譯文流暢自然的基礎上儘量再現原作詩句的表達風格，其直譯兼顧了原文和譯文的雙重審美特徵。難怪余光中先生在談及梁宗岱的譯詩語句時說：「一般的譯詩在語言的風格上，如果譯者強入而弱出，就會失之西化；另一方面，如果譯者弱入而強出，又會失之簡化，其結果失處處遷就中文，難於彰顯原文的特色。梁宗岱在這方面頗能掌握分寸，還相當平衡。」〔註37〕比起真正的直譯來講，梁宗岱的譯詩在語言上顯得自然清新，他反對把詩歌翻譯成晦澀難解的文字。當他看了成仿吾翻譯的華茲華斯的《孤寂的高原刈稻者》後就批評了譯本語句的生澀：「我讀成氏所譯的（《孤寂的高原刈稻者》——引者加），不獨生澀不自然，就是意義上也很有使我詫異，覺得有些費解的！」〔註38〕不管是出於對原詩「至善至美」的字句的維護也好，還是出於對中國新詩字句的改造和創新也罷，梁宗岱的譯詩在客觀上具有的文體特徵也會影響到他本人或國內其他詩人的詩歌創作。

〔註34〕魯迅：《關於翻譯的通信》，《翻譯論集》，羅新璋編，北京：商務印書館，1984年，第276頁。

〔註35〕傅斯年曾說：「現在我們使用白話做文，第一件感覺苦痛的事情，就是我們的國語，異常質直，異常乾枯。……我們不特覺得現在使用的白話異常乾枯，並且覺得它異常的貧，——就是字太少了」。（《怎樣做白話文》，《中國新文學大系．建設理論集》，胡適選編，上海：上海良友圖書印刷公司印行，1935年，第223～224頁。）他指出了白話的兩大弱點：缺乏表現力，語言詞彙有限。胡適認為「中國語言文字孤立幾千年，不曾有和其他他種高等語言文字相比較的機會」是導致中國語言文法和句法「貧弱」的根本原因，因此翻譯可以增加中國語言和外國語言接觸的機會，從而促進中國語言的發展。（《國語與國語文法》，《中國新文學大系．建設理論集》，胡適選編，上海：上海良友圖書印刷公司印行，1935年，第230頁。）

〔註36〕魯迅：《關於翻譯的通信》，《翻譯論集》，羅新璋編，北京：商務印書館，1984年，第276頁。

〔註37〕余光中：《繡鎖難開的金鑰匙——序梁宗岱譯〈莎士比亞十四行詩〉》，《余光中談詩歌》，南昌：江西高校出版社，2003年，第190～191頁。

〔註38〕梁宗岱：《雜感》，《文學週刊》（84期），1923年8月20日。

有評論家認為：能夠在尊重原詩語言和形式藝術的基礎上傳達出原詩的精神意蘊，這一譯風「只有傑出的詩歌翻譯家才能做到。『五四』運動以來，除梁氏外，僅有朱湘、戴望舒、卞之琳等少數幾個能達到這個水準。正是因此，梁氏的寥寥幾十首譯作，對詩歌翻譯工作者來說，具有極高的借鑒價值。」〔註39〕這是對梁宗岱譯詩語言句法的最好肯定。

（五）梁宗岱詩歌翻譯的形式主張

梁宗岱的譯詩文體形式延續了他在詩論中強調詩歌形式對於情感抒發的重要作用的觀點，因此他的譯詩在形式上具有格律詩體的整齊和較強的音樂性。這些形式特徵是譯詩再現原作精神風貌的有力保證，也為中國新詩輸入了新體，為中國新詩的形式建構起到了積極的推動作用。

梁宗岱比較注重詩歌形式的翻譯，這很符合他一貫的詩歌形式主張。梁宗岱在法國留學期間結識了後期象徵主義詩派的重要詩人瓦雷里，他在翻譯《水仙辭》的序言中詳細介紹了瓦雷里的生平和詩歌理念，對瓦氏採用嚴謹的古典詩律來創造新的曲調表示出極大的理解和認同：「梵樂希是遵守那最謹嚴最束縛的古典詩律的，其實就說他比馬拉美守舊，亦無不可。因為他底老師雖採取舊詩底格律，同時卻要創造一種新的文字——這嘗試是遭了一部分的失敗的。他則連文字也是最純粹最古典的法文。……他不特能把舊囊裝新酒，竟直把舊的格律創造新的曲調，連舊囊也刷得簇新了。」〔註40〕在1931年給徐志摩的信中，梁宗岱就詩歌的形式做過這樣的論述：「我從前是極端反對打破了舊鐐銬又自製新鐐銬的，現在卻兩樣了。我想，鐐銬也是一樁好事（其實行文底規律與語法又何嘗不是鐐銬），尤其是你自己情願帶上，只要你能在鐐銬內自由活動。」〔註41〕同一時期，梁宗岱寫下了關乎中國新詩命運的文章《新詩底分歧路口》，在這篇文章中，他進一步強調了形式之於詩歌的重要性，認為詩歌如果不受詩歌韻律和形式因素的束縛，「我們也失掉一切可以幫助我們把捉和摶造我們底情調和意境的憑藉；雖然新詩底工具，和舊詩底正相反，極富於新

〔註39〕璧華：《〈梁宗岱選集〉前言》，《宗岱的世界》（評說卷），廣州：廣東人民出版社，2003年，第315頁。

〔註40〕梁宗岱：《保羅．梵樂希先生》，《詩與真．詩與真二集》，北京：外國文學出版社，1984年，第23～24頁。

〔註41〕梁宗岱：《論詩》，《詩與真．詩與真二集》，北京：外國文學出版社，1984年，第35～36頁。

鮮和活力，它的貧乏和粗糙之不宜於表達精微委婉的詩思卻不亞於後者底腐濫和空洞。」〔註 42〕接著他進一步強調說：「形式是一切文藝品永生的原理，只有形式能夠保存精神底經營，因為只有形式能夠抵抗時間的侵蝕。……正如無聲的呼息必定要流過狹隘的蕭管才能夠奏出和諧的音樂，空靈的詩思亦只有憑附在最完美的最堅固的形體才能達到最大的豐滿和最高的強烈。沒有一首自由詩，無論本身怎樣完美，如能和一首同樣完美的有規律的詩在我們心靈裏喚起同樣宏偉的觀感，同樣強烈的反應的。」〔註 43〕正是有了這樣的詩歌形式觀念，梁宗岱的譯詩形式大都講求格律和整體的勻稱，以他翻譯的《莎士比亞十四行》第一首的前四行為例：

對天生的尤物我們要求蕃盛，
以便美的玫瑰永遠不會枯死，
但開透的花朵既要及時凋零，
就應把記憶交給嬌嫩的後嗣；

該詩完全具備了十四行詩的形式要素，不僅實現了詩歌形式的整齊，而且也基本保持了 ABAB 的韻式。梁宗岱翻譯的莎士比亞十四行詩「行文典雅、文筆流暢，既求忠於原文又求形式對稱，譯得好時不僅意到，而且形到情到韻到。……人常說格律詩難寫，我看按原格律譯格律詩更難。憑莎氏之才氣寫一百五十四首商籟詩尚且有幾首走了點樣（有論者謂此莎氏故意之筆），梁宗岱竟用同一格律譯其全詩，其中一般形式和涵義都兼顧得可以，這就不能不令人欽佩了。」〔註 44〕梁宗岱的譯詩在形式上比莎士比亞的原詩更從一而終地保持了十四行詩的格律，足以見出他對譯詩形式的考究。

音樂性是詩歌文體形式的重要元素，詩歌翻譯面臨的最大挑戰就是對原詩音樂性的合理處置。音樂性這種「屬於某種語言本身固有的區別於他種語言的獨特性的東西都是不可譯的」〔註 45〕，尤其對講求音樂性的詩歌而言其韻律幾乎不能在譯本中再現。但是西方的詩歌「如法國象徵派詩歌、美國意象派詩歌和俄國未來派詩歌都在詩的聽覺形式上追求韻律的多樣化、散文化、自由

〔註 42〕梁宗岱：《新詩底分歧路口》，《詩與真．詩與真二集》，北京：外國文學出版社，1984 年，第 169 頁。

〔註 43〕梁宗岱：《新詩底分歧路口》，《詩與真．詩與真二集》，北京：外國文學出版社，1984 年，第 170～171 頁。

〔註 44〕錢兆明：《評莎氏商籟詩的兩個譯本》，《外國文學》，1981 年第 7 期。

〔註 45〕辜正坤：《世界名詩鑒賞詞典》，北京：北京大學出版社，1990 年，第 29 頁。

化」，〔註46〕而梁宗岱選譯的恰恰是極富音樂性的詩篇。他先後翻譯了瓦雷里（Valéry）、歌德（Johann Wolfgang von Goethe）、布萊克（William Black）、雪萊（Percy Bysshe Shelley）、雨果（Victor Hugo）、波德萊爾（Charles Baudelaire）、尼采（Friedrich Wilhelm Nietzsche）、魏爾倫（Paul-Marie Veriaine）、里爾克（Rainer Maria Rilke）、泰戈爾（Rabindranath Tagore）、莎士比亞（William Shakespeare）等音樂性強的象徵主義詩歌和格律體詩。梁宗岱自己也承認瓦雷里等人的詩歌具有很強的音樂性：「梵樂希底詩，我們可以說，已達到音樂，那最純粹，也許是最高的藝術底境界了。」〔註47〕因此，韻律便成了梁宗岱十分推崇的而在翻譯中難以再現的譯詩難題。余光中認為要翻譯莎士比亞的十四行詩必須克服三重困難：格律、韻腳和節奏，「大致說來，梁譯頗能掌握原文的格律。……至於韻腳，梁宗岱有時押得不夠準、穩、自然；不過不算嚴重，……大致而言，梁宗岱的譯筆兼顧了暢達與風雅，看得出所入頗深，所出也頗純，在莎翁商籟的中譯上，自有其正面的貢獻」，〔註48〕除了十四行詩之外，梁宗岱翻譯的其他詩歌也都具有音樂性特徵，「九葉詩派」的重要詩人陳敬容在談到1983年湖南人民出版社出版的《梁宗岱譯詩集》時，評價梁宗岱「早已是我國當年為數不多的優秀翻譯家之一，集內選譯的作品，在譯筆的謹嚴與傳神，及語言、節奏、音韻的考究和精當等方面，當年是很少人能以企及的。」〔註49〕

梁宗岱的譯詩形式造詣頗高，但相對於形式而言，在翻譯中傳達原作的精神風貌更為重要。任何出色的詩歌翻譯家都會高屋建瓴地去把握原詩的情感和精神，在翻譯過程中有意忽視甚至部分曲解語言的意思，從而將一首看似平淡的詩歌翻譯得極具精神內涵和藝術價值。梁宗岱認為譯者必須與原詩在情感上產生共鳴之後才能用語言技巧和藝術風格去再現原詩的神韻，最好的譯詩好比是兩顆偉大的靈魂遙隔著時間和國界攜手合作的結果，他曾在《譯詩瑣話》中說：「我自認為自己的翻譯態度是嚴肅的。我認為，翻譯是再創作，作品首先必須在譯者心中引起深沉雋永的共鳴，譯者和作者的心靈達到融洽無

〔註46〕王珂：《百年新詩詩體建設研究》，上海：三聯書店，2004年，第171頁。

〔註47〕梁宗岱：《保羅．梵樂希先生》，《詩與真．詩與真二集》，北京：外國文學出版社，1984年，第20頁。

〔註48〕余光中：《繡鎖難開的金鑰匙——序梁宗岱譯〈莎士比亞十四行詩〉》，《余光中談詩歌》，南昌：江西高校出版社，2003年，第184～190頁。

〔註49〕陳敬容：《重讀〈詩與真．詩與真二集〉》，《讀書》，1985年第12期。

間，然後方能談得上用精湛的語言技巧區再現作品的風采。」〔註 50〕為此，梁宗岱的譯詩「沒有一首不是他反覆吟詠，百讀不厭的每位大詩人的登峰造極之作，就是說，他自己深信能夠體會個中奧義，領略個中韻味的。」〔註 51〕戴鎦齡先生在《憶梁宗岱先生》一文中這樣評價過梁宗岱：「他譯詩全神貫注，往往靈機觸發，別有妙語，不徒在字面上做考證工夫，至於專事辭藻的潤色，音律的講究，他雖認為不可少，但他所更用心的是表達原作的精神和風格。因此在他人認為結構上頗為簡單的詩行，他有時覺得含蓄幽微，寄意深遠，在漢譯中不可草率處理。」〔註 52〕由於對原詩精神意蘊的重視，梁宗岱譯詩並不僅僅將注意力停留在翻譯對象的語言和形式上，也不介意翻譯那些在別人看來結構簡單的詩歌，哪怕是一首短小的詩歌也會被他翻譯得詩意盎然。梁宗岱在給徐志摩的通信中批評了梁實秋小詩「沒有藝術底價值」的言論，他以初期郭沫若、劉延陵、徐志摩、冰心及宗白華的新詩為例，並且還以古代詩歌和外國詩歌為例來說明短小的詩歌「給我們心靈的震盪卻不減於悲多汶一曲交響樂。何以故？因為它是一顆偉大的，充滿了音樂的靈魂在最充溢的剎那間偶然的呼氣。」〔註 53〕梁宗岱在詩歌翻譯過程中對原作精神和風格的偏愛還可以從他翻譯陶淵明的作品中得到證實，法國象徵主義詩人瓦雷里在給陶淵明詩歌的法文譯本寫序時，正面評價了梁宗岱的翻譯：「毫無疑問，詩人的藝術內涵在翻譯中幾乎盡失；但我相信梁宗岱先生的文學意識，它曾使我如此驚奇和心醉，我相信他從原作裏，為我們提取出語言之間巨大差距所能容許提取的東西。」〔註 54〕瓦雷里此處所說的在翻譯中「容許提取的東西」就是詩歌的精神和神韻，他認為梁宗岱的譯詩在不同的語言之間最大限度地傳遞出了這些相似的東西，由是讚美了梁宗岱的譯詩。

除了在翻譯實踐上注重詩歌的形式之外，梁宗岱認為翻譯外國詩歌可以

〔註 50〕梁宗岱：《譯詩瑣話》，《宗岱的世界》（詩文卷），廣州：廣東人民出版社，2003 年，第 395 頁。

〔註 51〕梁宗岱：《〈一切的頂峰〉序》，《梁宗岱譯詩集》，長沙：湖南人民出版社，1983 年，第 204～205 頁。

〔註 52〕戴鎦齡：《憶梁宗岱先生》，《宗岱的世界》（評說卷），廣州：廣東人民出版社，2003 年，第 27 頁。

〔註 53〕梁宗岱：《論詩》，《詩與真．詩與真二集》，北京：外國文學出版社，1984 年，第 34 頁。

〔註 54〕（法）瓦雷里：《法譯〈陶潛詩選〉序》，盧嵐譯，《宗岱的世界》（評說卷），廣州：廣東人民出版社，2003 年，第 347 頁。

為中國新詩輸入新鮮的文體形式。翻譯外國詩歌是中國新詩形式建構的路徑之一，譯詩對中國新詩的形式建設具有模板或啟示的功能，而且可以通過翻譯來試驗新詩體。朱自清先生在《新詩的出路》中認為翻譯外國詩歌對中國詩人而言「可以試驗種種詩體，舊的新的，因的創的；句法，音節，結構，意境，都給人新鮮的印象。（在外國也許已陳舊了）不懂外國文的人固可有所參考或傚仿，懂外國文的人也還可以有所參考或傚仿；因為好的翻譯是有它獨立的生命的。譯詩在近代是不斷地有人在幹，……要能行遠持久，才有作用可見。這是革新我們的詩的一條大路」。〔註 55〕在朱自清看來，譯詩是一件非常偉大的事業，可以幫助很多不懂外文的人瞭解外國詩歌，也可以使那些寫詩但同樣不懂外國文的人借鑒外國詩歌翻譯體進行創作，從而在句法、音節、結構或意境等諸多方面增富中國新詩的詩體內容。朱自清呼籲有更多的人投入到翻譯外國詩歌的「大業」中來，畢竟「直接借助於外國文，那一定只有極少數人，而且一定是迂緩的，彷彿羊腸小徑一樣這還是需要有天才的人；需要精通中外國文，而且願意貢獻大部分甚至全部生命於這件大業的人。」〔註 56〕惟其如此，中國新詩界才會有更多的形式營養，才可能創造出更多的新詩體或發現更多的詩體元素。借助翻譯來建設中國新詩形式的觀點並非朱自清獨創，從最初胡適以譯詩《關不住了》來宣布新詩成立的「新紀元」到劉半農的借助翻譯增多詩體，梁宗岱在《新詩底分歧路口》中也認為翻譯是增進中國新詩詩體形式的「一大推動力」，雖然翻譯外國詩歌「有些人覺得容易又有些人覺得無關大體，我們確認為，如果翻譯的人不率爾操觚，是輔助我們前進的一大推動力。試看英國詩是歐洲近代詩史中最光榮的一頁，可是英國現行的詩體幾乎沒有一個不是從外國——法國或意大利——移植過去的。翻譯，一個不獨傳達原作底神韻並且在可能內按照原作底韻律和格調的翻譯，正是移植外國詩體的一個最可靠的辦法。」〔註 57〕表明了翻譯外國詩歌是中國新詩文體建構過程中非常重要和關鍵的環節，不僅可以為中國新詩提供形式經驗，而且可以幫助中國新詩「增多詩體」。在梁宗岱看來，譯詩在文體形式上應該保留原作的韻律和

〔註 55〕朱自清：《論中國詩的出路》，《朱自清選集》（第二卷），石家莊：河北教育出版社，1989 年，第 445 頁。
〔註 56〕朱自清：《論中國詩的出路》，《朱自清選集》（第二卷），石家莊：河北教育出版社，1989 年，第 445～446 頁。
〔註 57〕梁宗岱：《新詩底分歧路口》，《詩與真．詩與真二集》，北京：外國文學出版社，1984 年，第 172 頁。

格調，雖然在翻譯實踐中很難做到，但畢竟是他對譯詩形式的一個追求目標，也是對譯詩文體形式設定的一個理想標準，為譯詩與原詩形式的一致性提供了參照。

梁宗岱中學時候就開始閱讀英語詩歌，其創作受到了他所閱讀的英語詩歌的影響。「培正中學是由美國人辦的，校中藏書豐富，宗岱便貪婪地閱讀各種古今中外名著。由於他英文水平進步很快，兩年後便能直接看英文本，特別喜讀屈原、李白、惠特曼、泰戈爾、歌德、拜倫、雪萊的詩歌。剛升上三年級時，他如饑似渴地攻讀美國詩人郎佛羅譯的但丁的《神曲》，其熱忱連英文教員和她的美國朋友也驚詫不已。」〔註 58〕對外國詩歌的濃厚興趣使他後來得以有語言能力和理解能力去致力於外國詩歌的翻譯和介紹，他的譯詩得到了學術界一致的好評。1937 年上海商務印書館出版了梁宗岱的譯詩集《一切的峰頂》，「收入所譯歌德、勃萊克、雪萊、雨果、波德萊爾等詩人的名篇，其中如歌德的《流浪者之夜歌》、《對月》、《迷娘曲》等，被公認為名作佳譯，傳誦一時，成為譯詩界自馬君武譯拜倫《哀希臘》之後的又一盛事。」〔註 59〕也正是對外國詩歌的喜愛和對譯詩事業的投入，梁宗岱的詩歌創作受到了其譯詩文體的影響，比如周良沛評價他的十四行詩「不僅不能說它是象徵主義的，倒頗有古典的典雅，抒情的方式頗接近讀者熟悉的莎士比亞、勃朗寧夫人的十四行譯文。」〔註 60〕

譯介學主張「把任何一個翻譯行為的結果（也即譯作）都作為一個既成事實加以接受（不在乎這個結果翻譯質量的高低優劣），然後在此基礎上展開它對文學交流、影響、接受、傳播等問題的考察和分析。」〔註 61〕因此，除了本文探討的譯詩文體觀念之外，圍繞著梁宗岱翻譯詩歌的研究還有很多未盡的領域等待著我們去開掘。

〔註 58〕張瑞龍：《詩人梁宗岱》，《新文學史料》，1982 年第 3 期。

〔註 59〕彭燕郊：《〈梁宗岱批評文集〉序》，《梁宗岱批評文集》，珠海：珠海出版社，1998 年，第 2 頁。

〔註 60〕周良沛：《〈中國新詩庫．梁宗岱卷〉序》（節選），《宗岱的世界》（評說卷），廣州：廣東人民出版社，2003 年，第 308 頁。

〔註 61〕謝天振：《譯介學》，上海：上海外語教育出版社，1999 年，第 11 頁。

三、創作理念的實踐：孫大雨的詩歌翻譯

孫大雨（1905～1997），原名孫銘傳，祖籍浙江諸暨，1905 年 1 月 11 日生於上海，中國現代著名詩人、詩論家和文學翻譯家。他於 1925 年畢業於清華學校高等科，926 年赴美國留學，就讀於達德穆斯學院，1928 年獲高級榮譽畢業。1928～1930 年在耶魯大學研究生院專攻英文文學。1930 年回國後相繼任武漢大學、北京師範大學、復旦大學、華東師範大學等高校外文系英語文學教授，他在詩歌翻譯領域取得了驕人的成就。

（一）孫大雨的翻譯成就

孫大雨一生中創作出版了詩集《自己的寫照》和《精神與愛的女神》，但卻在詩歌翻譯領域出版了 12 部詩集（含詩劇），足以表明其在翻譯方面投入大量的時間和精力。孫大雨的詩歌翻譯活動包括英詩中譯和中詩英譯兩個部分，雖然孫大雨的很多翻譯是在當代完成的，但由於其翻譯思想和創作理念形成於中國現代，所以在此仍然將他的詩歌翻譯納入到現代譯詩中加以論述。

孫大雨的英詩中譯主要集中體現在對莎士比亞劇詩的翻譯上。孫大雨是中國莎士比亞翻譯專家，一生中共出版了 8 部莎士比亞劇詩的翻譯本：1948 年（民國 37 年）商務印書館出版了《黎琊王》（即《李爾王》第 1 版，1991 年上海譯文出版社出版了《罕秣萊德》（即《哈姆萊特》，1993 年上海譯文出版社出版了《奧賽羅》，1994 年上海譯文出版社出版了《麥克白斯》（即《麥克

白》)，〔註1〕1995年上海譯文出版社出版了《威尼斯商人》，1995年上海譯文出版社出版了《冬日故事》，1998 年上海譯文出版社出版了《暴風雨》，1998年上海譯文出版社版出版了《蘿密歐與琚麗曄》(即《羅密歐與朱麗葉》)。此外，孫大雨還翻譯過《康透裒壘故事集序詩》(即《坎特伯雷故事集序詩》)，莎士比亞的十四行詩、班・絳蓀的《致西麗霞》、彌爾頓的《歡欣》、阜慈活斯的《讚頌》、拜倫的《我們倆分手時》、雪萊的《西風頌》、濟慈的《夜鶯頌》、勃萊克的《一顆毒樹》、梅阿的《林中無人》、渥恩的《世界》、文森特・米蘭的《海葬》、梅斯菲爾德的《海狂》、白朗寧的《安特利亞・代爾・沙多》等英國詩篇。〔註2〕1999年，上海外語教育出版社出版了孫大雨的《英詩選譯集》，多收入了上述詩篇。從翻譯的國別來講，孫先生對英國文學懷有特殊的情感，因此其詩歌譯作全都選材於英國詩歌，除了古典主義詩歌和莎士比亞劇詩之外，他所偏愛的詩歌多為浪漫主義詩歌，英國有名的浪漫主義詩人都曾得到了他的譯介。

從形式上講，孫大雨的譯詩主要採用的是整齊的格律體。孫大雨先生是中國現代格律詩的先行者，其譯詩在形式上多少受到了自己格律詩創作理念的影響，他把自己建構起來的格律詩觀念運用到翻譯實踐中，為莎劇的翻譯以及外國詩歌的中譯開闢了一條新的形式道路。不僅檢驗了自己的格律詩觀念，而且為中國新詩的形式建設積累了經驗。詩歌是極富心靈性的文體，詩歌翻譯如若要傳達原詩的情感，無疑就會使形式方面的要素遭到削弱；同理，倘若譯者周全地考慮到了譯詩的形式要素，那原作的詩情就會相應地遭到限制。更為致命的是，如果用一套業已成熟的形式理論去翻譯所有的外國詩歌，而不考慮各具特色的原詩形式，結果難免再次陷入僵化彆扭的局面，清末蘇曼殊、馬君武等諸君的詩歌翻譯就說明了這一點。因此，孫大雨在格律詩觀念指引下翻譯的外國詩歌難免存在侷限和缺點。

孫大雨在主觀上強調以其格律詩觀念為指導進行英詩中譯，過於嚴格的形式要求使他的翻譯詩歌常常適得其反。邵洵美曾這樣評價過孫大雨的詩文：「每一個時代有每一個時代的韻節，每一個時代又總有一種新詩去表現這種

〔註1〕以上四種翻譯文本後來結集為《莎士比亞四大悲劇》(珍藏本)，1995 年由上海譯文出版社出版。

〔註2〕後面列舉的除莎士比亞之外的譯詩收錄到《孫大雨詩文集》，孫近仁編，河北教育出版社，1996年。此外，譯名均保持原貌。

新的韻節。而表現這種新的韻節便是孫大雨、卞之琳等最大的成就。前者捉住了機械文明的複雜，……發現了每一個句斷的時間與距離。他們把這一個時代的相貌與聲音收在詩裏，同時又有活潑的生命跟著宇宙一同滋長」〔註3〕此話指出了孫大雨和卞之琳等人的詩歌創作由於有了合適的音韻節奏而應和了時代對新詩發展的訴求。但是邵洵美卻沒有看見這樣的詩歌創作理路其實存在很大的危險，因為孫大雨等人提出的「音組」理論存在機械的缺陷，運用到詩歌翻譯中又直接導致了譯詩形式的缺陷。孫大雨駁斥「相間說」提出的節奏概念，意指一連串的事件（語音）在我們的感覺上產生的比例現象，亦即節奏感是一種心理感覺。孫大雨的這種節奏觀念太過追求形而上的理趣，忽略了在日常生活中，感受的興起必須經過外界事物的刺激才可能發生，人自身在沒有外來影響的情況下很難激起某種感受。因此，在翻譯外國詩歌的時候如果先入為主地設定某種節奏而忽視了詩人自身或譯者對某種情感的心理反應，這樣的節奏觀無疑規避了節奏產生的心理基礎。而英語詩歌中有規律地出現的輕重音相間的「音步」，是英語詩歌的傳統節奏，也是英語語言自身的特徵之一，孫大雨主觀地否定了英語詩節奏的「相間說」而單純以自己的「節奏觀」去翻譯，其結果只可能是既否定了原詩的音韻節奏，又不可能在譯文中再現原詩的節奏風貌。其次，孫大雨在翻譯英詩的時候也有將原詩中的韻律「克隆」到譯詩中的情況，限制了詩情的傳達。用兩三個字構成的音組去代替英詩中的音步，這樣基本可以保證譯詩和原詩在形式上的對等，但譯者翻譯的自由度或詩情表現的充分度都會因為遷就形式的對等而付出代價。孫大雨翻譯的時候對譯詩中「音組」的嚴格強調反而減小了他翻譯的自由度，譯文往往不能充分再現原文的精神內容。第三，孫大雨並不成熟的格律詩觀念直接導致了譯詩形式藝術的欠缺。孫大雨的格律詩觀念來源於西方詩歌，由他首創出來專為證明其詩行合格律性的單位「音組」比起西方成熟的「音步」和中國傳統的格律詩理論來，還有很多需要完善的地方。但孫大雨無論是創作還是翻譯詩歌的時候，都十分注重通過實踐來架構他的格律詩理論，由此造成了莎劇和英詩翻譯時忽略了原文的形式而單純為了實踐自己的格律詩觀念。當然，孫大雨的英詩中譯存在不盡如人意的地方很多，也並不全是他的格律詩觀念造成的，也有時代的原因。比如孫大雨經歷了 1957 年的政治風暴，導致文革前翻譯的《罕秣萊德》等七部莎劇未能及時面世，直到 1991 年才得以出版。時代

〔註3〕邵洵美：《詩二十五首・序》，上海：新時代出版公司，1936 年，第 4～5 頁。

的隔膜和知識信息的短缺導致孫先生對莎士比亞的翻譯和研究知之甚少，其選材也受到了很大的侷限，他翻譯《罕秣萊德》時只能拿一百多年前出版的阜納斯氏《罕秣萊德》的「新集注本」作參考，就連威爾遜的莎士比亞劇本也未曾參考過。英漢兩種文字和文化的差異在客觀上造成了詩歌翻譯具有不可逾越的鴻溝，其譯詩與原詩的距離恰好反映出詩歌翻譯必須面臨的普遍意義上的困難。能夠最大限度地接近原文並傳達其旨意就無愧於原文和翻譯事業，孫大雨的英詩中譯實踐在中國現代新詩史和翻譯史上的價值也正好說明了這一點。

孫大雨的中詩英譯主要體現在古詩翻譯方面。孫大雨生前和去世後出版的中詩英譯作品集主要有如下3部：1996年，上海外語教育出版社出版了《屈原詩選英譯》；1997 年，上海外語教育出版社出版了《古詩文英譯集》；2007年，海外語教育出版社出版了《英譯唐詩選》。總體上講，孫大雨在其格律詩觀念指導下並諳熟古詩格律，他的中詩英譯是值得肯定的。由於孫大雨對博大精深的古詩理解深刻，對英語的形式和節奏韻律掌握圓熟，他的翻譯進行得如魚得水，使得中國許多經典的詩歌作品得以形神兼備地展現給世界，對重塑中國文化形象起到了極大的推動作用。但孫大雨的中詩英譯也存在如下不足：孫大雨對某些古詩的翻譯能夠嚴謹的以自己「音組」或者「停頓」概念加以表現，但在節奏韻律上，為了照顧譯入語國讀者的感受而不得不把中國古詩的韻律改為英語詩歌的韻律，這樣就造成了人為的傷痕。比如古詩的「尾韻」和英語詩中的「腳韻」並不能完全轉換，因為語義的緣故而使得譯詩後面詩行的尾詞必須顧及第一行詩表達的用語，致使古詩原來的韻律尚未被表達出來，又給英語讀者新增古詩節奏的誤解。此外，中國古詩的音樂美可以借助雙聲、疊韻、重複等方法來實現，而孫大雨的古詩英譯在處理疊字時存在嚴重的不足，或許譯詩本來就難以再現原詩的此類技法。比如對「平沙莽莽絕人煙」的翻譯，其中「莽莽」是疊詞，我們先看孫大雨先生的翻譯：「Ever and aye the sands extend and extend on」。疊字「莽莽」被譯為「extend and extend on」，extend 本為延伸、擴大之意，「莽莽」乃形容一望無際或無邊無痕的廣闊。孫大雨翻譯的處理不能說完全不妥，雖然意思有所接近，但譯詩的氣勢與原詩相比還是打折不少。另外，客觀的現實語境也影響到了孫大雨的中詩英譯，比如他在翻譯《屈原詩選英譯》時正值「文革」的災難歲月，孫先生與譯壇信息的溝通全部中斷，其在翻譯的時候沒有和他人溝通交流，導致翻譯的作品在用詞和技法處理上有些過時。

孫大雨的詩歌翻譯實踐了他早年形成的格律詩創作觀念，不管是英詩中譯還是中詩英譯，其譯文都堪稱中國翻譯史上的奇蹟，因為自五四以來，幾乎沒有一位詩人像孫大雨那樣從一而終地使用格律體從事詩歌翻譯。儘管孫大雨先生的譯文存在諸多不足，但其翻譯實踐不僅豐富和完善了自身的格律詩觀念，而且對中國新詩的形式建設也起到了很好的引導作用，這是我們在研究孫大雨詩文時不能忽視的要素。

（二）孫大雨格律詩主張對翻譯的影響

詩歌翻譯主要涉及到語言意義的轉化和藝術風格的再現，主要解決原文內容和譯文形式之間的矛盾。中國現代詩歌史上的詩人常常擁有翻譯和創作的兩種筆調，這兩種筆調常常處於相互轉化和傾述的狀態，翻譯好比一對戀人的甜言蜜語，譯詩必須用極富心靈性的語言去表達原詩的情感，從而實現了跨語境交流和實踐。孫大雨早在 1931 年就翻譯了莎士比亞的一些劇作，其中包括 *King Lear*（節譯）和《罕姆萊德》（第三幕第四景），以後在長達半個多世紀的時間裏又陸續翻譯了莎士比亞的其他作品。不管是從孫大雨本人的翻譯成就來講，還是從中國莎劇翻譯的歷史來看，孫大雨都是當之無愧的莎劇翻譯家。而孫大雨的莎劇翻譯和其他相關譯作比較具有非常明顯的特徵，那就是採用了格律詩體。人們不禁要問，為什麼孫大雨要採用格律詩體去翻譯莎劇或其他詩歌作品呢？這除了莎劇本身的結構更適合用詩體翻譯之外，固然與孫大雨自己建構了格律詩觀念並希望將之用到翻譯和創作實踐中密不可分，此外是否還有其他原因呢？

首先，英語語音結構和漢語語音結構決定了孫大雨的格律詩觀念對英詩中譯的指導具有一定的合理性。音步是英語格律詩的基本構成要素，也是詩歌建行的基本單位，它在英語體系中由元音和輔音組成。元音富於變化，單詞有輔音連綴、輔音結尾，造成了英語詩歌的押韻比較獨特，一般是間隔兩行或數行押韻，韻調有 abba、abcda 等，拼寫相似或發音相近（如 fair 與 near）也可視為押韻。一般來講，英語詩歌中常見的音步有四種：抑揚格、揚抑格、抑抑揚格、揚抑抑格，其中一、三兩格可稱為「上揚格」（rising　meter），二、四兩格可稱為「下降格」（falling　meter），每一詩行中所含的音步數可以有一個到八個不等。英詩中常見的韻式有頭韻、諧元韻、末韻（alliteration， assonance，rhyme），〔註4〕英語詩歌非常注重節奏，由重讀音節和非重讀音節的交替出現構成的節奏體現出英詩的美感。漢語語音體系與英詩有很大不同，它沒有輔音連綴和輔音結尾現象，元音數量也較少，唯有單字的不同聲調可以彌補音位的不足。漢語聲調的變化有助於詩歌的押韻，漢語詩歌也正是如此才具有廣泛的韻尾，一韻到底的現象普遍至極。此外，漢詩的韻律也包括平仄的變化。由此，中外詩歌的互譯就引出了這樣一個問題：既然漢語語音體系與英語語音體系有如此大的差別，怎麼才能實現二者翻譯的可能性呢？中外詩歌翻譯界曾就詩歌的可譯性展開過深入而廣泛的探討，但均未找到很好地協調譯詩與原詩形式藝術的可行性路徑。而孫大雨的格律詩觀念找到了現代漢語格律詩建行的基本單位「音組」，為詩歌翻譯找到了突破口和鑰匙。孫先生認為新詩的最小節奏單元不是單個的音節，而是「由我們所習以為常但不自覺的、基本上被意義或文法關係所形成的、時長相同或相似的語音組合單位。這樣既同傳統的等音主義又同西方的音步劃清了界限。」〔註5〕他透徹地揭示了現代漢語詩歌節奏的本質和構成要素，新詩以兩個或三個字組成一個音組，每行由固定的音組數組成，最後成為一首形式較為整齊的詩歌。漢語語素的單音節性和構詞造句的靈活性給「音組」的自由配置提供了很大的空間，而莎劇或其他英語詩歌每行也由相同的音步（「音組」）構成，這就為孫大雨他運用他的格律詩觀念指導翻譯提供了可能性。因此，孫大雨採用自身獨特的格律詩觀念去指導英詩的翻譯，實乃其詩歌觀念很好地彌合了英語和漢語語音體系的鴻溝，是一種行之有效的翻譯途徑。

用格律體翻譯莎劇或其他英詩體現了翻譯標準之「信」，是對原文形式的忠實。嚴復在《天演論》的《譯例言》中開篇即說：「譯事三難：信、達、雅。」〔註6〕後來，「信、達、雅」被當作翻譯的標準一直沿用到今天。其中「信」是忠實於原文，而對詩歌翻譯來說，「信」應該體現在形式和內容兩個方面。孫大雨與同時代的人對莎劇翻譯有不同的認識，他不贊成用散文體來翻譯莎劇，認為莎士比亞的作品用詩體來翻譯可以還原作者「戲劇詩人」的真實身份，而

〔註4〕王佐良，丁往道：《英語文體學引論》，北京：外語教學與研究出版社，1998年，第367頁。

〔註5〕許霆：《論孫大雨對新詩「音組」說創立的貢獻》，《文藝理論研究》，2002年第3期。

〔註6〕嚴復：《〈天演論〉譯例言》，《翻譯論集》，羅新璋編，北京：商務印書館，1984年，第136頁。

且在語言、形式和風格等方面更為接近原作，採用詩歌翻譯莎劇可以讓讀者和研究者進一步瞭解真實的莎士比亞以及莎劇。孫大雨選擇格律詩觀念來指導莎劇翻譯開時代之先河，是逆前人而動的「異端」。中國人最先接觸的莎士比亞劇作譯本是以散文體翻譯的，朱生豪先生的譯本《莎士比亞全集》優美的文句吸引了眾多讀者，在翻譯史上有重要的價值和地位。梁實秋先生譯的莎士比亞戲劇的三十七個單行本同樣以散文體出之，譯文的優美程度堪比朱生豪的譯筆。很多人認為詩是不可譯的，如美國詩人弗羅斯特說詩是「在翻譯中喪失掉的東西」，或者德國詩人莫根斯泰恩說詩歌翻譯「只分壞和次壞的兩種」，這使得人們在翻譯外國詩歌的時候只注意意義和情感的傳遞，莎劇散文體翻譯的盛行也可以看出當時譯壇風氣之一斑。孫大雨通過對漢語結構的深入研究發現，詩歌並非如人們所論述那樣完全不可翻譯，他在漢語結構中找到了一個與之相似的結構（即音組）來翻譯莎劇。孫大雨曾在課堂上當眾批判梁實秋先生認為的中文無法翻譯莎劇五音步素體韻文的看法，引起梁先生的不悅，但即便如此他仍堅持自己的想法，堅持以格律詩體翻譯莎劇，成為中國莎劇翻譯的一道獨特風景，澤被後世。他用格律詩觀念來指導莎劇翻譯從某種角度上講比採用散文體翻譯更忠實於原作的形式。茅盾說過：「好的翻譯者一方面閱讀外國文字，另一方面卻用本國的語言進行思索和想像；只有這樣才能使自己的譯文擺脫原文的語法和語彙的特殊性的拘束，使譯文既是純粹的祖國語言，而又忠實地傳達了原作的內容和風格。」〔註 7〕孫大雨格律詩觀念指導的莎劇翻譯的「信」除了體現在傳達原詩內容外，還體現在音韻節奏上。從莎劇本身來看，莎士比亞是一位戲劇詩人，莎劇多是用素體韻文寫成的，大多由不押韻又有輕重格律的五音步構成，莎士比亞的戲劇詩主要為五步抑揚格的素體無韻詩，當然有時也會有押韻的形式出現。他用自己在格律新詩探索中獨創的「音組」理論來對應莎劇中的「音步」，並用自己的格律詩觀念來指導翻譯，做出了更貼近莎劇原貌的翻譯實踐，是對散文體翻譯莎劇的一個超越。

孫大雨認為格律詩也並非「豆腐乾」式的詩，也不是簡單的平仄或押韻的機械活動。作為新月後期詩人的孫大雨，其對新詩形式的探討以及格律詩觀念的形成都受到了外國詩歌的影響，他的格律理論除了在創建之初應用於詩歌創作之外，後來全部轉移到翻譯實踐中，其合理性使孫大雨在英詩中譯時以格

〔註 7〕茅盾：《必須把文學翻譯提高到藝術創造的水平》，《翻譯通訊》，1983 年第 1 期。

律理論指導格律詩翻譯成為得心應手的易事。

孫大雨以格律詩觀念中的「音組」概念為翻譯指導，使莎劇譯作具備了形式美。以格律詩觀念之「音組」來指導莎劇的翻譯，充分體現了孫大雨格律詩觀念在英詩中譯中的有效性，因為音組恰好對應莎劇中的「音步」，易於使譯文與原作的形式相近。孫大雨在「音組」的指導下翻譯莎劇，使譯文在忠於原作的基礎上滲透出「歸化」於其格律理論之美。我們不妨舉例說明：

Macbeth: | Tomor | row, and | tomor | row, and | tomorrow, |
Creeps in	this pet	ty pace	from day	to day,
To the	last syl	lable of	record	ed time;
And all	our yes	terdays	have light	ed fools
The way	to dust	y death.	Out, out,	brief candle!
Life's but	a walk	ing shad	ow, a	pool player
That struts	and frets	his hour	upon	the stage,
And then	is heard	no more:	it is	a tale
Told by	an id	iot, full	of sound	and fury,
Signi	fying	nothing.	〔註 8〕

麥克白：| 明朝，| 再一個 | 明朝，| 又一個 | 明朝，|
便這般	一天	又一天	細步	趑趄去，
直到	有記錄	的時間	最後	那一剎；
我們	所有的	昨天	照亮了	芸芸
癡愚，	上歸土	的全路。	熄滅，	熄滅，
匆匆的	燭照！人生	只是個	陰影
走著路，	一介	可憐的	憐人	上臺來，
雄視	闊步	和氣急	敗壞地	演一番，
轉眼	便聲息	杳然：	它是個	白癡
嘴裏的	故事，	講時節	好慷慨	激昂，
說來	卻意義	全無。	〔註 9〕

〔註 8〕此英文詩歌出自梁實秋譯：《莎士比亞四大悲劇》，北京：中國廣播電視出版社遠東圖書公司，2002 年，第 174 頁。

〔註 9〕（英）莎士比亞：《莎士比亞四大悲劇》，孫大雨譯，上海：上海譯文出版社，2006 年，第 512 頁。

英文原文的莎劇是用輕重五音步素體韻文寫成，孫大雨通過運用自己的「音組」結構，譯成了與之對應的五個「音組」的格律韻文。如「Tomorrow」與「明朝」，一個音步譯為一個音組；「and tomorrow」與「再一個明朝」，兩個音步對應兩個音組。孫氏的譯文整齊的對應原作形式且忠實地傳達出原作的情思，體現了譯者超凡的詩人氣質和不俗的翻譯技巧。孫大雨自己說過，他提出的新詩或語體韻文的音組結構，以兩個字為常態，但也會有變化，音節多可這樣表示：

〔註 10〕

這些音節組織經過變化給人造成鮮明的節奏感，它們根據吐字發音的時間長短為標準，結合字和字之間的黏著性來發生變異，靈活性決定了其更為廣泛的適用性，因此莎劇在孫大雨設想的音組結構下很容易譯出原文裏的音步。莎劇在孫大雨的翻譯下以他的格律形式出現在讀者面前，既實踐了自己創建的格律理論，也對譯文作了很好的「歸化」處理，從而使譯文具備了原作的形式和情感，自屬上乘的莎劇翻譯。

孫大雨以格律詩觀念中的「節奏」概念為翻譯指導，使莎劇譯作具備了音韻美。孫大雨在 60 多年的翻譯歲月中以他創立的格律詩觀念創作和翻譯了約三萬行格律詩。莎劇中的素體詩有內在的節奏，一般不押韻，只有用詩體翻譯過來才會體現原作的節奏和韻律。孫譯莎劇的「音美」主要體現在「音組」構成的詩行所具有的內在節奏。從下面的實例中我們可以清楚地看見莎劇原文的五音步是由輕重格組合而成的：

| Tút, | yōu sáw | hēr fair, | nōne else | bēing bý, |
| Hērself | póised wīth | hērsélf | in éi | thēr éye: |

這兩行詩是輕重格構成的五音步莎劇詩行的典型，每一個音步都由一個輕音和一個重音聯合組成，循環著構成一行詩句。莎劇的音韻多體現在分行的韻文裏，那麼孫大雨是如何來翻譯莎劇韻文裏的音韻節奏的呢？孫大雨構想的「音組」的重複能讓我們覺察到譯文的節奏，音組之間的頓挫感在閱讀時會使節奏感自然而然地顯現出來。以下列實例為說明：

| To be | or not | to be: | that is | the question |
| Whether | ’ tis no | bler in | the mind | to suffer |

〔註 10〕孫大雨：《詩歌的格律》，《孫大雨詩文集》，孫近仁編，石家莊：河北教育出版社，1996 年，第 152 頁。

| The slings | andar | rows of | outra | geous fortune, |
| Or to | take arms | against | a sea | of troubles, |
| And by | oppos | ing end them? | To die; | to sleep; | 〔註 11〕

孫大雨的譯文是：

是存在	還是	消亡：	問題	的所在：
要不要	衷心	去挨受	猖狂	的命運
橫施	矢石，	更顯得	心情	高貴呢，
還是	面向	洶湧	的困擾	去搏鬥，
用對抗	把它們	了結？	死掉；	睡去；	〔註 12〕

這是《漢姆雷特》第三幕裏面的一個對話。原文五個音步間由輕音和重音交替構成，而譯文中的「音組」也有由五個停頓，讀起來自然產生較強的節奏感，體現出譯文較強的音樂美特徵。孫大雨在格律詩觀念指導下從事了大量的莎劇翻譯，而其譯文由於採用了他格律詩觀念中的音組和節奏概念，因而顯示出較強的形式美和音樂美特徵，這也是孫譯與其他莎劇翻譯的最大不同。

孫大雨的音組概念能在翻譯的時候較好地再現原詩的形式風格。詩歌翻譯實際上包含了很多創作的成分，優秀的譯者一定是一個優秀的詩人。「譯者要掌握一切可能掌握的材料，深入瞭解原詩（做到這一點極為不易），又要在自己的譯文上有創新和探索的勇氣（不僅在用詞方面，還有句子的排列組合，聲韻的選擇和調配等方面，甚至全文的風格，都可以進行試驗）。」〔註 13〕準確地把握原詩的情感內容和藝術特色是譯者展開翻譯的基礎，這就需要譯者充分發揮漢語詩歌的優勢和創作的潛質，才能翻譯出韻律工整且詩情飽滿的譯作。孫大雨在《英詩選譯集》中翻譯了很多外國經典作品，這些詩歌之所以具有較好的形式美，主要還是與他都運用了新詩的格律理論之「音組」來從事翻譯有關。比如孫大雨翻譯的《康透底壘故事集序詩》（即《坎特伯雷故事集序詩》）（*The General Prologue*）中的一節：

Whan that April with his showres soote

〔註 11〕 此英文詩歌出自梁實秋譯：《莎士比亞四大悲劇》，北京：中國廣播電視出版社遠東圖書公司，2002 年，第 134 頁。

〔註 12〕 （英）莎士比亞：《莎士比亞四大悲劇》，孫大雨譯，上海：上海譯文出版社，2006 年，第 66 頁。

〔註 13〕 王佐良：《英國詩文選譯集（序）》，北京：外語教學與研究出版社，1980 年，第 2 頁。

The droughte of March hath perced to the roote,
And bathed every veine in swich licour,
Of which vertu engendred is the flowr;

｜當陽春｜四月天｜將它的｜甘霖｜浸淫｜
｜三月｜乾旱裏｜的花木｜根株，｜滲沁｜
｜萬樹｜千花｜每一絲｜脈絡於｜潮潤中｜
｜觸發了｜生機，｜使枝頭｜葉碧｜而花紅；｜〔註 14〕

每行都有五個「音組」，與原詩的結構一一對應。原詩押 aabb 韻，譯作也押相同形式的韻，雖然譯作每行字數不太相等，但「音組」的劃分，節奏韻律都完整地再現了原作的風格。

英詩漢譯時只追求形式上的一致性還不夠，而應充分發揮漢語的語言優勢譯出原詩的音韻節奏。「詩是一種有節奏的語言，假若詩可以沒有節奏，我們將沒有理由以為詩還有分析的必要，它也就變為與散文一樣。」〔註 15〕此話進一步說明了翻譯外國詩歌的時候必須注意譯文的節奏，如果譯者因為翻譯的難度而人為地拒絕了節奏，那譯文的詩性就會蕩然無存。孫大雨在翻譯英語經典詩歌的時候同樣十分注重譯文的節奏，他以自己的格律詩觀念之節奏觀為指導，成功地翻譯了很多英語詩歌。比如莎士比亞十四行詩的韻式較為嚴格，基本上採用的是 abab-cdcd- efef-gg 形式，孫大雨在翻譯的時候也基本上可以做到這一點：

（1）Like as the waves make towards the pebbled shore, (a)
（2）So do our minutes hasten to their end; (b)
（3）Each changing place with that which goes before, (a)
（4）In sequent toil all forwards do contend. (b)
（5）Nativity, once in the main of light, (c)
（6）Craws to maturity, wherewith being crownd, (d)
（7）Crooked eclipses gainst his glory fight. (c)
（8）And time that gave doth now his gift confound. (d)
（9）Time doth transfix the flourish set on youth, (e)
（10）And delves the parallels in beauty' blow; (f)

〔註 14〕孫大雨：《英詩選譯集》，上海：上海外語教育出版社，1999 年，第 45 頁。
〔註 15〕林庚：《新詩格律與語言的詩化》，北京：經濟日報出版社，2000 年，第 33 頁。

（11）Feeds on the rarities of Nature's truth, (e)

（12）And nothing stands but for his scythe to mow: (f)

（13）And yet, to times in hope my verse shall stand, (g)

（14）Praising thy worth, despite his cruel hand. (g)

孫大雨的譯文是：

猶如波浪湧向多卵石的岸灘，
我們的光陰都急忙趕到盡頭，
前推和後擁，不斷地更迭變遷，
連續又綿延，奮勇掙扎個無休。
誕生，一度出現在熒熒光海裏，
爬登了精壯，戴上顯耀的王冠，
陰邪的晦蝕對他的輝煌施戾，
時光曾賦予，如今把所贈攪亂。
歲時戳穿了加給青春的榮茂，
在華顏額上掘出平行的溝渠，
造化的菁瓊佳妙盡被他填楞，
再沒東西能對它的鐮刀抗拒。
可是我的詩有希望抵禦時間，
讚揚你的品德，不管它多兇險。〔註 16〕

孫大雨的譯文保留了原詩的韻式，「灘」「遷」「頭」「休」與原詩中的「ore」「end」韻相對。原詩為抑揚格五音步，隔句押韻，譯文同樣採用了這種韻式。十四行詩（1）到（12）這部分，告訴讀者詩所描寫的內容，（13）（14）部分是「兩行尾韻相諧的詩句，」是對全詩作總結的詩行。在翻譯中，孫大雨的格律詩觀念到底怎樣指導翻譯實踐呢？從譯詩中看出，孫先生的「音組」概念起到了非同小可的作用，譯文每行詩的字數幾乎相等，構成了節奏相同的五個音組，比如：「可是／我的詩／有希望／抵禦／時間，／讚揚／你的／品德，／不管它／多兇險。／正是有了孫先生「音組」的指導，譯詩才很好地體現了原詩的節奏感。在忠於原詩的大原則下，孫大雨的譯詩與原詩相比在押韻上也有一些變化，但基本上能保持原詩的節奏。如《海狂》（*Sea-Fever*）第一節：

〔註 16〕孫大雨：《英詩選譯集》，上海：上海外語教育出版社，1999 年，第 138～139 頁。

I must down to the seas again, to the lonely sea and sky,

And all I ask is a tall ship and a star to steer her by,

And the wheel's Kick and the wind's song and the white sail's shaking,

And a gray mist on the sea's face and a gray dawn breaking.

孫譯為：「我還得往海上去，去看脈脈的長天和大海洋，／我要一艘高桅的大舟和一座星斗去定向，／我只要機輪震撼海風歌，海風吹得白帆漲，／灰色的曉天蒙著灰色的早霧在慢慢地亮。」〔註 17〕原詩第一、二行押［ai］韻，三、四行押［ŋ］韻，譯詩分別譯為「洋、向、漲、亮」，都押［æŋ］韻。譯文雖與原詩的音韻有一些區別，但依然能反映出原詩的形式風貌和節奏特徵。

一方面，孫大雨在其格律詩觀念的指導下展開英詩詩歌的翻譯活動，另一方面，其譯文也能很好地印證孫大雨格律詩觀念的合理性和廣泛的適應性，反過來進一步完善它的格律詩觀念。孫大雨的英詩中譯體現了其格律詩觀念的合理性。每個譯者在翻譯的時候會不自覺地受到某種詩歌理論的牽引或支配，〔註 18〕孫大雨的格律理論成為影響他詩歌翻譯實踐的重要因素和關鍵性的理論支柱。莎劇自身的形式與孫大雨格律理論的暗合是孫大雨成功翻譯莎劇的客觀原因。孫大雨從早期新詩格律理論的創建開始就將其運用於翻譯實踐，亦即從一開始孫先生的格律理論就影響了他的翻譯觀。孫大雨的格律詩理論與後來卞之琳等提出的「以頓代步」有共同之處，只不過孫先生的詩行都是由五個頓構成，而且字數從 11 個到 13 個不等，有一字頓（比如「唉」）到四字頓（比如「像死屍的」），而卞先生的詩行多為四字頓，字數 10 個到 11 個不等，構成「頓」的字數由 2 個到 4 個不等。孫大雨在譯詩時嚴格要求詩行的頓數與原作的音步數相等，故其譯詩具有他的格律詩觀念影響的痕跡。目前，詩歌翻譯的方式林林種種，如「民族化」譯法、「自由化」譯法、字數相應」「以頓代步」「兼顧頓數與字數」等，這些從不同層面命名的譯詩方式無形中透露出詩歌形式的重要性，而孫大雨譯詩形式的格律化正好體現並踐行了他的格律觀念。

〔註 17〕孫大雨：《英詩選譯集》，上海：上海外語教育出版社，1999 年，第 488～489 頁。

〔註 18〕謝天振主編：《翻譯的理論建構與文化透視》，上海：上海外語教育出版社，2000 年，第 252 頁。

（三）自我詩學主張下的翻譯特色

孫大雨是一位傑出的詩人，早在 1932 年，蘇雪林就認為孫大雨是徐志摩、聞一多「一雙柱石」之後的「新月」之中一員出色的詩人。〔註 19〕但他更是一位頗有造詣的翻譯家。在新詩形式自由散漫時，他在西洋格律詩音步的啟發下，構建起了漢語新詩的格律理論，並在自己的創作中成功試驗了第一首十四行詩。孫大雨在自己的格律詩觀念的指導下翻譯過很多作品，為中西文化交流作出了極大的貢獻。

孫大雨對莎劇的鍾愛和潛心研究在莎劇的翻譯史上開創了以詩體翻譯莎劇的新路。莎劇採用什麼形式翻譯曾在中國引起過許多爭論，如梁實秋認為：「凡原文為無韻詩體，則亦譯為散文，因為無韻詩文根本無此體裁；莎士比亞之運用無韻詩體亦甚為自由，實已接近散文，不過節奏較散文稍微齊整；莎士比亞戲劇在舞臺上，演員並不咿呀吟誦，無韻詩亦讀若散文一般。」〔註 20〕故他主張以散文譯莎劇。朱生豪認為莎劇要在劇臺上演出，應雅俗共賞，通俗易懂，所譯選擇了白話散文形式來翻譯。在孫大雨之前，也有人嘗試過用詩體來翻譯莎劇，如 1929 年朱維基以詩體翻譯《奧賽羅》，朱文振也用詩體翻譯過莎士比亞的四個歷史劇，但這些韻文翻譯文本沒有產生太大的影響。孫大雨是新詩史上第一個認真研究用格律來翻譯莎劇的人，他譯《李爾王》時用每行五個音組翻譯了莎士比亞無韻體詩，關於這一點他在《詩歌的格律》一文中作過詳細的闡述。後來卞之琳受孫大雨「音組」的影響，在素體詩場合避免用腳韻，五「頓」合五「音步」，字數限在十個和十五個之間。孫大雨以詩體翻譯莎劇，主要以自己格律詩理論中的「音組」和節奏來指導莎劇的翻譯，「音組」與素體無韻詩的「音步」相對應，在形式上保留了原作的整齊，而且相近地傳達了原作的音韻格律，因此其翻譯是對先前白話譯文的超越。

孫大雨在格律理論的指導從事翻譯活動，其譯作往往能顧及中西文化的差異並結合自身對翻譯的理解，從而形成獨特的翻譯風格。比如孫大雨在翻譯的時候經常利用注釋來介紹原作中對譯入語國讀者來說很陌生的東西，適當消除了譯文在異質文化語境中傳播的障礙。孫大雨翻譯的 8 部莎劇中，除《蘿密歐與琚麗曄》和《威尼斯商人》外，均是集注本，譯文的注釋相當詳細且數

〔註 19〕蘇雪林：《論朱湘的詩》，《青年界》（第 5 卷第 2 期），1934 年 2 月。

〔註 20〕梁實秋：《例言》，《暴風雨》，梁實秋譯，上海：商務印書館，1947 年，第 1～2 頁。

量很多，最多者達千餘條，既包含了17世紀到19世紀世界各國莎士比亞學者的研究成果，也有他自己對莎劇的獨特理解，是閱讀莎劇和研究莎劇的珍貴資料。注釋是他莎劇翻譯的又一大特色。在詩體試驗上，孫大雨亦可被認為是十四行詩的先行者，陳夢家在《新月詩選》中論及孫大雨時說：「十四行詩（Sonnet）是格律最謹嚴的詩體，在節奏上，它需求韻節，在鍵鎖的關聯中，最密切的接合，就是意義上也必須遵守合律的進展。孫大雨的三首商籟體，給我們對於試寫商籟，增加了成功的指望。因為他從運用外國的格律上得著操縱裕如的證明。」〔註21〕孫大雨翻譯十四行詩後他的格律理論進一步走向成熟，難怪周良沛在編選中國新詩庫時，認為孫大雨畢生都致力探索寫作，更重要的是譯介莎士比亞時，「要使十四行用中文寫出才是真格的十四行者」。〔註22〕由此可見孫大雨的格律詩觀念與翻譯之間相得益彰，並非簡單的指導或影響關係。

孫大雨不是一位多產的詩人，但他卻是一位多產的詩歌翻譯家，其譯作大多是在他早期新詩格律理論的指導下翻譯成功的，這些詩歌翻譯作品很好地實踐了孫式格律詩觀念。在現代中外文學交流和翻譯史上，孫大雨可以被視為以自己的詩歌觀念去影響詩歌翻譯的典型個案。本章決定套用陳子善先生的話作為結束語：「孫大雨並不是一位多產的詩人，也不追求時髦，迎合『新潮』；但作為新月詩派的一個傑出代表，他的新詩理論和創作以及翻譯成就都獨樹一幟，終將獲得越來越多的中外研究者的重視和承認，在中國新文學史上重新定位。」〔註23〕

〔註21〕陳夢家：《新月詩選．序言》，上海：新月書店，1931年，第26頁。

〔註22〕周良沛：《中國新詩庫．孫大雨卷》，武漢：長江文藝出版社，1990年，第11～12頁。

〔註23〕陳子善：《碩果僅存的「新月」詩人孫大雨》，原文載臺灣《文訊》，1990年3月。本文引自《孫大雨詩文集》，孫近仁編，石家莊：河北教育出版社，1996年，第450頁。

第四編：詩人翻譯與時代籲求

一、仿寫與抒情：何其芳的詩歌翻譯

沐浴著五四新文化運動的春風，踏著現代主義詩歌的審美節奏，何其芳走上了新詩創作的道路。目前，學界主要從傳統和西方兩個維度去論述其創作資源，而從譯介學出發去尋找詩歌翻譯對何其芳創作影響的成果卻十分稀少。實際上，現代時期的何其芳受他人翻譯作品的影響，其少量創作甚至是對翻譯詩歌文本的仿寫；當代時期的何其芳走上了詩歌翻譯的道路，他借用譯作來抒發自我內心的苦悶與彷徨，並藉此闡發格律詩主張。因此，何其芳與詩歌翻譯之間有割捨不斷的情緣，對此加以研究必然會進一步彰顯他創作資源的豐富性和自我表達的多樣化特徵。

（一）何其芳的詩歌翻譯觀念

在新詩研究領域，何其芳的詩歌理論和創作早已成為研究重鎮，但他關於翻譯詩歌的言論卻很少有人提及。現代時期的何其芳與翻譯詩歌之間的隱秘關係不容忽視，本小節主要集中探討他的翻譯詩歌觀念。

出於文化交流或擴展文化視野的目的，何其芳認為人們應大量閱讀譯詩。何先生對翻譯詩歌的認識充滿矛盾，他一方面認為譯詩不能帶領我們駛入「外國的詩歌的海洋」，但另一方面卻主張為了觀賞「奇異的景物」而閱讀譯詩。他對譯詩的「反感」源於翻譯難以再現原作的語言藝術，認為「詩歌，這種高度精巧地由語言來構成它的美妙之處的藝術，我們怎麼可以只從譯文來欣賞它，來談論它呢？我們又哪裏能找到我們所需要的那些既忠實地表達了原來的內容、又巧妙地保持了原來的語言之美形式之美的譯文呢？」〔註1〕這等於

〔註1〕何其芳：《詩歌欣賞》，北京：人民文學出版社，1978年，第110頁。

說任何譯詩與原詩相比，都存在著一定的距離，難以再現原作的風貌。何其芳先生從詩歌的文體特徵出發，所得出的以上結論自然有合理的地方，但以原詩為準繩去評判譯詩難免會抹殺翻譯的創造性，畢竟在中外翻譯史上譯文風格勝出原文的例證並不罕見，很多優秀的譯作後來演變為民族詩歌史上的經典作品，比如英國人菲茨傑拉德翻譯的波斯古詩《魯拜集》，美國人龐德翻譯東方詩歌後結集的《神州集》等就是範例。與此同時，從文化交流的角度出發，何其芳先生認為閱讀外國詩歌是必須的，哪怕是從譯文中讀到原作的基本內容也能幫助我們拓展眼界：「僅僅為了閱讀那些外國的傑出的詩歌，我們也是值得去學習外國語的，雖然通曉外國語的好處並不止於此。但產生過傑出的詩歌的外國語言是那樣多，一個人怎麼可能都學好呢？還是不得不讀翻譯的作品。理想的譯文雖然很稀少，不能保持原來的語言之美形式之美也就難免要有損原來的內容，但從翻譯仍然是可以讀到它們的基本內容的，仍然是可以擴大我們的眼界的。」〔註2〕由此可見，何其芳先生仍然認為翻譯是不可或缺的文化交流活動，尤其是面對眾多的民族語言和繁多的優秀作品時，我們沒有時間和精力去掌握每門外語並窮盡所有的外國文學作品，但為了積澱文化修養和開拓創作視野，我們就不可避免地會閱讀外國文學的翻譯本。

在何其芳看來，閱讀翻譯詩歌會影響詩人的創作。何先生在談寫詩的經驗時認為，詩人必須要有「一般的文藝修養和詩的修養」，至於如何培養詩人修養的問題，他覺得最基本的路徑就是閱讀前人的作品。「讀前人的作品，如果不是有意地模仿，而是自然地接受一些影響，那不但是難免的，而且對於我們的生長和成熟是必要的，有益的。」〔註3〕很顯然，在西方文學被大量譯介到中國文壇的現代時期，閱讀前人的作品就勢必包含閱讀外國詩歌的譯本，故在彼時的語境中，某個詩人閱讀了外國詩人的作品並受到相應的影響是很自然的創作現象。對何其芳而言，他的創作中不僅存在「接受一些影響」的痕跡，更有「有意地模仿」外國詩歌譯本進行創作的明證，關於這方面的內容，下節將做詳細探討。何其芳認為，外國詩歌的譯本甚至是並不成功的譯本也會對中國新詩創作產生影響，在紀念馬雅可夫斯基誕生60週年的文章中，他曾這樣寫道：「通過並不怎樣理想的翻譯，而且有些還是重譯或節譯，馬雅可夫斯基

〔註2〕何其芳：《詩歌欣賞》，北京：人民文學出版社，1978年，第110頁。

〔註3〕何其芳：《關於寫詩和讀詩》，《何其芳文集》（第四卷），北京：人民文學出版社，1983年，第458頁。

的作品卻早就對中國的年輕的革命詩歌發生了顯著的影響。」〔註4〕何先生關於譯詩的此種認識，正好符合我們今天譯介學的觀點，即「把任何一個翻譯行為的結果（也即譯作）都作為一個既成事實加以接受（不在乎這個結果翻譯質量的高低優劣），然後在此基礎上展開他對文學交流、影響、接受、傳播等問題的考察和分析。」〔註5〕譯介學和翻譯學的根本區別為我們研究翻譯詩歌去除了很多爭議和障礙，我們不必再去計較諸如「詩的可譯與否」、「好詩的標準」以及「詩人譯詩的利弊」等諸多問題，它把所有的翻譯詩歌都視為一個既定的客觀文本，然後從這個客觀的文本出發展開影響研究。這樣，我們就可以理解許多在原語國不著名的作品可能會在譯語國引起轟動；同時，一部翻譯作品質量的高低也不一定會成為它受到譯語國讀者歡迎與否的標尺等諸多看起來撲朔迷離的問題。

何其芳對翻譯詩歌的談論十分有限，但他有限的翻譯詩歌觀念卻能道出翻譯的複雜性和侷限性，也能言明翻譯詩歌在中外文化交流中產生的積極影響，具有一定的翻譯學價值。

（二）譯詩對何其芳創作的影響

何其芳詩歌創作的高峰期主要集中在 20 世紀 30 年代前後，據已有的文獻資料查證，〔註6〕他在該時期沒有翻譯任何詩歌作品，但這並不表明翻譯詩歌對他的創作沒有產生影響。事實上，何其芳是在閱讀了大量英文詩歌及其譯本的基礎上，才在古典詩歌傳統之外積澱起了豐富的新詩創作素養，其部分詩篇帶有明顯的譯詩影響痕跡。

何其芳早期的詩歌創作曾受到過他人譯詩的影響。作為早期中國新詩史上追求唯美的現代派詩人，何其芳詩歌創作風格除繼承了古典詩歌傳統外，在西潮湧動的語境中，必然會受到外國詩歌情感及創作技法的影響。卞之琳先生在談何其芳詩歌創作時十分肯定地說：「現在事實清楚，何其芳早期寫詩，除繼承中國古典詩的某些傳統外，也受過西方詩影響，他首先（通過《新月》詩派）受十九世紀英國浪漫派及其嫡系後繼人的影響，然後才（通過《現代》詩

〔註4〕何其芳：《馬雅可夫斯基和我們》，《何其芳文集》（第四卷），北京：人民文學出版社，1983 年，第 431 頁。

〔註5〕謝天振：《譯介學》，上海：上海外語教育出版社，1999 年，第 11 頁。

〔註6〕參閱李光騰：《何其芳年譜》，《吉林大學社會科學學報》，1986 年第 1 期；何其芳：《何其芳文集》，北京：人民文學出版社，1983 年。

風）受十九世紀後半期開始的法國象徵派和後期象徵派的影響。」〔註7〕作為熟識何其芳創作的老朋友，卞之琳的話當然具有很高的可信度，英國浪漫派詩人的作品在20世紀20～30年代通過胡適、郭沫若、傅東華、朱湘、徐志摩等人的翻譯，刊發在《新青年》《小說月報》《創造季刊》和《新月》等報刊上，而在上世紀70年代之前幾乎不接觸外語的何其芳，多是借助譯詩去瞭解外國詩歌，〔註8〕他所受到的外來影響其時就是翻譯詩歌帶來的影響。為了具體說明何其芳早期詩歌受惠於英國浪漫主義詩風，我們不妨先看兩首作品：

首先是華茲華斯（Wordsworth）的《她住在人跡罕至的鄉間》（*She Dwelt Among the Untrodden Ways*）：

她住在人跡罕至的鄉間，
就在那鴿溪旁邊；
既無人為她唱讚美的歌，
也甚少受人愛憐。

她好比一朵空谷幽蘭，
苔石斑駁半露半掩；
又好比一顆孤獨的星，
在夜空中閃著光焰。

她生前默默無聞，也不知
她幾時離開了人間；
呵！她如今已睡在墓中，
這對我是怎樣的變遷！
（顧子欣譯）

接下來看何其芳早期最富盛名的《花環》：

開落在幽谷裏的花最香。
無人記憶的朝霞最有光。
我說你是幸福的，小玲玲，

〔註7〕卞之琳：《何其芳晚年譯詩（代序）》，《何其芳譯詩稿》，北京：外國文學出版社，1984年，第3頁。

〔註8〕1961年，何其芳在《詩歌欣賞》一書中曾說：「我們的航行只能停止於此了。還有一個十分遼闊並且充滿了奇異的景物的海洋，那就是外國的詩歌的海洋。我是曾經打算進入這個領域的。但我知難而退了。」（何其芳：《詩歌欣賞》，北京：人民文學出版社，1978年，第110頁。）

沒有照過影子的小溪最清亮。

你夢過綠藤緣進你窗裏，
金色的小花墜落到你發上。
你為簷雨說出的故事感動，
你愛寂寞，寂寞的星光。

你有珍珠似的少女的淚，
常流著沒有名字的悲傷。
你有美麗得使你憂傷的日子，
你有更美麗的夭亡。

如果不是刻意模仿，這兩首詩斷然不會有如此多的相似之處：很少有人注意的美麗少女、少女的夭亡、孤獨與寂寞的心緒、幽靜偏僻的意境、詩人內心的悲傷與歎惋等。據查證，華茲華斯的這首詩歌於 1925 年 3 月被翻譯到中國，當時《學衡》雜誌第 39 期開始增加了「譯詩」欄目，發表了華茲華斯《露西》組詩中的第 2 首的 8 種譯文，標題為《威至威斯佳人處偏地詩》，其中「威至威斯」是華茲華斯當時的譯名。譯者及各自翻譯的詩名分別是賀麟的《佳人處偏地》、張蔭麟的《彼姝宅幽僻》、陳銓的《佳人在空谷》、顧謙吉的《絕代有佳人　幽居在空谷》、楊葆昌的《女郎陋巷中》、楊昌齡的《蘭生幽谷中》、張敷榮的《德佛江之源》和董承顯的《美人居幽境》，譯文都是採用五言體形式。「八首詩的作者都是自覺或不自覺地從中國詩歌傳統文化的角度，對華氏詩中那個幽淒而逝的露西進行了再創造，使她成為我們傳統眼光所熟知所期待的這一個『佳人』形象。」〔註 9〕在同一期刊物上刊出同一首詩的 8 種譯文，這在中國翻譯史上屬於罕見的現象，加上譯者又對之作了中國化「誤讀」，那華茲華斯的這首詩更容易引起文人學者的廣泛關注，使之更容易在中國傳播並被讀者接受。何其芳的《花環》一詩創作於 1932 年 9 月 19 日，是在華氏的 *She Dwelt Among the Untrodden Ways* 一詩被翻譯進中國 7 年半之後才寫出來的。如果沒有現成的材料證明前者是在閱讀了後者的作品之後，才創作了自己的作品話，難道僅從兩首詩的諸多相似之處中還不能尋找到答案嗎？倘若何其芳真實的生活世界裏沒有「小玲玲」的話，那他如此淒美的詩情又該從何而來？因此，何其芳的《花環》與華茲華斯的《她住在人跡罕至的鄉間》之間的

〔註 9〕葛桂錄：《華茲華斯及其作品在中國的譯介與接受（1900～1949）》，《四川外語學院學報》，2001 年第 2 期。

隱秘關係不證自明。

何其芳詩歌語言觀念的形成也與他接觸外國詩歌並閱讀翻譯文本有密切的關係。何先生 1951 年在談詩歌創作的形式問題時說：「運用歐化的句法過多，有些片段還寫得有些鬆散，不精練，都是缺點。但運用現代的口語來作新詩，語言還比較自然，這一點，恐怕還是應該肯定的。寫的句子更中國化一些，更精練一些，節奏更鮮明一些，更有規律一些，同時仍然保持口語的自然，我想這就是比較可以行得通的寫法。」〔註 10〕很顯然，這一時期何其芳對於詩歌形式、句法和語言都有比較明確的方向，避免歐化和力爭中國化是其核心內容，而要使詩歌達到這個要求就必須採用清新的「現代的口語」。可以肯定的是，何其芳在中國新詩形式問題的探索中從來沒有捨棄過對中國元素的找尋，在上世紀 50 年代後期那場詩歌形式問題的爭論中，他對於別人指責其新格律是剽竊「歐洲的十四行詩」或「英國的高蹈派詩歌」的「皮毛形式」感到十分可笑，因為他的形式主張實乃「採取的我國古典詩歌的格律的傳統」和「採取的我國民歌的格律的傳統」，並「以我國現代口語的特點和五四以來多數新詩的收尾的句法為依據。」〔註 11〕不管何其芳先生的詩歌形式主張是否在後來的創作中得以很好地踐行，但至少證明了他在詩歌形式問題上的民族化立場。

在詩歌語言的口語化和民族化追求上，何其芳與英國浪漫派形成了默契，這也許可以部分地解釋他當年創作《花環》時對華茲華斯作品的模仿。如果說魯迅極力向國人推薦「摩羅」詩人是出於他們的作品在內容上具有反叛和革命精神的話，那五四時期人們大力介紹彭斯、華茲華斯、惠特曼等詩人的原因則是因為他們的作品在形式上具有反叛性和革命性。影響英國 18 世紀詩歌進程的是浪漫主義詩歌，浪漫主義詩人的一大共同特徵就是對詩歌語言和詩歌形式的改造，他們幾乎無一例外地背叛了之前的新古典主義詩歌風格——嚴整的形式和韻律，在語言和韻式上向民謠靠近。彭斯（Robert Burns）是蘇格蘭農民，他的詩歌充滿了「顛覆分子」的話語；布萊克（William Blake）本身是一個油畫家，「他擅長用最簡單的文字以最形象的方式說最深刻的道理。簡單得像童話，富於樂感如兒歌。」〔註 12〕華茲華斯（William Wordsworth）的許

〔註 10〕何其芳：《〈夜歌和白天的歌〉重印題記》，《何其芳文集》（第三卷），北京：人民文學出版社，1983 年，第 35 頁。

〔註 11〕何其芳：《關於詩歌形式問題的爭論》，《何其芳文集》（第六卷），北京：人民文學出版社，1983 年，第 14～15 頁。

〔註 12〕王佐良：《英國詩史》，上海：譯林出版社，1997 年，第 222 頁。

多詩作在文體上屬於白體詩，不像蒲柏等新古典主義者的詩作那樣有很濃的人工雕琢氣味，顯得比較自然，他認為「詩歌是強烈感情的自然流露，……在較輕鬆的作品中，詩人使用韻律的自如和得體本身被公認為是讀者獲得快感的一個主要源泉。」〔註13〕他們在語言和形式上的反叛精神導致一股純樸、清新的詩風在英國詩壇上流行開來，英國詩歌也從此步入了巔峰期。這種具有語言反叛精神的詩人在中國受到了歡迎，華茲華斯的詩歌也引起了人們的興趣，並對中國新詩語言產生了深遠影響。比如徐志摩受華茲華斯的影響而創作的《東山小曲》，採用的是其家鄉「硤石鎮」的土白方言。作為熟悉英國浪漫派詩風並受其影響的何其芳，即便其詩歌語言觀念沒有受之影響，也多少會從中得到啟發。

以外國詩歌作品為參照進行創作也是何其芳的新詩創作路線。「我們所知的何其芳的第一首詩，以瓦萊里為模仿的樣板，也採用了一個神話的主題。但他用作自己詩歌形象的是『年輕的神』，而並非是一個注定夭亡的不幸青年。」〔註14〕這表明何其芳是在模仿外國詩歌的基礎上開始新詩創作的，但他並非完全仿照西方詩歌寫作，而是在借鑒的同時有自己的創新，這保證了何其芳詩歌的獨立品格。他的成名作《預言》在構思上同樣受到了西方文化的影響，以至於有學者指出，《預言》在設計和構思上所體現出來的「陌生化」審美效果，給中國讀者帶來了出乎意料的藝術感受，關鍵原因在於何其芳選擇了女神「厄科」（Echo，「回聲」）並將之化為整首詩的抒情主體「我」。〔註15〕比如1976年毛澤東逝世的時候他曾寫過一篇名為《毛澤東之歌》的回憶錄，其中這樣寫道：「我們偉大的領袖和導師在世的時候，我不曾寫出一篇《毛澤東之歌》。我是多少年都在想著、構思著這個題目，而且夢想著能夠寫出這樣的詩，像馬雅可夫斯基的《列寧》的詩呵！」〔註16〕雖然何其芳最終沒有完成他構思多年的

〔註13〕（英）華茲華斯：《抒情歌謠集·前言》，《文學批評理論：從柏拉圖到現在》，〔英〕拉曼·塞爾登著，劉象愚等譯，北京：北京大學出版社，2003年，第174～175頁。

〔註14〕（斯洛伐克）馬立安·高利克：《中西文學關係的里程碑》，伍曉明、張文定譯，北京：北京大學出版社，1990年，第156頁。

〔註15〕此處主要參閱：（斯洛伐克）馬立安·高利克：《中西文學關係的里程碑》，伍曉明、張文定譯，北京：北京大學出版社，1990年，第204～206頁。吳曉東：《臨水的納蕤思：中國現代派詩歌的藝術母題》，北京：北京大學出版社，2015年，第17～21頁。

〔註16〕何其芳：《毛澤東之歌》，《何其芳文集》（第三卷），北京：人民文學出版社，1983年，第39頁。

《毛澤東之歌》，但如若當年他要完成這部詩歌作品的話，必然會借鑒馬雅可夫斯基的創作經驗，甚或以《列寧》為藍本進行創作。

由以上創作實例可以看出，如果沒有閱讀翻譯詩歌產生的詩歌經驗，現代時期的何其芳或許難有我們今天所見的成就，其主要代表作《預言》《花環》等也難有如此高的藝術造詣。正是對翻譯詩歌的仿寫與超越，何其芳才成為新詩史上舉足輕重的現代派詩人。

（三）詩歌翻譯與自我情感抒發

從大後方趕赴延安，何其芳的創作道路和風格發生了巨大轉變；而新中國建立後，何其芳的創作又進行了調整，以適應新社會的文學訴求。這些都是何其芳研究中繞不開的話題，而他與翻譯詩歌的關係也在這一時期進入了新階段，不過他從上世紀 70 年代開始翻譯德國詩歌的現象卻很少進入學人的視野。儘管何其芳的譯詩嚴格說來只是「半成品」，〔註 17〕但他的翻譯行為已然成為一種文化現象，折射出中國作家在「文革」期間的心靈書寫，是特殊時期的自我抒情方式。

何其芳翻譯外國詩歌始於「文革」發生之後的 1974 年，他一邊自學德語一邊翻譯德國詩歌。由於疾病的干擾，部分譯詩還沒定稿，何其芳就離開了人世。他的譯詩稿在生前沒有公開發表，去世後由牟決鳴、譚余志和卞之琳等人收集整理後得以出版。根據 1979 年四川人民出版社出版的《何其芳選集》和 1984 年外國文學出版社出版的《何其芳譯詩稿》統計，何其芳面世的譯詩共計 57 首，其中海涅的詩歌 47 首，維爾特的詩歌 10 首。其中，有 26 首是對不公平社會現象的抨擊，有 11 首表現頑強的戰鬥／革命精神和愛國情懷，有 10 首反映了詩人對理想生活環境的訴求，有 10 首表現內心的孤獨和對真誠情感的籲求。何其芳懂英文並能閱讀法文，但他卻翻譯了自己並不擅長的德語詩歌，其中奧妙何在？有人認為何其芳翻譯德語詩是出於學習德文並達到「能直接讀懂馬克思、恩格斯的原著」〔註 18〕的目的，又因海涅和維爾特是德國民主主義戰士和無產階級詩人，前者曾受到恩格斯的讚揚，後者則是馬克思和恩格斯的親密戰友，遂引發了何其芳對這兩位詩人的興趣。宏大的「無產階級」立

〔註 17〕卞之琳：《何其芳晚年譯詩（代序）》，《何其芳譯詩稿》，北京：外國文學出版社，1984 年，第 11 頁。

〔註 18〕牟決鳴：《關於〈何其芳譯詩稿〉的一點說明》，《何其芳譯詩稿》，北京：外國文學出版社，1984 年，第 140 頁。

場也許會成為何其芳選譯海涅和維爾特的動因，但譯者個人的主觀情思和審美取向也是決定翻譯選材的關鍵因素。

翻譯外國詩歌可以抒發何其芳的自我情感。「文革」期間，何其芳等「牛鬼蛇神」完全失去了創作和發表作品的權利，哪怕是歌頌主旋律的作品也找不到發表的地方。在這種嚴峻的形勢下，強烈的時代情感找不到宣洩的通道，很多作家紛紛「轉行」幹起了消閒的雜事，何其芳只能採取迂迴的方式，借助翻譯來表達他在「共名」時代的「無名」情愫。在創作環境不自由的時候，翻譯作品可以用原作者的身份來掩蓋譯者的主觀意圖，從而逃脫社會的問責，達到表現譯者情感的目的。在「文革」十年的動盪歲月裏，何其芳等文化人被關進「牛棚」，白天接受輕重不等的批鬥，晚上拖著沉重的步伐回家，抒發自我情感的創作空間遭到了無情的擠壓，於是轉而翻譯那些抨擊現實、追求自由和光明的詩篇，以慰藉被壓抑的心理。其實像郭沫若這樣的「顯赫」人物，在「文革」期間也有難言的悲痛，他在此期間翻譯《英詩譯稿》，難道不是在澆心中的「塊壘」嗎？

何其芳的大部分譯詩貼切地表現了他在「文革」期間的生活境遇。詩人曾經的生活就像「快樂的小船」，他和朋友們「坐在裏面，無憂無愁。」但後來「小船破裂」，「朋友們不會游水脫險，／他們在祖國沉沒滅頂」。《生命的航行》這首譯詩不禁使人想起「文革」期間，何其芳以及很多知識分子被捲入政治波濤中，昔日安寧的生活不復存在，有人甚至為此付出了生命的代價。在譯詩《巴比倫的悲哀》中，當死亡在召喚詩人的時候，他給自己的親人和妻子說願意在「野樹林」和「茫茫大海」上生活，儘管這些地方充滿了野獸和怪物的兇險，但「比我們現在居住的地點，／我相信，還沒有這麼大危險！」。何其芳 1974 年 2 月在翻譯這首詩的時候情緒非常激動，他幾乎進入了和海涅相同的情感體驗中，他在「譯後記」中這樣寫道：「為此詩所激動，突然心跳過速，後轉為心絞痛，又服利眠寧，又食硝酸甘油片，又折斷亞硝酸異戊酯一枚，吸其氣味，折騰約半小時始好。」〔註 19〕因為翻譯一首詩歌而激動得如此「慘烈」，足以見出德國詩人海涅曾經的生活遭遇以及對周遭生活環境的描寫正好契合了何其芳這個東方詩人在「文革」期間的生活體驗，於是他幾乎一夜未眠地將其翻譯成中文，表達自己對苦悶現實的控訴。

〔註 19〕何其芳：《巴比倫的悲哀．譯後記》，《何其芳譯詩稿》，北京：外國文學出版社，1984 年，第 91 頁。

翻譯會讓外國詩歌被動地跟隨譯者的意願去實踐中國現代新詩的文體主張，這就出現了聞一多、卞之琳與何其芳諸君借助譯詩來檢驗詩歌形式主張的特殊現象。在新文學運動早期，很多先驅者力圖通過翻譯詩歌來證明新詩形式自由化和語言白話化的合理性，為新詩理論的「合法性」尋找證據。同樣，何其芳翻譯海涅和維爾特的詩歌作品也是要為自己的格律詩主張樹立旗幟，其譯詩採用了原詩的韻腳和頓數，基本實現了他「整齊的頓數」及「有規律地押韻」〔註20〕的格律詩主張，因此卞之琳說何其芳「在譯詩上試圖實踐他的格律詩主張」，〔註21〕這個評價是有據可循的。在一個被迫「失聲」的時代，何其芳等人的詩歌翻譯順應了其創作動因，譯者借助這些譯詩完成了自我情感的表達，從而使文學翻譯在「文革」期間實現了譯者的創作旨趣。當然，對「文革」時期創作和翻譯關係的研究涉及到社會文化、人物心理以及時代語境等諸多龐雜內容，並非一篇小文所能窮究。

總之，早期的何其芳雖然沒有翻譯外國詩歌，但他的詩歌創作理念和實踐都不可避免地受到了譯詩的影響，其創作與詩歌翻譯的關係體現為前者對後者的仿寫。20世紀70年代，何其芳走上了詩歌翻譯的道路，此時的翻譯詩歌不再是他的詩歌創作資源，而是一種間接的抒情方式，在特殊時期抒發了譯者的情感。對此加以探討，有助於我們進一步認識何其芳創作的豐富性及翻譯詩歌的多重功效。

〔註20〕何其芳：《關於寫詩和讀詩》，北京：作家出版社，1958年，第56～57頁。
〔註21〕卞之琳：《何其芳晚年譯詩（代序）》，《何其芳譯詩稿》，北京：外國文學出版社，1984年，第5～6頁。

二、個人審美與時代訴求的強力結合：冰心的文學翻譯

冰心是中國現當代文學史上集詩人、散文家和文學活動家為一身的「世紀老人」，其創作成就業已成為學界研究的重要內容，而其作為翻譯家的身份「也許還鮮為人知」。事實上，冰心從上世紀 30 年代早期開始涉足翻譯至 80 年代後期，一共翻譯了 8 個國家 19 位作家的作品，涉及到詩歌、散文詩、詩劇、民間故事、小說以及書信等多種文體，是中國現當代翻譯文學史上成就斐然的譯者。本文從考察冰心具體的翻譯作品出發，重點探討了冰心的翻譯選材、翻譯主張以及民族情感和時代語境對其翻譯的制約等內容，闡明她的文學翻譯是個人審美與時代訴求的強力結合，進而證明她在中國當代翻譯文學史上舉足輕重的地位和影響。

（一）冰心的翻譯歷程

冰心對文學翻譯的關注始於 20 世紀 20 年代，1920 年 9 月在《燕大季刊》發表的《譯書之我見》可被視為其涉足翻譯文學的開端。1925 年 10 月在美國威爾斯利女子大學通過的碩士畢業論文《李易安（宋代李清照）女士詞的翻譯和編輯》中翻譯了 25 首李清照的詞作，是目前所能考證的冰心最早的文學翻譯作品。但冰心的翻譯成就主要以外國文學的中譯為主，接下來本節將以時間為序分三個階段梳理冰心的外國文學翻譯情況。

20 世紀 30 年代是冰心文學翻譯的第一個重要時期，她主要根據個人審美偏好和時代引發的個人情感表達訴求進行翻譯選材。1931 年 9 月，上海新月

書店出版了冰心翻譯的黎巴嫩詩人紀伯倫的散文詩集《先知》（*The Propher*），該詩集1923年出版時是詩人用英文創作的，這給冰心的翻譯掃除了語言障礙。從1930年4月18日開始，冰心曾將《先知》中的作品逐日翻譯發表在天津《益世報》的文學副刊上，刊物的停辦導致她在1931年夏天才完成全部詩集的翻譯。從中可以看出，冰心最早的外詩中譯作品是1930年4月18日在《益世報》上發表的《先知》中的散文詩。這部譯詩集收錄了28首散文詩作品，紀伯倫在文中通過東方智者亞墨斯達法（Almustafa）在回故鄉前的臨別贈言討論愛與美、生與死、苦與樂、罪與罰、婚姻與友誼等一系列具有普遍意義的問題，並提出了「神性的人」是個人修養和磨練的最終目標，要達到這個目標則必須聽從愛的召喚並堅持美的追求。冰心在談及翻譯《先知》的原因時說：「《先知》，是我在一九二七年冬月在美國朋友處讀到的，那滿含著東方氣息的超妙的哲理和流麗的文詞，予我以極深的印象！……覺得這本書實在有翻譯的價值，於是我逐段翻譯了。」〔註1〕冰心之所以會選譯《先知》，與她平素主張愛的哲學有密不可分的關係，紀伯倫的作品契合了冰心個人的文學主張。除翻譯了這部譯詩集之外，20世紀30年代冰心翻譯的外國作品還有美國詩人威爾士（Nym Wales）的詩歌《古老的北京》，這首詩在1936年2月24日翻譯完畢，後來發表在梁實秋主持的《自由評論》上。雖然這首詩表現的是日本全面侵華之前北京慘狀，與清新自然和主張愛的哲學的冰心創作相去甚遠，但它反映出作家在民族危亡時刻所流露出的對日本入侵中國的憤恨之情，折射出「大我」的時代情感在個體生命體驗中泛起的漣漪。

20世紀50～60年代是冰心文學翻譯的高潮期，該時期的翻譯作品具有鮮明的時代特色和民族情懷。冰心主要翻譯了印度作家的詩歌、散文、小說和詩劇等作品，掀起了繼五四之後中國翻譯印度文學的又一個熱潮。1955年1月，中國青年出版社出版了冰心翻譯的印度作家穆·拉·安納德的《印度童話集》，收入了12篇童話故事，後收入《冰心譯文集》時改稱為印度民間故事並重新命名為《石榴女王》。新中國成立之後，國內主流的創作方向是對反帝反封建主義鬥爭的刻寫以及對新社會的歌頌，冰心翻譯安納德的作品與時代對文學主題的規定性有關，因為安氏的作品主要「描寫印度人民在帝國主義和封建主義壓迫下的痛苦生活，他是一個反帝、反封建、反戰爭的作家，印度和平運動

〔註1〕冰心：《〈先知〉序》，《冰心譯文集》，南京：譯林出版社，1998年，第676頁。

的健將。」〔註2〕冰心對泰戈爾的譯介達到了她文學翻譯成就的頂峰：1955年4月，人民文學出版社出版了冰心翻譯泰戈爾用英文創作的散文詩《吉檀迦利》，收錄了103首短詩作品，主要表達了詩人對祖國的熱愛、對婦女的同情及對兒童的喜愛之情。1958年5月，人民文學出版社又出版了冰心翻譯的《泰戈爾詩選》，除序詩之外收錄了130首短詩，「這本詩集最突出的一點，是編入了許多泰戈爾的國際主義和愛國主義的詩，這些詩顯示了泰戈爾的最偉大最受人民喜愛的一面。」〔註3〕1959年8月，中國戲劇出版社出版了冰心翻譯泰戈爾的詩劇《齊德拉》和《暗室之王》。1961年4月，人民文學出版社出版了她翻譯泰戈爾的小說集《流失的金錢》，收入了6篇小說，其中《喀布爾人》、《棄絕》和《素芭》3篇發表在《譯文》雜誌1956年9期上，《吉莉芭拉》和《深夜》2篇發表在《世界文學》1959年6期上。1961年4月，人民文學出版社出版了她翻譯泰戈爾的散文詩《園丁集》，收入了85首詩歌。1962年4月，《世界文學》雜誌刊發了冰心翻譯泰戈爾的書信集《孟加拉風光》，後收入《冰心譯文集》時又翻譯了泰戈爾的英文序言。以上這些譯作加上1988年4月人民文學出版社出版的冰心所譯泰戈爾的《回憶錄》，冰心一共翻譯出版了7部泰戈爾的作品，足以顯出她在中國泰戈爾翻譯史上的地位和影響。此外，冰心還翻譯了印度詩人安利塔·波利坦的《許願的夜晚》、《我寫歌》和《一封信》，這3首詩於1956年12月發表在《譯文》雜誌上；她翻譯的印度詩人薩洛季妮·奈都的《薩·奈都詩選》於1957年8月發表在《譯文》雜誌上，後收入《冰心譯文集》時有11首譯作。

除了以上列舉的印度作家之外，冰心在上世紀50～60年代還翻譯了4位加納詩人的作品：以色列·卡甫·侯的《無題》、波斯曼·拉伊亞的《科門達山》、約瑟夫·加代的《哈曼坦》和瑪提·馬奎的《我們村裏的生活》等，這4首譯詩以《加納詩選》為題於1962年12月發表在《世界文學》上，是中國翻譯文學史上翻譯發表加納文學作品最集中的一次。冰心翻譯的歐美作家的作品有如下3首（篇）：美國詩人杜波依斯的《加納在召喚》（《世界文學》，1963年9月），阿爾巴尼亞作家拉齊·帕拉希米的小說《巡邏》（《世界文學》，

〔註2〕冰心：《〈印度童話集〉前言》，《冰心譯文集》，南京：譯林出版社，1998年，第686頁。

〔註3〕冰心：《〈泰戈爾詩選〉譯者附記》，《冰心譯文集》，南京：譯林出版社，1998年，第282頁。

1963 年 11 月），北美印地安民間故事《漁夫和北風》（《兒童文學叢刊》，1964 年 3 期）。冰心在這一時期還翻譯了鄰邦國家的作品：一是翻譯了 3 位朝鮮詩人的作品：元鎮寬的《夜車的汽笛》、樸散雲的《寄清溪川》和鄭文鄉《你雖然靜立著》，這三首譯詩發表在《世界文學》1964 年的 1～2 月合刊上；二是翻譯了 3 位尼泊爾詩人的作品：西狄・恰赫蘭的《臨歧》和克達爾・曼・維雅蒂特的《禮拜》（《世界文學》，1964 年 4 月），馬亨德拉的《馬亨德拉詩抄》於 1965 年 5 月由作家出版社出版。綜上所述，冰心在 20 世紀 50～60 年代共計翻譯了印度、加納、朝鮮、尼泊爾、阿爾巴尼亞和美國的 16 位作家的作品，成為建國 17 年間中外文學交流和文學翻譯活動中不可多得的翻譯家。

20 世紀 80 年代是冰心翻譯的最後階段，她在年邁之後為中國的文學和翻譯事業作出了力所能及的貢獻。該時期冰心翻譯的作品主要包括黎巴嫩詩人紀伯倫的《沙與沫》，這首長詩的主體部分刊發於 1981 年 2 期的《外國文學季刊》。紀氏以自然景物「沙」與「沫」寓意人在世界上如同沙之微小且萬事如同泡沫般虛幻，仍然是一本關於生命和人性思考的哲理詩篇。1981 年 8 月，人民文學出版社出版了冰心翻譯的馬耳他總統安東・布蒂吉格的詩集《燃燈者》，收入了 58 首詩作，這部譯作成為中國現當代翻譯史上唯一的馬其他文學譯作，在推進國際文化交流和友好合作的同時，開闢了新鮮的文學翻譯領地。該時期，冰心還翻譯了泰戈爾的《回憶錄》，泰戈爾在開篇說道：「我不知道誰在記憶的畫本上繪畫，但不管他是誰，他所畫的是圖畫；我的意思是說他不只是用他的畫筆忠實地把正在發生的事情摹了下來。」這表明泰戈爾的回憶錄具有文學創作的成分，具有較強的可讀性和文學性特徵，不只是過往生活的鏡像反映，為中國作家回憶錄的書寫提供了較好的範式。

通過以上梳理我們可以看出，冰心的文學翻譯在 20 世紀 50～60 年代取得了突出成就。冰心的譯文能夠在忠實原文內容的同時保持語言的明白曉暢，其鮮明的翻譯特色不僅彰顯出本人的文學審美趣味，而且也讓譯作較好地融入了中國當代文學的園地。

（二）冰心翻譯的選材

冰心的文學翻譯在不同階段具有不同的選材標準，她早期多根據自我的審美偏好來選擇翻譯原本，後來則主要受時代風尚的影響翻譯具有愛國熱情和友好國家的作品，表明「贊助人」系統對冰心文學翻譯活動產生了「規定性」影響。

冰心早期多根據個人的審美偏好來選擇並翻譯外國文學作品，其超於世俗名利的翻譯出發點和動機決定了譯作的質量和譯文內容的文學性品格。比如冰心對黎巴嫩詩人紀伯倫和印度詩人泰戈爾詩作的翻譯緣於原作契合了她對美的體悟，那「充滿了東方氣息的超妙的哲理」讓她覺得有翻譯的價值和必要，而且這種源自興趣的翻譯讓她忘卻了翻譯的辛苦而「只得到一種美的享受」。〔註4〕冰心多年以後曾坦言道：「我翻譯的作品大部分是我喜歡的，我最喜歡泰爾戈的散文詩《吉檀迦利》，這本詩和《先知》有異曲同工之妙，充滿了詩情畫意。」〔註5〕但是，任何文學翻譯活動作為社會上層建築的構成部分都不可能獨立於一定的文化語境而存在，冰心的文學翻譯選材在充分考慮自我興趣愛好的同時也不可避免地會受制於強大的「贊助人」系統。翻譯文化學派領軍人物安德烈・勒非弗爾對贊助人作過這樣的界定：「贊助人可以是個人，比如麥迪琪、麥西那斯或路易斯十六；也可以是群體，比如宗教組織、政治黨派、社會階層、皇家朝臣、出版機構或媒體（報紙、雜誌和影視公司），等等。」〔註6〕正是這些贊助人決定了翻譯選材、翻譯改寫和翻譯的傳播接受，冰心的文學翻譯同樣會受到這些「贊助人」的影響和制約，比如她對泰戈爾的翻譯是「應人民文學出版社之約」，不完全是出於自我的興趣愛好。冰心有時為了完成「交給的任務」〔註7〕也不得不從英文中轉譯作品。比如冰心對尼泊爾國王馬亨德拉的《馬亨德拉詩抄》的翻譯就是根據英譯本翻譯的，對馬其他總統布蒂吉格散文詩《燃燈者》的翻譯依據的也是英譯本。為什麼冰心會一再違背自己不主張重譯的翻譯選材原則呢？冰心一說是「上頭」交給的任務，一說是「有關方面」的安排，其實也就證明了她的文學翻譯活動在特定的歷史語境下必然會受到諸多社會因素的牽制。更多的時候，譯者的翻譯活動是在興趣愛好和贊助人之間的糾纏中展開的，但不管是出於什麼樣的翻譯動因，譯者的責任感和求真務實的翻譯作風才是決定譯作質量的關鍵因素。

〔註4〕冰心：《我也談談翻譯》，《冰心譯文集》，南京：譯林出版社，1998年，第672頁。

〔註5〕冰心：《〈冰心譯文集〉序》，《冰心譯文集》，南京：譯林出版社，1998年，第1頁。

〔註6〕Lefevere, André. *Translation, Rewriting and the Manipulation of Literature Fame*. New York: Routledge. 1992, P.15.

〔註7〕冰心：《〈冰心譯文集〉序》，南京：譯林出版社，1998年，第2頁。

冰心後來的翻譯選材具有鮮明的情感取向，從她選材的國別和主題均可見出其翻譯的意識形態特徵，表達了「共名」〔註 8〕時代中國社會的情感訴求。在冰心所翻譯的 8 個國家的 19 位作家的作品中，只有 3 篇來自西方國家，其餘的均來自亞非拉國家，〔註 9〕為什麼冰心會翻譯大量亞非國家的作品呢？用她自己的話說：「無論是敘利亞，印度，加納，朝鮮（根據一九六三年朝鮮作家訪華代表團團長崔榮化提供的英文打字稿譯出的），尼泊爾和馬其他的詩人的詩中，都充滿著強烈的愛國主義和憤怒反抗的呼吼，因為他們都受過或還受著西方帝國主義者的壓迫，也正是如此，而特別得到解放前的我的理解和同情。」〔註 10〕這段話表明冰心受著亞非詩人作品情感的感染而有了翻譯的動力，不過促使她翻譯亞非國家作品的另外原因是上世紀 50 年代以後，亞非國家因為萬隆會議的召開而空前團結起來，客觀上強化了中國與這些國家的文學交流。對於第二個原因，冰心在 1956 年重版紀伯倫的《先知》時也有所提及：「在劃時代的萬隆會議召開以後，同受過殖民主義剝削壓迫的亞非國家的億萬人民，在民族獨立的旗幟下，空前地團結了」。〔註 11〕冰心曾多次表明她

〔註 8〕「20 世紀中國的各個歷史時期，都有一些概念來涵蓋時代的主題。……這些重大而統一的時代主題深刻地涵蓋了一個時代的精神走向，同時也是對知識分子思考和探索問題的思索。」（陳思和：《中國當代文學史教程》，上海：復旦大學出版社，1999 年，第 14 頁。）

〔註 9〕冰心從上世紀 30 年代開始涉足翻譯到 80 年代，一共翻譯了 8 個國家 19 位作家的作品，具體情況如下：黎巴嫩 1 位詩人：紀伯倫的散文詩集《先知》、短詩集《沙與沫》；印度 4 位作家：泰戈爾的散文詩集《吉檀迦利》、《園丁集》，詩選集《泰戈爾詩選》，小說 6 篇（《喀布爾人》、《棄絕》、《素芭》、《吉莉芭拉》、《深夜》和《流失的金錢》），詩劇《齊德拉》、《暗室之王》，書信集《孟加拉風光》；安納德的民間故事集《石榴女王》；波利坦的詩歌 3 首（《許願的夜晚》、《我寫歌》和《一封信》）；奈都的詩歌集《薩洛季妮・奈都詩選》。加納 4 位詩人：以色列・卡甫・侯的詩歌《無題》；波斯曼・拉伊亞的詩歌《科門達山》；約瑟夫・加代的詩歌《哈曼坦》；瑪提・馬奎的詩歌《我們村裏的生活》。美國 2 位詩人加上民間故事：杜波依斯的詩歌《加納在召喚》；威爾士的詩歌《古老的北京》和北美印地安民間故事《漁夫和北風》。阿爾巴尼亞 1 位作家：帕拉希米的小說《巡邏》。朝鮮 3 位詩人：樸散雲的詩歌《寄清溪川》，鄭文鄉的詩歌《你雖然靜立著》，元鎮寬的詩歌《夜車的汽笛》。尼泊爾 3 位詩人：恰赫蘭的詩歌《臨歧》；維雅蒂特的詩歌《禮拜》；馬亨德拉的詩集《馬亨德拉詩抄》。馬其他 1 位詩人：布蒂吉格的詩歌集《燃燈者》。

〔註 10〕冰心：《我和外國文學》，《冰心譯文集》，南京：譯林出版社，1998 年，第 675 頁。

〔註 11〕冰心：《〈先知〉前記》，《冰心譯文集》，南京：譯林出版社，1998 年，第 676 頁。

不敢輕易翻譯外國的詩歌作品，她所謂的外國作品實際上更多地指的是西方國家的詩歌，因為她認為自己的譯筆難以抵達西方詩人心靈的深處，「但是，對於亞、非詩人的詩，我就愛看，而且敢譯，只要那些詩是詩人自己用英文寫的。」〔註 12〕很顯然，冰心在這裡傳達出一種非常明顯的國家情感立場，那就是中國人的情感與西方國家相隔而與亞非相通。

冰心翻譯得最多的是印度詩人泰戈爾的作品，除了因為泰氏本人具有強烈的民族主義情結之外，也與他對中國特殊的情感密不可分。據悉早在 1881 年，泰戈爾便創作了《死亡的貿易》來譴責東印度公司向中國傾銷鴉片以毒害中國人民的罪行；1916 年在日本公開發表演講，譴責日本軍國主義對中國山東的侵略行為；1937 年多次發表公開信和詩篇，譴責日本帝國主義全面的侵華行徑，站在中國人民的立場上支持正義的鬥爭。〔註 13〕泰戈爾的這些行為贏得了中國人民的尊重，翻譯介紹其作品自然成為冰心的首選。即便是那 3 篇譯自西方國家的作品也烙上了意識形態的印跡和國家的情感色彩，比如冰心翻譯的美國詩人杜波依斯的《加納在召喚》充滿了對美國白人社會的控訴之情，號召黑人和全世界被壓迫的民族「覺醒吧，覺醒吧，啊，沉睡的世界／尊禮太陽」。冰心翻譯這位美國詩人作品的原因除了作品本身蘊含抗爭精神之外，也與杜波依斯處於被壓迫行列的黑人作家以及他在 1959 年和 1962 年兩度訪華有關，他的話「黑色大陸可以從中國得到最多的友誼和同情」〔註 14〕拉近了中國與非洲國家的距離，成為 1955 年萬隆會議之後亞非國家團結互助的具體例證。冰心翻譯的另一位美國作家威爾士的《古老的北京》敘述的是北京在日本的侵佔下而呈現出一片死寂的景象，詩人多次採用「北京死了，死了」的詩行來引領全詩情感脈絡的走向，傾述了一位中國人面對日本入侵時的內心情感。梁實秋先生評價說：「日本的軍人恣肆，浪人橫行，我們任人宰割，一個詩人能無動於衷？冰心也忍耐不住了，她譯了一首《古老的北京》給我，發表在《自由評論》上。那雖是一首翻譯作品，但是清楚地表現了她自己的情緒」。〔註 15〕

〔註 12〕冰心：《我和外國文學》，《冰心譯文集》，南京：譯林出版社，1998 年，第 674 頁。

〔註 13〕冰心：《紀念印度偉大詩人泰戈爾》，《冰心譯文集》，南京：譯林出版社，1998 年，第 683 頁。

〔註 14〕冰心：《加納在呼喚．譯後記》，《冰心譯文集》，南京：譯林出版社，1998 年，第 553 頁。

〔註 15〕冰心：《海倫．斯諾的一首長詩》，《文藝報》，1987 年 5 月 30 日。

冰心所有的翻譯作品豈止只是表達了她自己的情緒，更多地是代表中國人民發出的沉重呼聲。冰心翻譯的第三位西方作家是來自歐洲阿爾巴尼亞的詩人帕拉希米，他曾到訪過中國，而且他身居的國家先後遭遇了土耳其和法西斯的侵略，與中國同屬被壓迫的民族，冰心選譯的小說《巡邏》正好反映的是德國法西斯入侵阿爾巴尼亞的故事，容易引起同樣遭受日本侵略的中國人民產生共鳴。有學者在評價 20 世紀 50～60 年代中國的文學翻譯為什麼偏重亞非拉作品時說：「因為都是受壓迫受剝削的民族，我國對亞非拉各國民族所遭受的苦難深表同情，對他們的獨立鬥爭給予支持，對於他們建設國家的熱情給予讚揚，這些感情都反映在文學翻譯的選材和譯介過程中。」〔註 16〕冰心的文學翻譯大都是在建國後完成的，其譯作在具備個人獨到審美特質的同時，也不可避免地會「染乎世情」，成為那個時代翻譯文學的構成部分。

冰心的翻譯在選材上除了具有一定的國家立場之外，也與國內的時代語境密不可分。冰心翻譯泰戈爾《吉檀迦利》時值建國後的 50 年代，那是一個民族激情高漲且「勞工神聖」的時期，政治抒情詩成為國內詩歌創作的主導，詩人多抒發對新社會、國家和人民的熱愛之情。在一元化審美和政治意識空前濃厚的語境下，此種文學訴求勢必要求翻譯文學同樣具備「頌歌」的品格，而冰心翻譯泰戈爾的《吉檀迦利》正好應和了該時期中國的文學發展需求，因為這些詩歌多是抒發詩人對有著悠久歷史文化的祖國、愛和平愛勞動的人民、雄偉美麗的山川等的熱愛和讚美之情，顯示出詩人對祖國未來的美好構想。這一時期，中國的作家必須與人民融為一體，成為大眾中的一員，冰心認為泰戈爾就是這樣的詩人，他「是屬於印度人民的，印度人民的生活是他創作的源泉。他如魚得水地生活在熱愛韻律和詩歌的人民中間，他用人民自己生動樸素的語言，精練成最清新最流麗的詩歌，來唱出印度廣大人民的悲哀與快樂，失意與希望，懷疑與信仰。因此他的詩在印度是『家弦戶誦』，他永遠生活在廣大人民的口中。」〔註 17〕由此可以看出，泰戈爾被冰心描述成當時中國理想的作家形象，其具有民族主義情結的詩作也被看作是新中國理想的讚歌，反映出冰心對泰戈爾作品的翻譯具有濃厚的時代特點。冰心上世紀 50 年代對印度作家

〔註 16〕周發祥等：《二十世紀中國翻譯文學史》（十七年及「文革」卷），天津：百花文藝出版社，2009 年，第 156 頁。

〔註 17〕冰心：《〈吉檀迦利〉譯者前記》，《冰心譯文集》，南京：譯林出版社，1998 年，第 680 頁。

安納德（M.R. Anand）童話作品的翻譯同樣是因為這位印度作家的作品「描寫印度人民在帝國主義和封建主義壓迫下的痛苦生活」，〔註 18〕這與新中國建立之前廣大人民群眾的生活遭遇極其相似，成為中國勞動人民控訴舊社會的有力武器。因此，外國作品主題的合時代性成為冰心譯介的關鍵原因。

文學翻譯因為表達了譯者的情感或譯語國某個時代的情感訴求而體現出創作的功能，同時也在異質文化語境中贏得了生存空間。冰心的文學翻譯在秉承文學性的同時，也給中國讀者帶來了期待中的精神食糧，成為中國現當代文學的有機構成部分。

（三）冰心的翻譯思想

冰心在長達半個世紀的翻譯活動中不僅體認到了譯者應該具有嚴謹的態度，而且積累了豐富的翻譯經驗，其關於翻譯的見解是當代中國翻譯思想的重要元素。

冰心主張翻譯應該直接面對原文而不能通過其他譯本進行轉譯。她在《冰心譯文集》的序言中說：「一九五〇年我應人民文學出版社之約，還翻譯了印度詩人泰戈爾的詩集《吉檀迦利：獻歌》（Jitanjiali：Song of Offerings，1912）和《園丁集》（The Gardener，1913）。這些著作都是作者用英文寫的，而不是經過別人翻譯成英語的，這樣我才有把握瞭解作者的願意，從而譯起來在『信』字上，我自己可以負責人，我從來不敢重譯。」〔註 19〕冰心翻譯的黎巴嫩詩人紀伯倫（Kahlil Gibran）的散文詩是用英文創作的，並非紀氏阿拉伯語文本的英譯本；她所翻譯的印度作家安納德的童話《石榴公主》也是作者用英文創作的，而且她又到訪過印度，對原作的故事背景較為瞭解。文學作品的翻譯難免會因為譯者獨到的理解或翻譯出版的需要而具有幾分「創作」的姿色，如果我們根據第三國語譯本轉譯的話就會二度背離原作者意圖和原文意義。也正是基於這樣的認識，冰心認為譯者唯有直接面對原文才能真正「把握瞭解作者的願意」，最大限度地為國內讀者呈現原作的風貌，擺脫五四前後泰戈爾（Rabindranath Tagore）翻譯熱潮在選材上難以遵從孟加拉語文本的不足。五四前後，泰戈爾在中國的譯介多是根據英文譯詩轉譯的，英文譯詩已經失去了

〔註 18〕冰心：《〈印度童話集〉前言》，《冰心譯文集》，南京：譯林出版社，1998 年，第 686 頁。

〔註 19〕冰心：《〈冰心譯文集〉序》，《冰心譯文集》，南京：譯林出版社，1998 年，第 1 頁。

原文的音韻節奏，而翻譯成漢語後很多人又不注重形式，導致譯詩與泰戈爾原詩在形式和音韻節奏上差異很大，難怪創造社的鄭伯奇認為其時泰詩譯本是「惡劣譯本」:「太戈爾詩的中國譯本，本沒有好的，又都是由英文間接譯來的，更與原文想左，遑論音節之妙。太戈爾的詩，讀英文譯本，往往不能領略它的音調之美，這正如讀海涅詩的法文譯本，不能感受它那娓娓動人的音調是一樣的。」〔註20〕因此，冰心的泰戈爾翻譯在中國翻譯文學史上具有不可替代的意義，它實現了泰詩中譯選材的原初性。當然，冰心翻譯選材的嚴謹作風也給她的翻譯活動帶來了侷限，那就是她所認為的「我翻譯的文學作品很少」，因為她要求原作「必須是作家自己用英文寫的，我總擔心重譯出來的東西，不能忠實於原作。」〔註21〕

冰心常常以國內讀者的接受能力為潛在的翻譯標準，認為文學翻譯應該顧及讀者的閱讀能力和閱讀期待，是關於翻譯文學接受問題的最早論述之一。根據接受美學的觀點，大部分作家是針對其隱含讀者進行創作的，「接受是作品自身的構成部分，每部文學作品的構成都出於對其潛在可能的讀者的意識，都包含著它所寫給的人的形象」，並且「作品的每一種姿態裏都含蓄地暗示著它所期待的那種接受者。」〔註22〕翻譯從某種意義上講也是一種創作，而且翻譯作品的針對性更強，譯者的翻譯活動更是按其隱含讀者的接受情況展開的。「譯者為了充分實現其翻譯的價值，使譯作在本土文化語境中得到認同，他在翻譯的選擇和翻譯過程中就必須關注隱含讀者的文化渴求和期待視野。」〔註23〕早在上世紀 20 年代，冰心就撰文呼籲翻譯西書的時候應該以讀者的理解為原則，譯文語言既要通俗易懂又不能出現外國文字：「既然翻譯出來了，最好能使它通俗……譯本上行間字裏，一夾著外國字，那意思便不連貫，不明了，實在是打斷了閱者的興頭和銳氣；或者因為一兩個字貽誤全篇，便拋書不看了。」〔註24〕除翻譯作品的文字要考慮讀者之外，譯文的表達也應該「圖閱者的方便」，不能因為過於依賴外國文法而造成譯文語氣顛倒並疏離讀者。比如

〔註20〕鄭伯奇：《新文學之警鐘》，《創造週報》（第 31 號），1923 年 12 月 9 日。

〔註21〕冰心：《我也談談翻譯》，《冰心譯文集》，南京：譯林出版社，1998 年，第 673 頁。

〔註22〕（美）伊格爾頓：《二十世紀西方文學理論》，伍曉明譯，西安：陝西師範大學出版社，1986 年，第 105 頁。

〔註23〕謝天振、查明建：《中國現代翻譯文學史》（1898～1949），上海：上海外語教育出版社，2004 年，第 3 頁。

〔註24〕謝婉瑩：《譯書之我見》，《燕大季刊》（第 1 卷第 3 期），1920 年 9 月。

她在翻譯印度作家安德拉的童話時，「為了便於中國兒童的閱讀，我把較長的名字，略加刪節；有關於印度的典故，也加上簡短的注釋；在文字方面，根據中國的口語的形式，也略為上下挪動」，〔註25〕這樣做的直接目的就是要讓中國讀者更容易接受外來作品。冰心是中國現代翻譯文學史上討論譯作接受問題的先行者，她在譯文語言和表達方面的形式自覺意識有助於提升文學翻譯的質量。

冰心指出詩歌因為具有很強的音樂性而難以用他國文字加以再現，這也成為她所謂「譯詩難」的癥結所在。冰心雖為詩人卻懼怕翻譯外國詩歌，她的譯作多是散文或散文詩，遇上迫不得已的「要求」才翻譯詩歌作品。究其原因，主要在於冰心意識到詩歌是音樂性很強的文體，一經用他國語言加以翻譯便失去了韻致，故而冰心在談翻譯體會時說：「我只敢翻譯散文詩或小說，而不敢譯詩」，因為「譯詩是一種賣力不討好的工作，若不是為了辭不掉的『任務』，我是不敢嘗試的。」〔註26〕中國現當代詩歌翻譯史上關於譯詩難的認識較為普遍，但能夠從詩歌外在節奏和韻律的角度對此加以言說顯示出冰心對譯詩形式的倚重。冰心回憶她在美國留學期間對英語詩喜愛有加，常被其抑揚頓挫的鏗鏘音節所迷醉，但當她將這些詩歌翻譯成漢語後，原作的節奏便蕩然無存。在冰心看來，譯詩難保原作音樂性的弊端不僅體現在外詩中譯方面，中詩外譯也同樣逃不過語言差異帶來的「是非恩怨」。冰心早年在美國作碩士畢業論文時翻譯李清照的詩詞就遇到了這樣的難題：「英語翻譯要保持中文中易安詞的韻或節拍是不可能的。這些成分在翻譯中只有割愛，就像當時吟誦這些詞的伴樂在朗誦時也只好捨去。」〔註27〕我們知道詩歌形式包括語言、音韻、節奏、排列以及象徵等內容，由於發音、聲調和文化的不同，詩歌的形式內容很難用另一種語言等值地翻譯到異質的文化語境中，冰心找到了人們一直以來所喟歎的「譯詩難」的關鍵之處其實就在音韻形式上。依照翻譯語言學理論，詩歌翻譯應該將注意力集中到語言和技巧層面上，認為翻譯是用一種語言材料去等值替換另一種語言材料。但實際上，這種完全的「替換」對形式

〔註25〕冰心：《〈印度童話集〉前言》，《冰心譯文集》，南京：譯林出版社，1998年，第686頁。

〔註26〕冰心：《我也談談翻譯》，《冰心譯文集》，南京：譯林出版社，1998年，第673頁。

〔註27〕冰心：《李易安女士詞的翻譯和編輯》，《冰心譯文集》，南京：譯林出版社，1998年，第660～661頁。

性極強的詩歌翻譯來說是難以實現的：「形式感是可以把握的，如果從字、詞、句、段、篇的組合來考察的話；但假如涉及聲音、節奏、象徵等等，就只可意會不可言傳了。詩的音樂效果是無從翻譯的。音樂性愈好，一首詩愈難翻譯。」〔註28〕譯語（漢語）與源語（英語）之間的差異使詩歌形式的誤譯成了天然的無法逾越的屏障，美國學者伯頓·拉夫爾（Burton Raffel）從語言差異出發認為原詩的形式「無法在新的語言中再現」，〔註29〕其實闡發的也就是冰心所謂「不敢譯詩」的旨趣所在。

以上關於冰心翻譯成就、翻譯選材以及翻譯思想的論述觸及了相關內容之一斑，況且冰心譯作的影響、冰心翻譯與創作的關係等也是值得研究的重要話題，故而其豐富的文學翻譯成就和翻譯思想有待學界作進一步探討。

〔註28〕樹才：《譯詩：不可能的可能——關於詩歌翻譯的幾點思考》，《翻譯思考錄》，許鈞主編，武漢：湖北教育出版社，1998年，第385頁。

〔註29〕郭建中：《當代美國翻譯理論》，武漢：湖北教育出版社，2000年，第215～216頁。

三、「共名」時代的情感訴求：鄒絳的詩歌翻譯

鄒絳（1922～1996，原名鄒德鴻）是我國當代著名的詩歌翻譯家、詩人和學者。從 20 世紀 40 年代早期發表翻譯作品開始，鄒絳先生在建國 16 年期間先後翻譯出版了《黑人詩選》（1952 年）、《和平的旗手》（1953 年）、《初升的太陽》（1956 年）、《凱爾巴巴耶夫詩選》（1958 年）、《葡萄園和風》（1959 年）、《蘇赫・巴托爾之歌》（1962 年）等詩集和報告文學；新時期以來，鄒先生主要和他人翻譯出版了詩集《聶魯達詩選》（1983 年）、《聶魯達抒情詩選》（1992 年）以及兒童文學作品《小鹿班比的故事》（1987）。鄒絳的現代格律詩主張對今天的詩壇產生了深遠影響，其文學翻譯成就雖常被學界提及但卻沒有人對之作過專門的探討。本文立意在呈現鄒先生的翻譯成就、翻譯特徵、翻譯思想以及翻譯侷限等內容的基礎上，豐富人們對鄒絳翻譯家身份的認識並發掘諸多文學翻譯的新見。

（一）鄒絳的文學翻譯成就

鄒絳的文學翻譯活動主要體現在詩歌領域，在長達近半個世紀的翻譯歷程中共計翻譯出版了 9 部文學作品（其中有 3 部與他人合譯）。鄒先生認為翻譯詩歌是中國文學的構成部分，「從『五四』以來，特別是新中國成立後，外國著名詩人的優秀作品介紹到中國來的，從數量上說，越來越多，外國詩歌已經成了我國人民精神糧食中的一個重要組成部分了。」〔註 1〕從這個角度來講，

〔註 1〕鄒絳：《讀一點外國詩》，《外國名詩選》，成都：四川少年兒童出版社，1987 年，第 1 頁。

鄒絳的翻譯詩歌已經內化為中國新詩的重要內容，成為我們今天不可或缺的文學養料。

鄒絳的文學翻譯活動始於 20 世紀 40 年代，比他出版第一部譯詩集的時間要早 10 年。1992 年臺北國立武漢大學校友會創辦的《珞珈》雜誌上登載了《樂山時期武大的文化生活》一文，其中有一段關於鄒絳的文字：「現在的老翻譯家、詩人，當年的外文系學長鄒絳（原名德洪）那時就在桂林的《文化雜誌》上發表了他譯的俄國萊蒙托夫的長詩《不做法事的和尚》（又譯《童僧》），在《新華日報》的《文藝陣地新集》裏發表了他譯的 W・惠特曼的詩《鼓點》，在桂林的《野草》雜誌上發表過雜文《沉默之淚》，他在那時就已經嶄露頭角。」〔註 2〕姑且不論對鄒絳原名書寫的錯誤，這段文字裏面沒有記錄鄒先生發表譯文的確定時間，而且譯文題目和發表刊物的名稱也有較大誤差，但這是目前能夠查找到的描述鄒絳先生文學翻譯的少有的文字。筆者最近查閱了抗戰以來在大後方出版的文藝期刊上的翻譯作品，收集到關於鄒絳翻譯活動的如下信息：1942 年 8 月 15 日，在《詩創作》第 14 期上發表了翻譯俄國詩人萊蒙托夫（當時譯名為萊芒託夫）的長詩《一個不做法事的和尚》；1942 年 11 月 10 日，在《文化雜誌》3 卷 1 期上發表了翻譯美國詩人惠特曼的詩歌《惠特曼詩抄》；1943 年 4 月 26 日，在《新華日報》副刊上發表了翻譯美國詩人惠特曼的詩歌《惠特曼詩二首》；同時在《詩叢》第 6 期上發表了翻譯俄國詩人涅克拉索夫和屠格涅夫（當時譯名為涅克拉索夫、屠乞夫）的詩歌《譯詩二章》。文藝陣地社於 1944 年出版了袁水拍等人翻譯的雪萊和拜倫等人的詩歌合集《哈羅爾德的旅行及其他》，《哈羅爾德的旅行及其他》收入了 10 位詩人的 40 首作品，包括袁水拍翻譯拜倫的《哈羅爾德的旅行》、方然翻譯雪萊的《阿多拉司》、袁水拍翻譯雪萊的《雪萊詩抄》（七首）、馮至翻譯歌德的《哀弗立昂》、李嘉翻譯海涅的《山歌》、孫緯和吳伯簫翻譯海涅的《海涅詩抄》、戈寶權翻譯萊蒙托夫的《萊蒙托夫詩抄》、戴望舒翻譯葉賽寧的《葉賽寧詩抄》、艾青翻譯凡爾哈侖的《窮人們》、冠蛾子和鄒絳翻譯的《惠特曼詩抄》（四首）。之後查找到的關於鄒絳先生的翻譯活動是 1947 年起對美國黑人詩歌的翻譯，由於資料收集比較困難，這期間大約有 4 年左右的時間鄒先生的文學翻譯活動無從考證。鄒絳先生早期的翻譯活動沒有引起研究者足夠的重視，人們在討論 20 世紀 40 年代中國對萊蒙托夫的譯介時，往往忽略了鄒絳翻譯的長詩《一個不

〔註 2〕《樂山時期武大的文化生活》，《珞珈》（臺北）（第 112 期），1992 年 7 月 1 日。

做法事的和尚》以及他的介紹文章《關於〈一個不做法事的和尚〉》。比如有學者在談萊蒙托夫詩歌的翻譯時說：「到了 40 年代，他（萊蒙托夫——引者）的許多重要詩作都已有了中譯。1942 年 4 月，星火詩歌社出版了由路陽據英譯本轉譯的長詩《姆采里》（《同僧》），書末附有戈寶權的《詩人的一生》一文及譯者後記；9 月，重慶文林出版社出版《惡魔及其他（萊蒙托夫選集 1）》，內收《姆采里》（鐵弦譯）、《關於商人卡拉西尼科夫之歌》（李嘉譯）、《惡魔》等 3 部敘事長詩」。〔註 3〕這段文字顯然對上世紀 40 年代中國的翻譯情況缺乏全面把握，只提及了出版書籍中的翻譯文學而忽視了繁複的期刊雜誌對文學翻譯的積極貢獻，這也是當前很多翻譯文學史撰寫存在的普遍問題。

鄒絳的文學翻譯活動在 20 世紀 50 年代進入高峰期。鄒先生從 1947 年開始翻譯黑人詩歌，1951 年完成後交付上海文化工作社於 1952 年結集出版，這部名為《黑人詩選》的譯詩集收錄了美國二戰以後 13 位詩人的 31 篇作品，根據的原本是 1944 年出版的由瓦特金編選的《美國黑人文選》。其中選了休士的作品《尼格羅人談河》〔註 4〕《給一個黑種洗衣女的歌》《我，也》《代一個黑種女郎作的歌》《遊唱詩人》《黑白種混血兒》《讓美國重新成為美國》和《給藍恩》等 8 首，表明休士是鄒先生重點譯介的黑種詩人。正是由於鄒絳先生的傾力譯介，使得美國黑人作品引起了中國讀者持續的關注熱情。整個詩集共分四輯，書尾的附錄收錄了鄒絳翻譯的對這 8 位黑種詩人的簡介以及譯者後記，讀者藉此可以更加深入地瞭解黑人詩歌的內涵和情感。鄒絳在上世紀 50 年代上半期翻譯出版的詩集還有《和平的旗手》，這部蘇聯新時期詩歌集 1953 年由上海文化工作社出版，收錄了馬利什柯等 13 位蘇聯詩人的 38 首作品，表達了蘇聯人民在新社會奮發向上的建設激情。譯詩集以翻譯培·梭羅甫約夫的《蘇聯最近的詩歌》一文為代序，書末附錄中收入了 4 篇評論蘇聯新時期詩人的論文：維·阿的《愛情和憤怒的詩歌》、阿·斯的《蘇維埃偉大的抒情詩人》、維·郭爾澤夫的《和平與幸福之歌》以及恩·卡比萊瓦的《蘇維埃達格斯坦的詩人》，這 4 篇文章分別從不同的角度對烏克蘭詩人安德烈·馬利什柯、史起巴巧夫、格魯吉亞詩人格里戈爾·阿巴施哉和達格斯坦詩人加姆扎特·查達沙的詩歌作了評論。譯者所作的《譯者小記》則更多地探討了如何用音組的方式翻

〔註 3〕查明建、謝天振：《中國 20 世紀外國文學翻譯史》（上），武漢：湖北教育出版社，2007 年，第 323 頁。

〔註 4〕該詩收入《外國名詩選》時，更名為《黑人談河流》。參見鄒絳選編《外國名詩選》，成都：四川少年兒童出版社，1987 年，第 112 頁。

譯外國格律詩。除對聶魯達詩歌的翻譯之外，鄒絳在上世紀 50 年代後半期主要翻譯出版了 3 部詩集，《凱爾巴巴耶夫詩選》於 1958 年 9 月由人民文學出版社出版，收入了鄒絳先生從俄語轉譯的蘇聯土庫曼共和國著名詩人凱爾巴巴耶夫的詩作 9 首，包括《響起來吧，都塔爾》《勇士的歌》《馬勒城》《在裏海岸邊》《巴哈爾》《摘棉花的姑娘》《繁榮的哈沙克斯坦》《阿姆-達利亞河》和《艾拉爾》。譯本的目次頁在每首詩的下面均標明了原詩從土庫曼語譯成俄語的譯者，書末收錄了鄒先生的「譯後記」，主要介紹了凱爾巴巴耶夫的創作歷程以及在中國譯介情況。這部譯詩集是卡爾巴巴耶夫的詩歌首次被譯介到中國，〔註 5〕表明鄒絳先生是中國翻譯這位蘇聯詩人作品的第一人。50 年代末翻譯的蒙古人民的英雄長詩《蘇赫・巴托爾之歌》於 1962 年由上海文藝出版社出版，這部長詩主要歌頌了蒙古人民革命領袖蘇赫・巴托爾光榮的奮鬥歷程，是對蒙古人民革命的史詩性表達。該詩集根據時間順序分為 5 章，另外還有序詩和尾聲兩個部分，書末附有馬華先生 1961 年作的《關於蓋達布和他的長詩〈蘇赫・巴托爾之歌〉》一文，歷時性地梳理了蒙古人民的革命鬥爭，讚揚了蒙古人民的革命精神以及蘇聯和蒙古的深厚友誼。

聶魯達詩歌的翻譯集中體現了鄒絳先生的翻譯成就。鄒先生從上世紀 50 年代至 90 年代一直在不間斷地翻譯著聶魯達的詩歌，先後主譯出版了 3 部聶魯達詩集，是中國當代翻譯史上翻譯聶魯達詩歌成就最高的譯者。《葡萄園和風》是智利詩人聶魯達 1954 年出版的詩集，中譯本主要包括了《歐洲的葡萄園》《向中國致敬》《波蘭》《西班牙》《布拉格的談話》《新世界多麼遼闊》和《意大利》等七首詩歌，除《向中國致敬》為袁水拍和盛愉二人合譯之外，其餘 6 首均由鄒絳先生從俄譯本轉譯進中國。聶魯達在訪問了西歐、東歐人民民主國家、蘇聯和中國之後寫下了這部詩集，主要是為了歌頌各國人民保衛和平的鬥爭以及表達對人類前途的美好願望。1971 年，聶魯達因在瑞典斯德哥爾摩獲得諾貝爾文學獎而在中國的影響進一步擴大；1983 年，鄒絳和蔡其矯等人借聶魯達逝世 10 週年之機翻譯出版了《聶魯達詩選》（四川人民出版社），這部譯詩集共收入鄒先生的譯詩 16 首：在詩集《西班牙在我心中》

〔註 5〕「凱爾巴巴耶夫在中國讀者心目中，已經不是個陌生的名字了。他的長篇小說『決定性的步驟』，中篇小說『白金國來的艾素丹』，和長篇遊記『土庫曼的春天』，都早已譯成中文，而且每一種作品都不止一個譯本。但他的詩集在中國出版，這還是第一次。」（鄒絳：《譯後記》，《凱爾巴巴耶夫詩選》，北京：人民文學出版社，1958 年，第 66 頁。）

裏選譯了 1 首《哈拉瑪河之戰》；在詩集《葡萄園和風》中選譯了 7 首，除早期的單行譯本《葡萄園和風》中收錄的 6 首之外，重譯了先前由袁水拍等翻譯的《向中國致敬》；在詩集《元素之歌》《新元素之歌》和《頌歌第三集》中選譯了 5 首：《銅的頌歌》《大海之歌》《歡樂頌》《獻給書的頌歌》以及《獻給塞薩・巴列霍的頌歌》；從聶魯達晚年創作的作品中選譯了 3 首：《關於美人魚和酒鬼的寓言》《話語》和《人民》。《聶魯達詩選》是聶魯達詩歌在中國規模最大的一次翻譯展出，收有艾青回憶他和聶魯達交往的文章《往事・沉船・友誼》作為代序，其後收錄的是陳用儀翻譯的聶魯達本人談創作的文章《談談我的詩和我的生活》。這部譯詩集的附錄中收入了 4 篇文章，分別是聶魯達的《詩和人民》《聶魯達夫人馬蒂爾德・聶魯達的來信》、譯者陳光孚談聶魯達創作的文章《軼事・借鑒・風格》以及江志芳編譯的《聶魯達生平和著作年表》，最後是周良沛先生撰寫的《後記》，介紹了聶魯達的生平和創作，並呼籲中國應該加大對聶氏詩歌的翻譯和介紹。四川文藝出版社 1992 年出版的《聶魯達抒情詩選》選了鄒絳先前翻譯的 5 首詩歌：《歐洲的葡萄園》《銅的頌歌》《獻給書的頌歌》《關於美人魚和酒鬼的寓言》和《話語》。此外，鄒絳先生 1986 年編選出版的《外國名家詩選》選入了他翻譯的 4 首聶魯達詩歌，其中《河流》《果實》和《畢加索》3 首是之前沒有出現的譯作。〔註 6〕因此，鄒絳先生共計翻譯了聶魯達詩歌 19 首，這些作品抒發了與中國人民相似的或可被中國人接受的情感內容，成為今天我們閱讀或研究聶魯達的經典譯作。

除上面詳細介紹的譯作之外，鄒絳先生翻譯的詩歌還有美國詩人休士的《當我長大了》(《星星》詩刊，1979 年 10 月號)、《房東之歌》(《文匯》增刊，1980 年)，惠特曼的《在這個時候渴望而沉思》，麥凱的《假如我們必須死》，卡倫的《一個棕色的姑娘死了》；俄國詩人謝普琴科的《遺囑》，蘇聯詩人雷里斯基的《玫瑰和葡萄》；澳大利亞詩人萊特的《死去了的宇航員》以及印度詩人泰戈爾的散文詩《在一個夢中的朦朧的道路上》(《海棠》，1981 年 1 期)。〔註 7〕除了詩歌之外，鄒絳先生還翻譯了兩部兒童文學作品。1956 年 4 月，中國青年出版社出版了鄒先生主譯（合譯者為章晶修、劉丙吉）的蘇聯著名兒童

〔註 6〕這 3 首譯詩參見鄒絳主編的《外國名家詩選》(2)，重慶：重慶出版社，1986 年，第 285～291 頁。

〔註 7〕以上提到的翻譯品除特別說明出處之外，均參見鄒絳選編的《外國名詩選》，成都：四川少年兒童出版社，1987 年。

文學家列夫·卡西里的中篇小說《初升的太陽》，主要講述了蘇聯少年畫家柯理亞·季米特里耶夫的奮鬥歷程，他在短暫的一生中勤奮學習，品行高尚，熱心關心集體和他人。這部譯作在中國出版後引起了很大的反響，柯理亞成為當時中國青少年心中的偶像，鼓舞了一代青年人的成長。書末的《譯後小記》主要介紹了這部作品的價值和翻譯過程，同時希望該譯作能對學生和教育工作者有所幫助。1987 年，四川少年兒童出版社出版了鄒絳單獨翻譯的奧地利小說家察爾騰的中篇童話《小鹿班比的故事》，主要講述了一頭慈善的雄鹿用自己的言行影響並教育了小鹿班比的成長，教會他如何認識環境、認識生活，教會他機警但堅定獨立地對待生活中的危險和艱難，小鹿班比由此逐漸成長起來。這個寓言故事記敘的小鹿班比的成長過程其實就是青少年朋友的成長經歷，因此鄒絳在譯後小記中希望「這本童話能夠給我們的讀者帶來愉快，帶來詩的情趣，帶來美的享受，也帶來對動物更多的瞭解和熱愛」，〔註 8〕幫助像小鹿班比一樣的青少年健康成長。

鄒絳一生翻譯了 7 個國家（俄蘇、智利、美國、蒙古、奧地利、印度、澳大利亞）近 40 位作家的詩歌、小說和童話作品。鄒絳的翻譯注重內容和形式的協調統一，而譯者本人對翻譯抱著非常認真的態度，因此鄒先生的譯作至今仍廣為流傳，其翻譯的黑人詩歌和聶魯達詩歌等已經成為中國當代翻譯史上不可多得的佳作。

（二）鄒絳翻譯的時代色彩

鄒絳先生的翻譯作品具有濃厚的時代色彩。文學翻譯作為社會活動的構成部分，其選材和策略必然會受到時代語境的制約，「任何翻譯都必然與社會語境相聯繫，其主要原因是，翻譯現象不可避免地與社會制度相關聯，後者在很大程度上決定原文的選擇、譯品的生產、發行與接受以及擬相應採取的翻譯策略。」〔註 9〕另外，文學翻譯也會受到譯者情感表達需要或審美觀念的影響，這些因素共同決定了翻譯文學作品的誕生。接下來本文將從翻譯的社會性出發，分析鄒絳先生為什麼會選擇黑人詩歌、蘇聯詩歌以及聶魯達詩歌為主要譯介對象。

〔註 8〕鄒絳：《譯後小記》，《小鹿班比的故事》，成都：四川少年兒童出版社，1987 年，第 219～220 頁。

〔註 9〕（奧地利）邁考拉·沃夫：《翻譯的社會維度》，《國際翻譯學新探》，天津：百花文藝出版社，2006 年，第 129 頁。

首先，鄒絳先生的翻譯具有明顯的「共名」特徵，表達了其時中國社會的情感訴求。鄒先生與其他譯者一道先後翻譯出版了《葡萄園和風》、《聶魯達詩選》和《聶魯達抒情詩選》等三部詩集，他為什麼會傾注大量的精力來翻譯或轉譯這位智利詩人的作品呢？這不得不歸因於時代語境對鄒絳翻譯選材的規定性和制約性影響，他翻譯的聶魯達詩歌具有明顯的「革命」色彩，反映了各國人民為爭取民族獨立和民主自由所作的不懈努力與抗爭。聶魯達的詩歌創作始終將世界人民的反法西斯戰爭和政治追求作為主要觀照對象，他大學畢業後被派往亞洲、拉美和歐洲的很多國家從事外事工作，1936 年在馬德里任職期間恰逢西班牙爆發內戰，他對西班牙人民反法西斯戰爭深表同情。後來智利人民陣線在大選中獲勝，聶魯達於 1945 年 7 月加入智利共產黨，因為智利政局的變化不得不於 1949 年 2 月流亡國外，曾先後被吸納為世界和平理事會會員並獲斯大林國際和平獎。聶魯達的作品「描寫了拉丁美洲的錦繡山川，也敘述了拉丁美洲人們反抗殖民主義奴役的歷史」，〔註 10〕對其作品的翻譯介紹順應了當時中國人在文學審美上的階級情感取向。鄒絳先生對聶魯達詩歌的翻譯在選材上可以被視為當時中國翻譯亞非拉文學的典型個案，因為「同屬第三世界，我國亞非拉文學的翻譯傾注了特別的關注；同樣因為都是受壓迫受剝削的民族，我國對亞非拉各國民族所遭受的苦難深表同情，對他們的獨立鬥爭給予支持，對於他們建設國家的熱情給予讚揚，這些感情都反映在文學翻譯的選材和譯介過程中。」〔註 11〕當時翻譯界對拉美文學作品的選擇具有較強的針對性，鄒絳先生在上世紀 50 年代從事的翻譯在具備個性特質的同時難免染上「世風」之顏色，其翻譯聶魯達詩歌的目的是要讓中國人民「清楚地看到和平民主陣營的無比的優越性，勞動人民對幸福的熱愛，對帝國主義戰爭狂人的憤怒控訴，以及對人類美好前途的堅強信念。」〔註 12〕

鄒絳先生翻譯聶魯達的詩歌與原作高度的人民性及詩人作為知識分子的社會擔當意識有關，其作品的思想情感不專屬智利或拉丁美洲，而是屬於包括中國在內的整個人類。聶魯達在獲得諾貝爾文學獎時的演講中這樣說道：「不

〔註 10〕陳光孚：《譯本前言》，《聶魯達抒情詩選》，鄒絳、蔡其矯等譯，成都：四川文藝出版社，1992 年，第 11 頁。

〔註 11〕周發祥等：《二十世紀中國翻譯文學史》（十七年及「文革」卷），天津：百花文藝出版社，2009 年，第 156 頁。

〔註 12〕鄒絳：《葡萄園和風．內容提要》，《葡萄園和風》，鄒絳譯，上海：上海文藝出版社，1959 年，扉頁。

管是真理還是謬誤，我都要將詩人的這種職責擴展到最大限度，從而決定自己對待社會和人生的態度，同時它還應當是平凡而又自成體系的。由於目睹光榮的失敗、孤獨的勝利和暗淡的挫折，才使我作出了這樣的決定。置身於美洲鬥爭的舞臺，我知道自己對人類的職責就是投入到組織起來的人民的巨大努力之中，將自己的心血和靈魂，熱情與希望全部投入進去，因為作家和人民所需要的變革只有在這洶湧澎湃的激流中才能誕生。」〔註13〕聶魯達創作詩篇的唯一目的是為了讓智利人民在「尊嚴的領土上自立」。比如鄒絳先生翻譯的《銅的頌歌》一詩就是號召礦工們擺脫先前被壓迫被奴役的生活，擺脫外國的殖民掠奪和控制而投入到新生活的建設中，此詩中的「銅」既為智利歷史的見證者，又為智利人民不屈的民族精神。〔註14〕聶魯達為人民的自由與獨立而敢於在「殘酷的國家裏」創作具有抗爭精神的詩篇的行為，是任何民族任何時代都需要的，將其作品翻譯介紹到中國文壇，無疑也會促發作家的創作責任感，滿懷熱情地為新中國建設和人民生活而歌唱。

第二，鄒絳先生的詩歌翻譯體現出鮮明的國家立場和階級立場，表達了新中國人民內心真實的情感需要。鄒先生往往站在國家利益的立場上偏重於翻譯抒發被壓迫民族或被奴役人民情感的詩篇，而他的這種翻譯選擇又與當時中國所處「社會主義陣營」的政治身份有關。譯詩集《黑人詩選》出版時正值抗美援朝戰爭酣戰之際，鄒先生翻譯此詩集的目的就是要將美國置於敵對陣營加以批判和「暴露」：「在抗美援朝保家衛國的偉大運動中，大家對於美帝國主義的虛偽民主和侵略面目都有相當深刻的認識了。更有許多在美國住過或者與美軍接觸過的人以他們自身的經驗生動地說明了這個真理。但是讓我們看看很久以來就在美國處於被剝削被壓迫地位的黑種人民的生活，思想和感情吧！這些詩歌大部分都是他們血淚的結晶，因此他們更加感人。」〔註15〕美國作為當時資本主義陣營的領頭羊，所有的社會主義國家對它都採取批判的態度，鄒絳先生的另一部譯詩《和平的旗手》認為世界上有「兩個美國」，「一個美國是極想征服整個地球的帝國主義豺狼的美國。……但是也有『另外一個

〔註13〕（智利）聶魯達：《獲獎演說》，趙振江譯，《聶魯達抒情詩選》，鄒絳、蔡其矯等譯，成都：四川文藝出版社，1992年，第3～4頁。

〔註14〕（智利）聶魯達：《聶魯達抒情詩選》，鄒絳、蔡其矯等譯，成都：四川文藝出版社，1992年，參見第103～110頁。

〔註15〕鄒絳：《黑人詩選·譯者後記》，《黑人詩選》，上海：文化工作社，1952年，第153頁。

美國』，勞動人民的美國，人民大眾的美國，這些人民一想到戰爭，一想到讓他們自己和他們的孩子為了那一撮銀行家和工業家的巨大剩餘價值而被殺死的這件事，就充滿了憎恨。」〔註16〕鄒絳譯出的這段話出自蘇聯作家筆下，但同樣反映出那一時期中國對美國的態度和立場。拋開勞動人民相通的情感，中國與美國之間由於政治立場的不同而處於敵對狀態，對之加以批判和暴露也正符合社會主義國家的政治立場。

鄒絳先生的譯詩表達了勞動人民或受壓迫人民的情感，具有明顯的階級立場。鄒先生翻譯黑人詩歌的目的就是要揭示美國這個所謂的民主國家依然存在著壓迫和剝削，生活在美國的底層人民還需要通過革命的方式來求得自我解放，如同中國人民的民主革命一樣。比如海登（Robert Hayden）的作品《加布里爾》讚頌的就是加布里爾為領導黑人暴動而敢於犧牲的精神，這種反抗精神將鼓勵著被壓迫的奴隸繼續戰鬥，「直到奴役的柱頭／化成一片烏有，／而奴役的鎖鏈／躺臥著生銹」。黑人是美國的合法公民，他們長期在資本家和種植園主的剝削和壓榨下過著艱難的生活，與社會主義國家人民一樣對美帝國主義充滿了憤恨。除了披露美國民主的虛偽性之外，鄒絳翻譯黑人詩歌的另一個原因是展現黑色人種的創作成就，藉此在一個歧視黑人的國度裏中抬高他們的社會地位：「實際上黑人的創造才能並不低。雖然受著種種的限制和虐待，他們在文藝方面仍然有輝煌的表現。」〔註17〕有色人種在西方國家一直受到排擠和壓制，早年留學美國的中國學生也不例外，〔註18〕他們「需要白天讀

〔註16〕（前蘇聯）培·梭羅甫約夫：《蘇聯最近的詩歌》，鄒絳譯，《和平的旗手》，上海：文化工作社，1953年，第5頁。

〔註17〕鄒絳：《黑人詩選·譯者後記》，《黑人詩選》，上海：文化工作社，1952年，第153～154頁。

〔註18〕比如胡適留學美國時曾與韋蓮司相戀，但由於「當年美國的種族主義偏見頗深，在他們眼中華人簡直連黑奴都不如。怕別人議論，韋母便多方阻攔這一對跨過姻緣。」（丁國旗：《中國十大情聖》，鄭州：鄭州大學出版社，2005年，第14頁。）比如聞一多在科羅拉多大學時，學生辦的週刊上發表了一首美國學生寫的題為「The Sphinx」的詩，說中國人的臉看起來沉默而神秘，就像埃及的獅身人面像，聞一多為此寫了一首「Another『Chinese』Answering」的詩加以回擊，他在詩中著意歌頌中國的地大物博和光輝歷史。同樣是在珂泉大學，聞一多還因為畢業典禮的事情深受傷害。按珂泉大學慣例，畢業生一男一女的排成縱隊走向講臺領畢業文憑，美國女生卻沒有一個意願和中國學生排在一起，校方迫不得已只能讓中國男學生自行排成兩行走上臺去。聞一多一直為此事憤憤不平，他甚至還為中國人在理髮店遭到拒絕而「臉紅脖子粗的悲憤激動。」（梁實秋：《談聞一多》，臺北：傳記文學出版社，1987年，第47

書，晚上打工，以維持學業和生計。同時，他們還要忍受白人社會的種族歧視，面對與中國截然不同的文化震盪和遠離親人的痛苦，他們心靈上承受的壓力可能遠遠超過了體力上所承受的壓力。」〔註 19〕因此，中國人在對以美國為代表的西方國家懷有敵對情緒的同時也與當地受壓迫的黑人在心靈上構成了同盟關係，通過翻譯黑人文學作品來瞭解他們的生活情況自然會滿足同處「被壓迫民族」地位的中國人的閱讀期待，鄒絳先生的譯詩正好契合了這樣的翻譯訴求和「階級」立場。

第三，鄒絳先生的譯詩表達了與中國革命和社會主義建設相似的情感內容，必然會讓中國讀者「倍感親切」。鄒先生從俄語中轉譯蒙古詩人策維格米丁·蓋達布的長詩《蘇赫·巴托爾之歌》體現出其翻譯的政治立場和社會革命意識，該長詩通過敘述蒙古人民共和國革命領袖蘇赫·巴托爾的人生經歷，展示了蒙古人民為求得自身解放而與封建主義勢力展開的艱苦卓絕的鬥爭。長詩重點描寫了草原人民在俄國十月革命的感召下開始啟動革命的步伐，蘇赫·巴托爾於 1920 年到莫斯科會見了偉大的革命導師列寧之後很快建立了蒙古人民革命黨，由於蘇聯的支持而很快獲得了革命的成功，從此蒙古人民「從一片漆黑的封建主義／繞過了資本主義，／我們前進著，／戰鬥著，就是為了要／實現我們的理想」。〔註 20〕蒙古人民共和國的建立與新中國的建立有很多相似之處：從內部來說，在上世紀 50～60 年代的語境下兩個國家的革命都離不開英雄人物的領導，離不開人民的支持和奮鬥，並且兩個國家都是從封建社會直接過渡到社會主義社會；從外部來講，兩個國家的革命都受到了俄國十月革命的影響，共產黨的建立和革命歷程也有很多相似之處。這些共同點是鄒絳先生翻譯《蘇赫·巴托爾之歌》的價值起點，其中的很多革命場景、革命故事以及革命理想與當年中國共產黨領導中國人民求解放的歷史類同，這決定了該譯詩必然會在中國讀者群中產生廣泛的共鳴。

鄒絳先生的譯詩表達了社會主義建設的激情。鄒先生翻譯的《和平的旗手》（蘇聯最近詩選）是一部反映蘇聯詩人建國後創作成就的詩選集，鄒先生

頁。）又如朱湘在美國留學的時候「難以忍受美國種族主義的侮辱歧視，被逼屢屢轉學。」（樂齊：《素描朱湘》，《精讀朱湘》，北京：中國國際廣播出版社，2006 年，第 10 頁。）這樣的例證不勝枚舉。

〔註 19〕陳潮：《近代留學生》，北京：中華書局，2010 年，第 36 頁。

〔註 20〕（蒙古）策維格米丁·蓋達布：《蘇赫·巴托爾之歌》，鄒絳譯，上海：上海文藝出版社，1962 年，第 250～251 頁。

選擇翻譯這部詩集與其時中國社會現實有關，與中蘇之間空前的友好關係密不可分，同時也應和了社會主義新中國各項事業的建設和發展。培·梭羅甫約夫撰寫的前言《蘇聯最近的詩歌》對衛國戰爭結束後詩人創作的豐富性和個性化給予了肯定，指出了蘇聯詩人這段時間裏在創作內容上的共同點：「他們首先是被他們人民的利益所鼓動的——他們的人民正在熱心地工作著，為了使蘇聯社會的經濟和文化得到更進一步的發展而執行偉大的斯大林計劃。最優秀的蘇聯詩歌處理著有重大意義的、在千百萬人心目中首要的主題——國家間友好與和平的主題，創造性勞動和努力的主題。它忠實地用現實主義的方法描繪著新的蘇維埃人的內心世界。」〔註21〕這樣的詩歌主題比較貼切地道出了新中國剛成立後的幾年時間里人們的心聲，那就是充滿熱情地建設新中國、爭取國際友好交往以及表現人們在新社會裏的內心情感。鄒先生翻譯的另一部蘇聯詩集《凱爾巴巴耶夫詩選》同樣表達了中國與蘇聯相同的社會主義建設情感，在譯者後記中鄒先生這樣寫道：「通過這些熱情磅礡的詩篇，我們卻可以進一步瞭解蘇聯土庫曼人民的生活和鬥爭，勞動和建設。……我們中國人民，如毛主席所說，原來是『一窮二白』，但在黨的正確領導下，打退了國內外敵人的進攻，也正在以翻江倒海之勢向大自然進軍，迅速而勝利地改變著大自然的面貌。我們讀著凱爾巴巴耶夫這些歌頌勞動，歌頌建設的詩篇，會特別感到親切。」〔註22〕凱爾巴巴耶夫的詩歌表現了蘇聯人民戰山斗水的激情，比如《阿姆-達利亞河》一詩表現的就是在沙漠中修建運河以改善土庫曼人用水的困難，這種建設激情比較符合 1958 年前後中國的大躍進思想。所以，鄒絳所譯凱爾巴巴耶夫的詩歌正好表達了該時期中國人的社會主義建設激情，自然會讓中國讀者感到親切。正是由於中蘇關係的特殊性以及社會主義陣營的建立，當時蘇聯的各種建設和發展模式都被借鑒到中國，文學創作也不例外，因此翻譯《和平的旗手》這部詩集的另外一個原因就是給中國的新詩創作以借鑒，給中國讀者以教育。鄒絳先生在譯後小記中說：「近年來，大批的蘇聯小說和蘇聯劇本繼續不斷地被翻譯了過來，這是很好的事情，因為中國的文藝工作者和一般讀者由此得到良好的借鑒和直接的教育。但是蘇聯的詩歌呢？介紹過來的卻寥寥無幾，還不能滿足讀者和詩歌工作者的要求，更不能在質上面

〔註21〕（前蘇聯）培·梭羅甫約夫：《蘇聯最近的詩歌》，鄒絳譯，《和平的旗手》，上海：文化工作社，1953 年，第 4 頁。

〔註22〕鄒絳：《譯後記》，《凱爾巴巴耶夫詩選》，北京：人民文學出版社，1958 年，第 66～67 頁。

來計較了。是不是蘇聯詩歌的教育意義很小？或者蘇聯詩人的優秀作品太少了呢？我想，絕不是這樣，任何稍微注意蘇聯詩歌近況的人也不會這樣斷定。」〔註 23〕鄒先生的話一方面說明了蘇聯文藝對中國讀者和文藝工作者的重要意義，另一方也說明了中國對蘇聯新近創作的詩歌翻譯有限，需要加大對蘇聯詩歌的翻譯，增強它在中國的「借鑒」和「教育」功能。

與所有的文學翻譯一樣，鄒絳先生的詩歌翻譯同樣離不開複雜的「贊助人」的影響和制約，其譯詩不僅豐富並啟示了當時中國新詩的創作，而且也表達了該時期中國人的思想情感，成為中國當代文學園地中醒目的元素。

（三）鄒絳的文學翻譯觀念

在漫長的翻譯歷程中，鄒絳先生逐漸形成了自己的翻譯思想。由於長期致力於中國現代格律詩的創作和探索，鄒先生在翻譯時非常重視譯文的文體特徵，主張譯文形式和內容的協調統一；同時，認為翻譯文學尤其是翻譯的兒童文學應該具有一定的教育和鼓舞功能。

鄒絳先生認為翻譯外國詩歌應該注重原作文體形式的思想主要源於他的現代格律詩主張。在不否認中國新詩形式多樣化的前提下，鄒先生希望詩人創作出更多更好的現代格律詩，因為「在新詩的百花園中，如果只有自由詩而沒有現代格律詩，豈不是顯得太單調，太寂寞，也太不正常可嗎？許多讀者除了希望讀到更多優美的自由詩外，也希望能夠讀到更多優美的現代格律詩。」〔註 24〕鄒先生之所以認識到現代格律詩是新詩不可偏廢的構成部分，原因在於他認為音樂性是詩歌的要素或特點之一，不論外國或中國的優秀詩歌都具有這樣的特點。而相對於中國古典詩歌的格律和音韻來講，中國現代格律詩在具備了音樂性的特徵之外顯示出更多的優勢：使用現代口語入詩更適合表達現代人的思想感情；重視頓數的整齊而不要求字數的整齊使詩歌形式更富於變化；不受平仄的限制讓詩歌形式獲得了一大解放；形式的不斷和時代性使現代格律詩自身獲得了很大的發展潛力和前景。既然現代格律詩承傳了中國古典詩歌的音樂性特徵而又具備了很多「現代性」特質，那無疑彰顯出此種詩歌形式的優越性和可推廣性，因此在翻譯外國詩歌尤其是外國格律詩時採用中國現

〔註 23〕鄒絳：《和平的旗手·譯後小記》，《和平的旗手》，上海：文化工作社，1953 年，第 135 頁。

〔註 24〕鄒絳：《淺談現代格律詩及其發展》，《中國現代格律詩選》，重慶：重慶出版社，1985 年，第 2 頁。

代格律詩形式應當成為譯者的首選。鄒絳以上關於中國現代格律詩的合符邏輯的思維方式已經轉化為他評價翻譯詩歌的客觀標準，他對於那些無視原作的文體形式而肆意採用古代格律詩或現代自由詩形式的翻譯行為持嚴厲的批判態度，其在肯定部分譯者自覺的翻譯形式意識之後以十四行詩的翻譯為例說道：「有些外國詩，明明是格律嚴謹的十四行，翻譯成中文後卻面目全非，有的變成了十六行的七言古體詩，有的變成了二十一行參差不齊的自由詩，有的雖然保持了原詩的行數，但卻沒有保持原詩整齊的節奏和押韻的格式，也沒有加以說明。這樣的譯詩在讀者當中往往引起一些錯覺和誤會。」〔註25〕在鄒先生看來，中國現代格律詩的建立不僅是衡量譯詩形式的標準之一，也有助於促進詩歌翻譯的發展成熟，譯者如果採用音組或頓的方法認真地翻譯外國格律詩就會提升譯詩的形式藝術，從而產生更多優秀的翻譯作品。

鄒絳多次強調詩歌翻譯應該注重詩歌的文體特徵，採用適當的形式翻譯外國詩歌，不能機械地照搬原詩的音節和形式風格，更不能把詩歌翻譯成散文。鄒先生 1952 年翻譯蘇聯當代詩歌的時候說：「詩歌有它的特殊形式，把外國詩歌翻譯成中文，除了保留原來的內容和詩意外，還應該適當的保留原來的形式，使翻譯出來的詩歌成為形式和內容比較諧和的統一體。」〔註26〕這是鄒先生關於理想譯詩的最好詮釋，他自己在詩歌翻譯實踐中也努力地追求形式和內容的高度統一，比如在翻譯蒙古詩人策維格米丁·蓋達布的《蘇赫·巴托爾之歌》這部長詩時，由於是從蘇聯轉譯的緣故，鄒先生完全採用了蘇聯流行的馬雅可夫斯基的樓梯式，形式整齊均勻且富有節奏感和韻律性，加上語言清新自然，讀者就像是在閱讀生動的英雄傳奇或歷史故事，此譯詩在注重詩歌語言形式的情況下也兼顧了譯本的可讀性。在翻譯奧地利作家察爾騰的童話作品《小鹿班比的故事》時，鄒絳先生認為原作者是一位出色的詩人，作品對自然風光的描繪充滿了詩情畫意，因此「在翻譯這本童話時，是竭力將它作為詩來對待的。」〔註 27〕詩歌翻譯要顧及原文的形式問題會給譯者帶來更多的困難，譯者不能因為懼怕困難而「把詩當成散文來翻譯……那往往要減低原作的

〔註25〕鄒絳：《淺談現代格律詩及其發展》，《中國現代格律詩選》，重慶：重慶出版社，1985 年，第 16 頁。

〔註26〕鄒絳：《和平的旗手·譯後小記》，《和平的旗手》，上海：文化工作社，1953 年，第 135 頁。

〔註27〕鄒絳：《譯後小記》，《小鹿班比的故事》，成都：四川少年兒童出版社，1987 年，第 219 頁。

力量和價值；反之，如果機械地按照原文有多少音節就用多少字來翻譯，雖然是用心良苦，但那結果也許會更糟糕。」〔註28〕把詩譯成散文有失嚴謹而流於散漫，按原詩音節翻譯有失靈活而流於機械，那譯者究竟應該採用什麼的方式去處理詩歌翻譯中的形式問題呢？根據自己現代格律詩創作和翻譯的實踐，鄒先生為我們提供了較為可行的「音組式」譯法：「原詩每行有多少音步，大體上就給他多少音組，這樣音組和音步的數目一致了，但字數卻可以比原詩的增多，頗有伸縮的餘地。」〔註29〕當然，鄒絳提醒譯者應該注意中文詩的音組和外文詩的音步因為各自所處的文字系統不同而在客觀上存在的差異：俄文或英文都有重音，中文則沒有重音或重音不明顯，因此俄文詩或英文詩的音步是以輕重音節的一定組合來劃分的；而中文的音組則大體上只能按照文字的意義或自然的停頓來劃分。其實我們都知道音組和音步的概念在內容上是相同的，但鄒絳先生出於區分的考慮，將音組與中文詩相聯繫，而將音步和外文詩相聯繫，體現出將外國詩學術語中國化的努力。

鄒絳在認識到詩歌翻譯難度的情況下認為譯者更應該認真對待詩歌翻譯。理想的翻譯總是力圖使譯作接近原作，但語言的天然屏障決定了譯詩和原詩之間總會存在較大差距，譯者為著轉達原詩情感和內容的目的而往往在格律形式方面不能再現原作的韻致。但鄒絳先生並沒有因此而否定翻譯活動的積極意義，在譯詩不能再現原詩格律的情況下，認為讀者應當通過多瞭解外國詩歌的格律形式來補足譯詩的缺陷，並對譯者的工作進行了肯定：「在閱讀這些外國詩歌的時候，我們一方面應該心裏有數，知道一點外國詩歌的格律，懂得一些譯詩的艱苦，一方面也應該感謝嘔心瀝血的詩歌翻譯者，沒有他們辛勤的勞動，我們是很難欣賞到這些散發出異域芳香的鮮花的。」〔註30〕翻譯外國詩歌因為情感內容和外在形式的要求而具有相當的難度，而廣大讀者又希望讀到更多優美的譯詩，這就要求譯者具有高度的責任心和不畏艱辛的工作精神，努力地將外國詩歌源源不斷地翻譯介紹到中國文壇。鄒先生在編選《外國名家詩選》時說：「稍有翻譯經驗的人都知道，詩歌是很難翻譯的，或很難翻

〔註28〕鄒絳：《和平的旗手·譯後小記》，《和平的旗手》，上海：文化工作社，1953年，第136頁。

〔註29〕鄒絳：《和平的旗手·譯後小記》，《和平的旗手》，上海：文化工作社，1953年，第136頁。

〔註30〕鄒絳：《讀一點外國詩》，《外國名詩選》，成都：四川少年兒童出版社，1987年，第7頁。

譯得令人滿意的，因為譯者不僅要忠實地表達出原詩的思想感情，還要盡可能表達出原詩的風格和韻律，而又流暢自然。但儘管如此，廣大讀者仍然迫切地希望讀到更多更優美的翻譯詩，而不少詩歌翻譯家多少年來也不辭辛苦地為我們從海外移植過來了許多膾炙人口的好詩。有些著名詩人的作品不僅出現了幾種譯本，而且在翻譯藝術上也不斷改進，日趨成熟。」〔註31〕這段話表明鄒絳先生對待譯詩的態度是嚴謹的，譯詩必須兼備情感內容和風格韻致，折射出鄒先生對詩歌格律形式的一貫關注。

鄒絳先生的部分譯文是專門針對青少朋友翻譯的，他認為兒童文學的翻譯應該具有教育和鼓勵的作用。鄒先生為豐富青年人的課外閱讀資料選編了一本外國名詩集，在選材上主要偏重以下幾個方面：「有些詩表達了詩人或抒情許主人翁對自己的故鄉和祖國的懷念和讚美，充滿丁愛國主義的真摯感情……有些詩栩栩生動地描繪了大自然，表達了詩人對生機勃勃的大自然美麗景物的欣賞和熱愛……有些詩表達了詩人對理想、光明、希望、戰鬥和自由的渴望和追求……有些詩表達了被奴役、被壓迫人民的苦難和憤怒，以及他們奮起反抗的決心和氣概；有些詩歌頌了革命戰士崇高的獻身精神、英勇無畏的氣概；有些詩表達了詩人對人生的思考，帶有一定的哲理性等等」。〔註32〕這些內容有助於培養年輕人熱愛民族、熱愛生活的品德。鄒絳先生認為翻譯外國兒童作品給中國青少年朋友閱讀時，除了表達要符合他們固有的審美習慣之外，在選材上還應該具有一定的啟示和勸導作用。比如他翻譯的《小鹿班比的故事》就具有明顯的教育意義，這部童話主要記敘了小鹿班比的成長過程，其中穿插了梅花鹿家族在森林裏與其他動物的相處時的矛盾衝突和友誼互助，他們之間的聚散離合和悲喜惆悵，以及獵人對他們的威脅與他們對獵人的警惕等，儼然是一個青年少在社會群體中的生活寫照，青少年讀了這本書之後必然會從中懂得很多生活的哲理，在成長的道路上學會面對各種艱難困苦，像小鹿班比一樣迅速地成長起來。因此，鄒絳先生注重少年兒童作品的翻譯和介紹，他認為青少年是民族的未來和希望，翻譯作品必須起到鼓舞和培養人才的作用。

1956 年 4 月，中國青年出版社推出了鄒絳先生主譯的蘇聯著名兒童文學

〔註31〕鄒絳：《外國名家詩選．前言》，《外國名家詩選》，重慶：重慶出版社，1983 年，第 2 頁。

〔註32〕鄒絳：《讀一點外國詩》，《外國名詩選》，成都：四川少年兒童出版社，1987 年，第 3～4 頁。

家列夫・卡西里創作的中篇小說《初升的太陽》，其中講述了少年畫家科理亞「勤奮的學習、高尚的情操、對事業的信心、對生活的熱愛、對自己的嚴格要求」等優秀的品質，他為了挽救他人而犧牲自己生命的事蹟更是感人至深。鄒先生在《譯後小記》中說：「謹以此書獻給新中國的青少年讀者們，讓我們大家一起來學習科理亞的勤勉、堅毅和毫不苟且等等崇高的品質，同樣也獻給從事文化、藝術和教育工作的同志們，讓我們更多地關心和更好地培養新中國的年青一代——我們建設社會主義和共產主義社會的偉大後備軍。」〔註33〕這部譯作出版後產生的影響也確乎達到了譯者當初的期待，當時很多藝術院校將之作為學生課外必讀書目，目的就是要學習科理亞這位年輕的蘇聯藝術家對待生活的態度和堅韌的意志。也有年輕人因為買不到此書而手抄閱讀的現象，說明了這部譯作受歡迎的程度與影響的廣度，是青少年讀者「有益的精神食糧」。此外，鄒先生認為青少年閱讀翻譯詩歌可以習得外國詩歌的情感體驗方式和創作經驗，在提升自身精神的同時豐富體驗世界的視角，由此走上詩歌創作的道路。「不少人在少年兒童時代就開始閱讀一點外國詩歌了。那些優美生動的外國詩歌，從小就開闊了他們的視野，陶冶了他們的情操，就像許多優美生動的中國詩歌一樣，往往使他們終生難忘，永遠在他們心中留下美好的印象。有的還受到啟發，和詩歌結下了不解之緣，從此走上寫詩的道路，為我國新詩的發展貢獻了自己的力量。」〔註34〕從這個角度來講，鄒絳先生認為翻譯詩歌是促進中國新詩創作興起和繁榮的關鍵因素。

鄒絳先生的翻譯不僅注重原作的文體形式，而且在內容上也力求做到精準，但其翻譯作品仍然具有不可迴避的不足。鄒先生的很多譯作是從俄譯本轉譯或從英譯本轉譯到中國的，錯漏現象也就在所難免。針對上世紀50年代的翻譯現象，有學者指出：「本世紀以來，我國西語人才一直較為匱乏，西語文學作品多自他語種轉譯……這些譯作已經是名譯，但若從轉譯的角度看，問題仍然不少。因為英、法、俄等第二語種的翻譯或者不完全，或者有篡改原作之處，這些均不能為轉譯者所知，只能將錯就錯。例如，袁水拍從英文轉譯過來的《聶魯達詩文集》就多有誤譯，其中著名長詩《伐木者，醒來吧》譯名即欠

〔註33〕鄒絳：《譯後小記》，《初升的太陽》，長沙：湖南人民出版社，1983年，第418頁。

〔註34〕鄒絳：《讀一點外國詩》，《外國名詩選》，成都：四川少年兒童出版社，1987年，第1～2頁。

妥。」〔註 35〕鄒絳先生翻譯的奧地利作家察爾騰的《小鹿班比的故事》以及他對聶魯達作品的翻譯雖然不像袁水拍那樣譯自英語，但從俄語轉譯也會存在相似的弊病。當然，隨著中國翻譯人才的培養和翻譯選本的原語化，類似的翻譯弊端也逐漸得到了抑制。不過，我們不能因此否定該時期鄒絳等人的西語文學翻譯貢獻，正是有了他們的努力才讓中國讀者較早感受到了大洋彼岸智利人民與我們相似的情感。

總之，鄒絳先生的翻譯作品業已成為中國當代翻譯史上不可或缺的重要構成部分，具有鮮明的時代色彩；其關於理想譯詩的主張以及對譯詩文體形式的重視是其翻譯思想的主要內容，也是其翻譯作品的一大特色；他對兒童文學的翻譯和認識也是中國當代兒童文學翻譯史上不可多得的成果。鄒先生在意識到詩歌翻譯過程中形式和內容構成的矛盾難以調和的情況下，仍然認為譯者應該具有積極的堅持不懈的翻譯精神，體現出一個翻譯家不倦的追求和嚴謹的作風。本文所論述的內容只能窺見鄒絳先生翻譯的部分面貌，對其翻譯活動以及翻譯作品的研究還有待進一步深入。

〔註 35〕趙稀方：《二十世紀中國翻譯文學史》（新時期卷），天津：百花文藝出版社，2009 年，第 157～158 頁。

四、「大眾本」：左翼作家周文對翻譯文學的改編

學術界目前對周文先生的研究主要集中在其小說創作、大眾化文藝思想以及文化活動等方面，還沒有人談到他的翻譯文學觀。雖然周文不像「左聯」的文學翻譯家如魯迅、瞿秋白、馮雪峰和夏衍等那樣從事了具體的翻譯活動，但事實上，他卻在很多文章中闡發了翻譯文學語言的大眾化、翻譯文學對創作的促進、翻譯文學對文藝大眾化思想的貫徹、翻譯文學的大眾本等諸多觀念，而且更為重要的是，這些翻譯文學觀在 20 世紀 30 年代真正地彰顯並實踐了文藝大眾化路向的思想精髓。依據新興的翻譯研究中的文化學派的觀點，周文關於翻譯文學的見解理應在翻譯學中得到最好的研究和注解，是周文研究中不可或缺的重要內容。

（一）翻譯文學「大眾本」產生的原因

社會需要往往決定了文學翻譯活動對原作的選擇、改寫乃至創新。中國 20 世紀 30 年代形成的文藝大眾化語境決定了在語言句法上具有歐化色彩的翻譯文學必然會面臨著生存、傳播和接受的多重困境。在這種情況下，周文先生率先將翻譯文學名著改編成大眾本，不僅為翻譯文學找到了合適的生存方式，迎來了翻譯文學生命的再度延續，還從根本上解決了翻譯文學與文藝大眾化的分歧，使二者在特殊的歷史條件下有機地統一起來。

大眾本是翻譯文學在特定的歷史語境中的大眾化樣態。上世紀 30 年代，中國社會需要充滿革命激情的作品來鼓舞全民族抗戰，蘇聯的革命小說因此

被大量譯介到了中國。魯迅說：「我覺得現在的講建設的，還是先前的講戰鬥的——如《鐵甲列車》，《毀滅》，《鐵流》等——於我有興趣，並且有益。我看蘇維埃文學，是大半想介紹給中國，而對於中國，也還是戰鬥的作品最為要緊。」〔註1〕周文以及「左聯」的文藝工作者正是為著社會和民族的需要展開了他們的創作和翻譯活動，「中國20世紀30年代的翻譯文學，從主體上看，是以翻譯介紹馬克思主義文藝理論，蘇聯社會主義現實主義文學以及其他國家進步文學作品為主流，也是『左聯』時期翻譯文學的顯著特徵。」〔註2〕但問題的關鍵是，翻譯了大量的革命小說並不意味著會對廣大群眾產生深刻的影響，這當中還涉及到文藝作品的接受問題。實際上，因為歐化的翻譯文學作品與大眾的文化素養和鑒賞水平形成了極大的反差，其宣揚的革命精神並不能觸動大眾的激情。在文藝大眾化思想的指導下，尋求翻譯文學的合法生存樣態就成了「左聯」文藝工作者亟待解決的難題。為此，周文先生最早用通俗易懂的語言和傳統章回小說的體式將翻譯成漢文的外國文學名著（如《鐵流》《毀滅》）改編成大眾本，不僅滿足了大眾的閱讀期待，而且達到了啟蒙和鼓舞大眾的目的，找到了翻譯文學與中國文藝大眾化運動結合的支點，為翻譯文學爭取了更加廣闊的生存空間。周文先生在實踐的基礎上形成了比較成熟的翻譯文學大眾本的理論。

首先，將翻譯文學改編成大眾本是實施文藝大眾化方針的具體舉措。既然翻譯文學「是中國文學的一個組成部分」，〔註3〕那貫徹實踐大眾化的文藝路線就不僅僅只與文學創作相關，翻譯文學同樣能夠加入到大眾化文藝的行列。當時，能夠認識到翻譯文學也可以走大眾化路線的人並不多，周文針對「大眾化已經提出了許多具體的辦法」的現狀，認為「改編名著也就是那當中的一種。」〔註4〕為了從翻譯文學的角度「具體地執行大眾化的任務」，周先生先後將多部「國際的革命文學名著改編成大眾本」，他自己回憶說：「我曾經用何谷天筆名編了三本，《鐵流》和《毀滅》的大眾本剛剛出版就被禁止了，以致第

〔註1〕魯迅：《答國際文學社問》，《魯迅全集》（第6卷），北京：人民文學出版社，1981年，第18～19頁。

〔註2〕孟昭毅、李載道主編：《中國翻譯文學史》，北京：北京大學出版社，2005年，第170頁。

〔註3〕謝天振：《譯介學》，上海：上海外語教育出版社，1999年，第239頁。

〔註4〕周文：《在摸索中得到的教訓》，《周文選集》（下卷），成都：四川人民出版社，1980年，第417頁。

三本《沒錢的猶太人》……都永遠被埋沒。」〔註5〕外國文學名著改編成大眾本後，其大眾化的語言表達在接受層面上拉近了讀者與外國文學的距離，使很多人都能夠閱讀並領受外國文學名著的精神意趣。因而從傳播進步思想的角度來講，將翻譯文學改編成大眾本的工作具有積極的社會意義。很多讀者紛紛發表文章對譯著的大眾本表示贊許：「把一部十多萬字的著作縮成了三萬字，但是幾個重要人物的面影，整個故事發展的筋路，大致都能夠完整地保存。使那些消受不起高級藝術的人，也有機會聞一聞氣息。」〔註6〕除了上海、延安、北京的三次版本外，就連周文本人也不知道《鐵流》的大眾本一共出版和翻印了多少次，據周七康先生統計，從 1933 年到 1950 年，大約有「13 個不同的出版單位 15 次翻印」〔註7〕了《鐵流》縮寫本。出版發行的數據能夠充分說明翻譯文學的大眾本所獲得的認可程度。可見，大眾本為大眾鑒賞譯著開闢了一條最佳途徑，讓翻譯文學充分實踐了當時文藝大眾化的思想，是大眾化文藝成績的突出表現。

其次，將翻譯文學改編成大眾本要順應讀者的接受水平。文藝大眾化方針提出之後，在文學創作和辦報宣傳之外，周文還想到了利用外國文學，尤其是反映蘇聯革命戰爭的文學來「啟發群眾接受革命的真理」。〔註8〕當時曹靖華翻譯的《鐵流》不失為一部好的翻譯作品，但翻譯活動本身決定了翻譯文學在語言和句法上有嚴重的「歐化」色彩，「像這樣歐化的作品，除了一部分知識分子能夠享受外，其他一般文化水準比較落後的大眾差不多是很少能夠領教的」，而且讓文化素養不高的大眾和時間緊迫的知識分子耐心地「讀九萬十萬字的長篇小說，那實在是不能的」。〔註9〕因此，從大眾的接受水平和閱讀時間出發，周文將《毀滅》這部十多萬字的長篇譯著改編成了只有兩三萬字的通俗的章回小說。周先生對文藝大眾化思想的理解不僅僅侷限在文藝的接受層面，而且還涉及到文藝傳播。他將翻譯文學大眾本的出版價格降到了最低，目的就是希望有更多的讀者可以購買閱讀，他在談大眾文藝叢書

〔註5〕周文：《大眾化運動歷史的鳥瞰》，《周文選集》（下卷），成都：四川人民出版社，1980 年，第 484 頁。

〔註6〕林翼之：《讀〈毀滅〉大眾本》，《申報．自由談》，1933 年 6 月 20 日。

〔註7〕周七康：《周文與大眾通俗縮寫本〈毀滅〉和〈鐵流〉》，《新文學史料》，2005 年第 1 期。

〔註8〕鄭育之：《多年的心願——寫在〈周文選集〉出版之時》，《周文選集》（下卷），成都：四川人民出版社，1980 年，第 584 頁。

〔註9〕周文：《關於大眾本》，《出版消息》，1933 年 12 月 1 日。

的緣起時曾說：「書價也盡可能的訂得低廉，使得一些忙碌而貧窮的大眾都能買來讀。」〔註10〕鄭育之先生中肯地指出周文把譯著改編成大眾本的原因是對工農大眾接受能力的顧及：「翻譯作品，當時受壓迫受剝削的工農群眾接受起來是有困難的，黨號召把翻譯作品改編為通俗易懂的讀物。於是，周文第一個響應，停止了原來的寫作計劃，進行研究。……最後花費了三四個月時間，把《毀滅》這一部反映社會主義革命的偉大作品，改為通俗易懂的作品。」〔註11〕

最後，將翻譯文學改編成大眾本應恪守一定的方法和原則。周文在《關於大眾本》一文中概括了改編譯著的三點方法：一是篇幅要短，用盡可能少的文字將外國名著縮寫成短小的故事，因為大眾沒有閑暇時間去讀長篇大作，也沒有資金購買厚重的書籍；二是故事性要強，改編者應該像敘述故事一樣將原作呈現給大眾，因為完整的且情節性強的故事能激發大眾的閱讀興趣；三是語言要淺，寫給大眾看的作品至少應該讓大眾理解其語言旨趣，要用易解的語句代替一般翻譯文學作品中的歐化句法和表達。改編譯著應該遵循的一條原則是維護原作的主題思想，這是周文改編譯著的思想精髓，「編者決不應該把自己另外的一種觀點去把原書已有的中心的意義歪曲。」〔註12〕

周文先生關於翻譯文學大眾本的實踐和理論總結不僅確立了翻譯文學在大眾化語境中的合法性，賦予了翻譯文學持久的生命力和廣泛的影響力，而且豐富了「左聯」大眾化的文藝思想和翻譯理論，值得我們去認真研究。

（二）翻譯文學「大眾本」的功用

翻譯文學改編成大眾本才能適應文藝大眾化的需要，在此基礎上，周文認為改編譯著之前進行的詳細閱讀會促進改編者創作能力的提高，而且改編翻譯文學的過程是練習文學創作的過程，這是他對譯著改編與文學創作關係的合理理解。

閱讀翻譯文學可以促進文學創作。很多作家在閱讀外國文學（含翻譯文本）的過程中習得了創作方法並產生了創作衝動，比如當年圍著爐火讀鄭譯泰

〔註10〕周文：《大眾文藝叢書的緣起》，《毀滅》（大眾通俗本），上海：光華書局，1933年，第1頁。

〔註11〕鄭育之：《多年的心願——寫在〈周文選集〉出版之時》，《周文選集》（下卷），成都：四川人民出版社，1980年，第584～585頁。

〔註12〕周文：《關於大眾本》，《出版消息》，1933年12月1日。

戈爾《飛鳥集》的冰心在《〈繁星〉自序》中袒露了閱讀翻譯文學給她的情感表達提供了詩體形式：「一九一九年的冬夜，和弟弟冰仲圍爐讀泰戈爾（R·Tagore）的《迷途之鳥》（《Stray Birds》），冰仲和我說：『你不是常說有時思想太零碎了，不易寫成篇段麼？其實也可以這樣的收集起來。』從那時起，我有時就記下在一個小本子裏。」〔註13〕如果沒有閱讀譯詩的經歷，冰心也許還不知道怎樣去表達她那些零碎的思想，《繁星》一類的優秀小詩也許就不會流行。閱讀翻譯文學不僅可以使讀者獲得文學創作方法，而且還有助於提高讀者的創作能力，啟發他們的情感。郭沫若曾說：「我自己在寫作上每每有這樣的一種準備步驟。譬如我要寫劇本，我是先把莎士比亞或莫里哀的劇本讀它一兩種，要寫小說，我便先把托爾斯泰或福樓拜的小說讀它一兩篇，讀時也不必全部讀完，有時候僅僅讀的幾頁或幾行，便可以得到一些暗示，而不可遏制地促進寫作的興趣。別的朋友有沒有這樣的習慣，我不知道，但我感覺著這的確是很有效的一種讀書的方法。」〔註14〕將翻譯文學作為創作資源的做法似乎是中國現代文學創作的普遍現象，魯迅說他創作《狂人日記》「所仰仗的全在先前看過的百來篇外國作品和一點醫學上的知識，此外的準備，一點也沒有。」〔註15〕同樣，周文先生因為要改編《毀滅》而對之進行了反覆閱讀，結果從閱讀中獲得了許多文學創作方法，使他一度沈寂的創作又恢復了生機。他在談文學創作的經驗教訓時感言：「說到《毀滅》，我應該要向它特別感謝。要不是這本書，我的文學生活也許就從此終結了也說不定。因為編，我曾經逐句讀了三四遍，就是一個標點也不肯放鬆。這一下自己才覺得，喔，文學並不是那麼輕輕容易的事情。它把握題材，分析題材，描寫人物，實在是非生活其中嘗過艱難困苦用過血汗工夫的不能寫出。它指示了我們最新的創作方法：結構的嚴密，描寫的輕重，讀了這麼一本書，實在是勝過讀十本什麼小說做法之類的書，它告訴了我們這世界上活生生的事情，告訴了各種階層的人物不同的心理和形態。那是我們在這社會所平常看見過的人物，就是我們自己有時也活現在裏面。它好像這麼告訴我們，創作並沒有什麼神秘，只在題材的現實和人物的真

〔註13〕冰心：《〈繁星〉自序》，《繁星》，上海：商務印書館，1923年，第2頁。

〔註14〕郭沫若：《我的讀書經驗》，《郭沫若論創作》，上海：上海文藝出版社，1983年，第186頁。

〔註15〕魯迅：《我怎麼做起小說來》，《魯迅全集》（第4卷），北京：人民文學出版社，2005年，第525頁。

實。要寫好一篇好作品，只要如《毀滅》似的把現實的事件和真實的人物抓著反映上去就成了。」〔註 16〕閱讀翻譯文學帶來的經驗和方法延續了周文先生的創作生命，幫助他走出了創作《雪地》之後的低谷，又陸續創作了許多優秀的文學作品。

改編翻譯文學可以練習文學創作。創造性是文學創作、翻譯和改編共有的本質特徵，這決定了改編翻譯文學和文學創作之間的相似性。譯者或改編者總會根據自己的文學審美定勢來對原作加以「誤讀」，這種被稱為「創造性叛逆」的「誤讀」對原作來說是一種不折不扣的創新，〔註 17〕因此，中外翻譯家根據文學翻譯的歷史經驗對翻譯做出了這樣的判斷：「文藝翻譯正是一種創作活動……把文學準則用於文藝翻譯是完全正確的。」〔註 18〕在 20 世紀 30 年代文藝大眾化運動的推進過程中，「左翼」作家紛紛倡導並實踐了文藝形式的大眾化方向，小說、詩歌、音樂、哲學乃至自然科學的大眾化實踐都取得了一定的成績，但在技巧方面卻「非常的缺乏。比如題材的把握、分析、描寫，怎樣才能活動、深刻」。周文先生將改編翻譯文學作品作為「練習自己的創作」，〔註 19〕因為要改編翻譯文學作品，必須反覆研讀並思考其題材的選擇、人物形象的刻畫、結構的安排以及場景的描寫等諸多與創作實際相聯繫的問題。而正是對這些問題的思索，周文等「左翼」作家從翻譯文學作品中吸取了很多創作經驗。同時，為了將原作改編成大眾化的通俗讀本，改編者必須在原作故事情節和人物活動的基礎上重新組織自己的語言，這種語言的組織過程其實就是一種創作能力的展示。我們從周文先生改編的大眾本的受歡迎程度就可以推斷其創作能力的高下和創作方法應用的成熟，進一步說明了改編譯著對創作的促進作用。

另外，周文先生還論及了翻譯文學的語言問題。他在《大眾化運動歷史的鳥瞰》一文中對當時的語言論爭作了這樣的描述：「『大眾化』問題，還踏進了翻譯的領域。魯迅先生和瞿秋白先生對於這個問題進行了深刻的探討，批評了

〔註 16〕周文：《在摸索中得到的教訓》，《周文選集》（下卷），成都：四川人民出版社，1980 年，第 417～418 頁。

〔註 17〕（美）韋斯坦因：《比較文學與文學理論》，劉象愚譯，瀋陽：遼寧人民出版社，1987 年，第 36 頁。

〔註 18〕（前蘇聯）加切奇拉澤：《文藝翻譯與文學交流》，蔡毅、虞傑譯，北京：中國對外翻譯出版公司，1987 年，第 32 頁。

〔註 19〕周文：《關於大眾本》，《出版消息》，1933 年 12 月 1 日。

當時的『寧可錯些不要不順』和『寧信兒不順』的兩種關於翻譯的說法。而主張用『群眾有可能瞭解和運用的語言』來翻譯。從這以後，在翻譯界發生了很大的影響，比如我們後來看見的瞿秋白先生譯的《高爾基選集》，以及魯迅先生譯的《死魂靈》和《表》之類，就都是向著這個方向努力的。」〔註20〕這段話明確地傳達出了周先生的翻譯文學語言觀——翻譯文學的語言應該是大眾可以理解的語言，但不是低俗的語言。他將這種語言觀應用到了自己的創作和譯著的改編中，推動了文藝大眾化的開展。

不僅周文本人，恐怕當時很多作家都從閱讀和翻譯蘇聯文學中吸取了創作的營養，其關於翻譯文學和創作之間的關係的認識具有相當的普遍性，新文學就是在翻譯外國文學和閱讀外國文學的進程中發展成熟起來的。

（三）對翻譯文學「大眾本」的評價

也許有人會存這樣的疑惑：周文從來沒有翻譯介紹過任何外國文學作品，探討他的翻譯觀念似乎言過其實。然而根據前面的論述，他確實對翻譯文學有獨特的理解和應用，其翻譯觀是客觀存在的。轟轟烈烈的文藝大眾化運動在歷史的演進中終於沉靜下來，拭去學術研究的「先見」，我們今天究竟該怎樣認識周文在文藝大眾化運動中衍生出來的翻譯文學觀呢？

首先，周文關於翻譯文學的見解是一種合理的翻譯觀，儘管它並非翻譯活動的理論概括，而僅僅是翻譯文學的利用和影響的經驗總結。長期以來，人們習慣於將翻譯過程、語言和意義的轉換等翻譯的內部因素納入正統的翻譯研究範圍，而將翻譯文學的影響、傳播等翻譯的外部因素置於翻譯研究的領域之外，這也許是長期以來周文的翻譯思想為什麼沒有引起人們重視的原因。先前學術界對翻譯文學的研究主要是借用了國外翻譯的語言學理論，將注意力集中到翻譯的語言和技巧層面上。比如最先將語言學的研究成果引入翻譯研究的代表約翰·卡特福德（J.C.Catford）認為翻譯是「用一種等值的語言（譯語）的文本材料去替換另一種語言（原語）的文本材料」。〔註21〕在這種批評模式下，文學的可譯性問題、文學翻譯的形式問題、譯作能否傳達原作情感等成了翻譯研究的重心。至於翻譯對源語文本的選擇、傳播、接受和影響等內容則被

〔註20〕周文：《大眾化運動歷史的鳥瞰》，《周文選集》（下卷），成都：四川人民出版社，1980年，第483頁。

〔註21〕J.C. Catford. *A Linguistic Theory of Translation*, London: Oxford University Press, 1965, p.20.

無情地遮掩起來，造成了翻譯研究的缺憾。西方文化研究的興起改變了翻譯研究的視角，翻譯研究的文化學派認為翻譯絕不僅僅是兩種語言之間的轉換，而是兩種文化之間的交流。如果說「文化研究介入到文學研究中最為明顯的特徵就是將以往研究所忽略的部分彰顯出來」〔註 22〕的話，翻譯的文化研究將會使被遮掩的內容回歸為翻譯研究的正題。郭建中先生認為：「文化研究對翻譯研究產生的最引人注目的影響，莫過於 70 年代歐洲『翻譯研究派』的興起。該學派主要探討譯文在什麼樣的文化背景下產生，以及譯文對譯入語文化中的文學規範和文化規範所產生的影響。近年來該派更加重視考察翻譯與政治、歷史、經濟與社會制度之間的關係。」〔註 23〕因此，周文先生關於翻譯文學的改編以及翻譯文學對文藝大眾化思想的實踐等，在翻譯研究的文化視野下就成了一種合理的翻譯理論架構，周文提出了獨到的翻譯文學觀是毋庸置疑的事實，應該得到學術界的認同和關注。

其次，周文的翻譯文學觀具有普遍的合理性和歷史的進步性。1932 年，由馮雪峰起草的「左聯」執委會通過的決議認為：「只有通過大眾化的路線，即實現了運動和組織的大眾化，作品、批評以及其他一切的大眾化，才能完成我們當前的反帝反國民黨的蘇維埃革命的任務，才能創造出真正的中國無產階級革命文學。」〔註 24〕文藝的大眾化應該包括翻譯文學的大眾化，周文主張翻譯文學的大眾本和翻譯語言的淺易化是對「左聯」文藝政策的應和，必將為翻譯文學爭取更為廣泛的生存空間，進一步延伸它的文學生命。因為翻譯文學和它的大眾本在並行不悖的情況下可以滿足不同人群的審美需要，尤其是譯作的大眾本為翻譯文學贏得了更多的受眾，助長了翻譯文學的傳播，因而周文的翻譯文學觀念具有合理性。抗戰爆發後，文藝工作者紛紛走向農村、部隊和工廠，創作了大量適合工農兵審美情趣的通俗文藝作品，文藝大眾化運動出現了空前的盛況。但創作或翻譯通俗文藝作品的出發點不是要為文學找到合適的讀者群（但客觀上卻迎來了更多的讀者），而是為愛國救亡做宣傳，鼓舞和提高民族鬥爭的士氣，誠如茅盾所說：「自抗戰開始，任何工作，都應當和抗戰聯繫起來。目前最迫切的問題，應當是如何發動民眾抗戰。戲劇歌詠等都是

〔註 22〕王曉路等編著：《當代西方文化批判讀本》，成都：四川大學出版社，2004 年，第 2 頁。

〔註 23〕郭建中：《當代美國翻譯理論》，武漢：湖北教育出版社，2000 年，第 156 頁。

〔註 24〕馮雪峰：《中國無產階級革命文學的新任務》，《文學導報》，1932 年 11 月 15 日。

發動民眾的工具」。〔註 25〕因此，周文翻譯文學大眾本和翻譯語言淺易化的見解順應了時代對文學的需要，顯示出一定的歷史進步性。

當然，周文的翻譯文學觀也有與文學性立場相背離的一面。就整個文藝大眾化運動來說，其出發點和歸宿都不在文學自身，而是為著「化大眾」和「救亡」的目的，儘管當時許多「左聯」人士再三強調大眾化文藝的文學性。作為堅決貫徹執行文藝大眾化路線的文藝工作者，周文的翻譯文學觀無可避免地會打上功用的烙印，比如他將《鐵流》和《毀滅》等翻譯文學改編為大眾本的目的就是為了讓更多的人感受到革命的激情。從客觀結果來看，儘管他改寫的大眾本流傳甚廣，但將十幾萬字的長篇小說壓縮成兩三萬字的章回小說，不僅使文學性極強的現代小說變成了通俗小說，而且原作嚴密的構思和語言表達等小說藝術也幾乎蕩然無存，只剩下簡單的故事情節和說教思想，因而這是一種值得警醒的翻譯文學改編之路。

翻譯文學的大眾本、翻譯文學對創作的促進以及翻譯文學語言的淺易性等構成了周文的翻譯文學觀，而且這些觀念具有一定的合理性和進步性。因此，周文研究除了集中在小說創作、大眾化文藝思想以及文化活動等之外，還應該包括其翻譯文學觀，只有這樣才能還原周文文藝思想的豐富性。

〔註 25〕茅盾：《文藝大眾化問題》，《茅盾全集》（第 21 卷），北京：人民文學出版社，1991 年，第 345 頁。

第五編：詩人翻譯與國際政治

一、無法超越的「東方主義」：再論鄭振鐸對泰戈爾的譯介

1913 年 10 月，錢智修先生在《東方雜誌》第 10 卷第 4 期上發表《臺莪爾之人生觀》，首次向中國讀者介紹了泰戈爾；陳獨秀接著用古體詩翻譯了《吉檀迦利》中的 4 首詩，以《讚歌》為名發表在 1915 年 10 月的《青年雜誌》上，這是泰戈爾詩歌在中國最早的譯本。1918 年 8 月 15 日，劉半農翻譯了《新月集》中的《惡郵差》和《著作資格》，發表在《新青年》第 5 卷第 2 期上；9 月 15 日，他又在《新青年》第 5 卷第 3 期上發表了《海濱》和《同情》，這是泰戈爾詩歌在中國最早的白話譯本。進入 20 世紀 20 年代，泰戈爾作品在中國的翻譯形成熱潮，據粗略統計，從 1915 年 10 月至 1929 年底，各大雜誌和報紙副刊「發表泰戈爾作品中文翻譯 350 篇次以上」，商務印書館和泰東圖書局等出版了泰戈爾作品「中譯本 18 種，31 個版次；譯者近 90 人」，其中「涉及泰戈爾詩集 7 種以上」。〔註 1〕儘管泰戈爾的譯介雲集了眾多新文學作家，但毫無疑問，「中國最早較有系統地介紹和研究泰戈爾的是西諦先生。」〔註 2〕

長期以來，人們對鄭振鐸譯介泰戈爾的相關研究大都停留在翻譯語言層面，或者基於五四新文化語境去討論鄭譯的得失及影響，缺乏必要的世界文學眼光和文化分析立場。有鑑於此，本文在整理鄭振鐸對泰戈爾譯介情況的基礎上，從翻譯文化學派的批評觀出發，重新審視鄭振鐸對泰戈爾的譯介。

〔註 1〕秦弓：《「泰戈爾熱」》，《中國社會科學院研究生院學報》，2002 年第 4 期。

〔註 2〕石真：《〈泰戈爾詩選〉前言》，《泰戈爾詩選》，北京：人民文學出版社，1957 年，第 5 頁。

（一）鄭振鐸的泰戈爾翻譯

鄭振鐸的文學翻譯活動主要集中在三個領域：俄蘇文學、印度文學和古希臘羅馬文學，而印度文學的翻譯則包括泰戈爾詩歌和寓言故事。接下來，我們不妨先以「編年」的形式來呈現鄭振鐸對泰戈爾的譯介情況；同時需要說明的是，由於鄭振鐸對泰戈爾的譯介主要集中在五四後期，儘管後來偶有譯作發表或出版，但不能改變或影響我們對本課題的研究，故在此主要聚焦於 20 世紀 20 年代這個時段。

1920 年 6 月，開始選譯泰戈爾《吉檀迦利》中的作品，並於 8 月 5 日在《人道》月刊上以《〈偈檀伽利〉選譯》為題發表 22 首譯詩，同時刊登的還有《新月集》中的《我的歌》，該詩以序詩身份出現，這是鄭振鐸最早翻譯的泰戈爾作品。

1921 年 12 月 20 日，寫下《太戈爾的藝術觀》一文，主要對泰戈爾藝術發生論和藝術功用觀作了詳細介紹。

1921 年 5 月 1 日，翻譯泰戈爾《新月集》中的 5 首詩，6 月刊登在《曙光》雜誌第 2 卷第 3 期上。

1921 年 6 月 10 日，在《小說月報》第 12 卷第 6 期上發表譯詩《譯太戈爾詩》。

1921 年 7 月 10 日，在《小說月報》第 12 卷第 7 期上發表譯詩《雜譯太戈爾詩》。

1921 年 8 月 4 日，在《時事新報·學燈》上發表翻譯泰戈爾《飛鳥集》中的詩歌 1 首。

1921 年 9 月 12 日，為瞿世英翻譯的泰戈爾戲劇《春之循環》作序，「其中不少詩歌是鄭振鐸譯的」〔註 3〕。該書 1921 年 11 月在商務印書館出版，列入「文學研究會叢書」。

1922 年 1 月 10 日，在《小說月報》第 13 卷第 1 期上發表《雜譯太戈爾詩》（九、十、十一）。

1922 年 2 月 1 日，在《民鐸雜誌》第三卷第二期上發表《十四年來得諾貝爾獎金的文學家》，對泰戈爾詩歌作了單獨評價。

1922 年 2 月 10 日，在《小說月報》第 13 卷第 2 期上發表《太戈爾傳》和《太戈爾的藝術觀》。

〔註 3〕陳福康：《鄭振鐸年譜》，北京：書目文獻出版社，1988 年，第 56 頁。

1922年6月26日，為所譯泰戈爾《飛鳥集》作例言和序言。

1922年7月10日，在《小說月報》第13卷第7期上發表選譯《飛鳥集》中的詩歌5首。

1922年9月1日，在《文學旬刊》第48期上發表《譯詩的一個意見——〈太戈爾詩選〉的序言》。

1922年10月，翻譯的泰戈爾《飛鳥集》在上海商務印書館出版，係「文學研究會叢書」之一。

1923年5月2日，在《文學旬刊》第72期上開闢「我們的雜記」專欄，刊發了鄭振鐸撰寫的《太戈爾的東來》，表達了對泰戈爾訪華的熱切期望。

1923年7月10日，在《小說月報》第14卷第7期上發表《雜譯太戈爾詩》。

1923年7月12日，在《文學旬刊》第79期上發表《論〈飛鳥集〉譯文——答趙蔭堂君》。

1923年7月22日，在《文學旬刊》第80期上發表《再論〈飛鳥集〉譯文——答梁實秋君》。

1923年7月30日，在《文學旬刊》（此期開始改名為《文學》）第81期上發表翻譯作品《太戈爾詩一首》。

1923年8月6日，在《文學週刊》第82期上發表翻譯作品《太戈爾詩三首》。

1923年8月7日，為瞿世英等人翻譯的《太戈爾戲曲集》（一集）作序，該書9月在商務印書館出版。

1923年8月10日，在《小說月報》第14卷第8期上發表翻譯泰戈爾詩《著作家》。

1923年8月13日，在《文學週刊》第83期上發表翻譯作品《太戈爾詩三首》。

1923年8月27日，在《文學週刊》第85期上發表翻譯作品《太戈爾新月集譯序》。

1923年9月，譯作《新月集》在商務印書館出版。

1923年9月10日，將《小說月報》第14卷第9期闢為「太戈爾號」（上）。鄭振鐸發表了《歡迎太戈爾》《太戈爾傳》《關於太戈爾研究的四部書》，以及如下譯詩：《微思》《〈歧路〉選譯》《〈吉檀迦利〉選譯》《〈愛者之贈遺〉選譯》《新月集選譯》以及《孩童之道》。

1923年10月10日，將《小說月報》第14卷第10期闢為「太戈爾號」（下）。鄭振鐸發表《太戈爾傳》（續），以及翻譯的泰戈爾詩歌《愛者之貽選譯》《園丁集選譯》《世紀末日》。

1923年10月22日，在《文學週刊》第93期上發表翻譯作品《太戈爾詩選譯》（三首）。

1923年10月25日，為瞿世英等翻譯的《太戈爾戲曲集》（二集）作序，該書1924年11月在商務印書館出版。

1923年10月29日，在《文學週刊》第94期上發表翻譯作品《太戈爾詩選譯》。

1923年11月5日，在《文學週刊》第95期上發表翻譯作品《雜譯太戈爾詩》（二首）。

1923年11月10日，在《小說月報》第14卷第11期上發表《園丁集選譯》。

1923年11月12日，在《文學週刊》第96期上發表翻譯作品《太戈爾詩選譯》。

1923年12月3日，《文學週刊》第99期發表聞一多寄自美國的《泰果爾批評》一文，面對各方批評，鄭振鐸在「編者附言」中從文學立場出發，對泰戈爾訪華給予支持。

1924年3月20日，為《新月集》作《再版自序》。

1924年4月10日，《小說月報》第15卷第4期為「拜倫專號」，鄭振鐸發表《歡迎太戈爾先生》《太戈爾到華的第一次記事》等文章。

1924年4月12日，鄭振鐸與徐志摩、瞿世英及張君勱等人在上海匯山碼頭迎接乘坐「熱田丸」號的泰戈爾訪華。4月13日，文學研究會專門舉行了歡迎會。

1924年6月，上海文學研究會發行第一套文學家明信片，包括泰戈爾、拜倫、夏芝、法郎士等。

1924年8月10日，在《小說月報》第15卷第8期上為徐志摩翻譯泰戈爾《告別詞》作附言。

1924年11月，主編的「小說月報叢刊」由商務印書館開始出版，主要是將《小說月報》上的優秀作品印成單行本，他翻譯的《太戈爾詩》收入叢刊。

1925 年 2 月 2 日，在《文學週刊》第 158 期上發表《太戈爾詩雜譯》(二首)。

1925 年 2 月 9 日，在《文學週刊》第 159 期上發表《太戈爾詩雜譯》(二首)。

1925 年 2 月 16 日，在《文學週刊》第 160 期上發表《太戈爾詩雜譯》(三首)。

1925 年 2 月 23 日，在《文學週刊》第 161 期上發表《太戈爾詩雜譯》(三首)。

1925 年 2 月 24 日，為《太戈爾傳》一書作序。

1925 年 3 月 9 日，在《文學週刊》第 163 期上發表《太戈爾詩雜譯》(二首)。

1925 年 3 月 10 日，在《小說月報》第 16 卷第 3 期上發表《園丁集選譯》。

1925 年 3 月 16 日，在《文學週刊》第 164 期上發表《園丁集選譯》(二首)。

1925 年 3 月，譯詩集《太戈爾詩》在商務印書館出版，係「小說月報叢刊」第 26 種，其中有少部分詩歌為趙景深翻譯。

1925 年 4 月，所著《太戈爾傳》在商務印書館出版，係「文學研究會叢書」之一，這是我國第一部研究泰戈爾的專著。

1926 年 6 月 27 日，在《文學週報》(1925 年 5 月 10 日，《文學週刊》出版至 172 期，更名為《文學週報》) 第 231 期上發表《太戈爾詩雜譯》(二首)。

1929 年 4 月 10 日，《小說月報》第 20 卷第 4 期附載了商務印書館 4 月 1 日公布的《萬有文庫》第一集一千種目錄及預約簡章，其中「漢譯世界名著初集」中有鄭振鐸翻譯的《貧非罪》《新月集》。

根據以上資料可以看出，鄭振鐸不僅翻譯泰戈爾的詩歌，還積極參加與泰戈爾有關的活動，比如為泰戈爾戲劇作品的翻譯寫序，為泰戈爾訪華策劃奔走等等。同時也可以清晰地發現，鄭振鐸對泰戈爾詩歌的翻譯主要集中在 1922 年至 1925 年，除分散刊發的譯作外，共計出版了 4 部與泰戈爾有關的圖書：

《飛鳥集》《新月集》《太戈爾詩》以及《太戈爾傳》，成為那個時代名副其實的泰戈爾翻譯和研究專家。

（二）鄭振鐸對泰戈爾的接受

泰戈爾一生創作了50多部詩集，其中英譯本《吉檀迦利》在1913年獲得諾貝爾文學獎，這是亞洲作家首次獲此殊榮。因此，泰戈爾的詩歌作品引起了中國詩壇的關注，鄭振鐸更是從審美趣味出發，對泰戈爾的藝術觀念和詩歌產生了強烈的認同感。

鄭振鐸最早向中國讀者詳細介紹泰戈爾其人其作，以及他的藝術觀念。1921年12月20日，鄭振鐸寫下《太戈爾的藝術觀》一文，該文主要對泰戈爾藝術發生論和藝術功用觀作了詳細的介紹，認為「情緒的力量」是藝術發生的根源，情緒「發洩而成為藝術的創作品」；藝術「是人類高尚的精神與情緒方面、不朽方面的主宰」，此為藝術「無用」之大用。〔註4〕這篇文章是鄭振鐸對泰戈爾藝術思想的精準理解，即藝術是人類最高精神和情緒的「主宰」，這是一種純精神而非現實功利的藝術觀念。對於泰戈爾個人的介紹，鄭振鐸曾寫過兩篇《太戈爾傳》，同時出版了《太戈爾傳》的單行本：第一篇發表在《小說月報》第13卷第2期上，是中國最早介紹泰戈爾生平和創作的文章；第二篇在《小說月報》第14卷第9期和第10期的「太戈爾號」上連載，是國內當時介紹泰戈爾最詳細的文章；1925年4月，商務印書館出版的《太戈爾傳》便是以第二篇文章為底板修改而成。由於鄭振鐸在寫泰戈爾傳記的時候參考了泰戈爾本人的《我的回憶》，以及柯麥爾．洛依（B. Koomar Roy）的《太戈爾與其詩》等文獻資料，因此內容的可信度較高，文章由家世、童年時代、喜馬拉耶山、加爾加答與英國、浪漫的少年時代、變遷時代、旅居西萊達時代、太戈爾的婦人論、國家主義與世界主義、和平之院、太戈爾的哲學的使命、得諾貝爾獎金與其後等12個部分構成，講述了泰戈爾「美麗的敘事詩」般的一生和「完美的生活」。〔註5〕正是出於對泰戈爾藝術觀念的認同和對其人格的崇拜，鄭振鐸表達了對泰戈爾訪華的熱切期望：「大約，在秋天黃菊盛開時，他必可再度東來，到東方的中國來了。我們的文藝界，怎樣預備著歡迎他

〔註4〕鄭振鐸：《太戈爾的藝術觀》，《小說月報》（第13卷第2號），1922年2月10日。

〔註5〕鄭振鐸：《〈太戈爾傳〉緒言》，《小說月報》（第14卷第9期），1923年9月10日。

呢？」〔註6〕在泰戈爾抵華當日，他與徐志摩、瞿世英及張君勱等人在上海匯山碼頭迎接遠來的客人，並專門舉行了歡迎會。

鄭振鐸高度肯定了泰戈爾詩歌的精神特質，尤其是他給世界詩壇帶來的新奇元素。1922 年 2 月，鄭振鐸在介紹諾貝爾文學獎作家的時候，對泰戈爾的詩歌作了如下評價：「以清新的，活潑的，神秘的詩，投入於現代的沉悶於物質生活的人手中，使他們的靈魂另外開了一扇極明淨極美麗的窗子；這實是太戈爾對於世界的大貢獻。」〔註 7〕1923 年 8 月，在《太戈爾新月集譯序》中，鄭振鐸對《新月集》給人的審美感受作了詩化的描述，認為這是一部能讓人回歸單純美好之心靈世界的作品，能「把我們從懷疑貪望的成人的世界，帶到秀嫩天真的兒童的新月之國裏去」，當我們被現實的欲望吞沒的時候，「只要一翻開它來，便立刻如得到兩隻魔術的翅膀，可以把自己從現實的苦悶的境地裏飛翔到美靜天真的兒童國裏去。」與此同時，鄭振鐸認為《新月集》「並不是一部寫給兒童讀的詩歌集，乃是一部敘述兒童心理、兒童生活的最好的詩歌集。」〔註8〕此外，在《太戈爾傳》中，鄭振鐸認為泰戈爾「是現代印度的一個最偉大的詩人，也是現代世界的一個最偉大的詩人。」當泰戈爾進入到世界詩壇之後，「他的特異的祈禱，他的創造的新聲，他的甜蜜的戀歌，一切都如清晨的曙光，照耀於我們舊居於黑暗的長夜之中的人的眼前。……他在舉世膜拜西方的物質文明的時候，獨振盪他的銀鈴似的歌聲，歌頌東方的森林的文化。他的勇氣實是不能企及。」〔註9〕在物質世界之外謳歌精神與靈魂，在欲望橫溢的現實中建構醇美的心靈境界，這是鄭振鐸對泰戈爾詩歌最基本的評價，也是泰戈爾影響世界文壇和思想界的核心情愫。

鄭振鐸既關注泰戈爾詩歌營造的恬淡世界，又沒有忽視其作品的反抗精神。著名學者季羨林在紀念泰戈爾誕生 100 週年時曾說，泰戈爾「有光風霽月的一面，也有怒目金剛的一面。他能退隱田園，在大自然裏冥想，寫出那些愛自然、愛人類、愛星空、愛月夜的只給人一點美感的詩歌，但是他也能在群眾大會上激昂慷慨地揮淚陳辭，朗誦自己的像火焰一般的愛國詩歌；當他看到法

〔註 6〕鄭振鐸：《太戈爾的東來》，《文學旬刊》（第 72 期），1923 年 5 月 2 日。

〔註 7〕鄭振鐸：《十四年來得諾貝爾獎金的文學家》，《民鐸雜誌》（第三卷第二期），1922 年 2 月 1 日。

〔註 8〕鄭振鐸：《太戈爾新月集譯序》，《文學週刊》（第 85 期），1923 年 8 月 27 日。

〔註 9〕鄭振鐸：《〈太戈爾傳〉緒言》，《小說月報》（第 14 卷第 9 期），1923 年 9 月 10 日。

西斯軍國主義以及其他魑魅魍魎橫行霸道的時候，他也能橫眉怒目、拍案而起，寫出刀劍一般尖銳的詩句和文章。」〔註10〕1923年11月，瞿秋白在《文學週刊》上發表《弟弟的信》，間接批評鄭振鐸《歡迎太戈爾》一文中的某些觀點，比如「不能愛一切人」，對剝削者「只可使他消滅，不可使他繁殖。」〔註11〕這其實是片面理解了鄭振鐸眼中的泰戈爾，因為早在1922年2月，鄭振鐸就指出了泰戈爾作品的「戰鬥性」，而不是一味的「愛」:「他雖是一個人類的愛者，但也不忍見印度民族之呻吟於英國人治下。所以對於印度的自治，鼓吹極力。他的詩歌，有許多是示唆印度青年的獨立思想的。凡是一個人類的愛者，同時必是一個民族解放的鼓吹者，這是一定的道理，並不是什麼矛盾。因為各民族如不同立於絕對平等的地位上，人類和平是決不能實現的。」〔註12〕從鄭振鐸的整個翻譯活動來看，他在翻譯選材方面除了注重原文的藝術和精神之外，也十分強調譯文的社會意義。在談到為什麼會翻譯俄國作家薩文加夫（Boris Savinkov）的《灰色馬》時，他認為作品中的英雄人物佐治「不惟是一個實行的革命者，而且是思想上的革命者。他是一個極端反抗者。」而他覺得「佐治式的青年，在現在過渡時代的中國漸漸的多了起來。雖然他們不是實際的反抗者，革命者，然而在思想方面，他們確是帶有極濃厚的佐治的虛無思想的——懷疑，不安而且漠視一切。這部書的介紹，也許對於這一類人與許多要瞭解他們的人，至少有可以參考的地方。」〔註13〕正是由於鄭振鐸意識到翻譯《灰色馬》這類作品有助於理解一部分國內青年人的思想和行為動態，他才從英文本轉譯了這部俄羅斯作品。泰戈爾的作品，同樣具有鼓勵青年人尋求自由和解放的「功效」，這一點也正好應和了五四時期的時代訴求，成為泰戈爾作品在中國傳播的動力之一。

鄭振鐸對泰戈爾的肯定和褒揚與其時中國知識界的反對之聲形成鮮明的對照。泰戈爾訪華期間，梁啟超和徐志摩等人周密接待並帶領他到中國各地講學，但陳獨秀、魯迅和郭沫若等人則對泰戈爾的中國之行擺出冷漠的態度。泰戈爾在華演講時說，西方一戰之後陷入了空前的危機，以印度和中國文明為核心的東方文明反而展現出勃勃生機，因此東方文明是拯救西方的一劑良藥。泰

〔註10〕季羨林：《中印文化關係史論文集》，北京：三聯書店，1982年，第159頁。

〔註11〕瞿秋白：《弟弟的信》，《文學週刊》（第97期），1923年11月19日。

〔註12〕鄭振鐸：《十四年來得諾貝爾獎金的文學家》，《民鐸雜誌》（第三卷第二期），1922年2月1日。

〔註13〕鄭振鐸：《〈灰色馬〉引言》，《小說月報》（第13卷第7期），1922年7月10日。

戈爾對西方科學理性的否定和對東方文化的肯定，與中國五四前後提倡「民主」「科學」的新文化運動宗旨相悖。同時，在 1923 年至 1924 年間的「科玄之爭」中，張君勱、梁啟超等人認為科學不能解決人生觀的所有問題，而胡適、丁文江等人的看法則恰好相反，陳獨秀倡導以唯物史觀為指導去樹立科學的人生觀，由是科學派佔據論爭的上風。從這個角度講，泰戈爾訪華期間的言論不僅與中國「別求新聲於異邦」的時代潮流不合，而且與當時思想論爭中居於「贏家」地位的科學派之觀點也不協調，自然就會遭遇無情的排斥。儘管如此，鄭振鐸還是對泰戈爾訪華給予了堅定的支持，認為中國學術界應該釐清作為思想家和文學家的泰戈爾之差異，而從文學的角度來講，泰戈爾訪華「所生的影響一定是好的。」〔註 14〕直到 1925 年 2 月，「泰戈爾熱」逐漸降溫之後，鄭振鐸面對泰戈爾訪華及中國知識界對待他的態度，認為中國人對這位印度智者的瞭解實在太有限：「雖然太戈爾在去年四月已到過中國了，已在中國講演了好幾次了，然而能充分瞭解他的人究竟有多少呢？」〔註 15〕鄭振鐸的言外之意無外乎是說，中國其實沒有多少人真正瞭解泰戈爾的思想，很多對他的批評和排斥是表面而武斷的。

泰戈爾訪華結束後，很少有人再提及這位東方詩人。1926 年 6 月，鄭振鐸為追念泰戈爾，特地翻譯發表了他的詩歌，並饒有意味地說：「太戈爾的詩，彷彿好久沒有人談起了。不管別的人對於他如何的說，不管我自己的思想與心情如何的變化，我卻是始終喜歡這位銀鬚白髮的詩人的東西的。」〔註 16〕由此，鄭振鐸對泰戈爾的喜愛之情可見一斑。

（三）鄭譯泰戈爾的影響

鄭振鐸對泰戈爾的譯介，是 20 世紀 20 年代詩壇和譯界的亮麗風景。作為泰戈爾詩歌翻譯和研究的集大成者，鄭振鐸對泰氏的定位可以基本設定中國讀者對印度詩人的接受視域；加上《小說月報》《文學週報》及商務印書館在當時媒體中的主導地位，進一步助推了鄭譯泰戈爾在中國的傳播和接受，致使其對詩歌翻譯、新詩創作及文學觀念產生了持續不斷的影響。

鄭振鐸坦言翻譯泰戈爾詩歌在形式和內容上均存在一定的難度。1922 年

〔註 14〕鄭振鐸：《編者附言》，《文學週刊》（第 99 期），1923 年 12 月 3 日。
〔註 15〕鄭振鐸：《太戈爾傳》，上海：商務印書館，1925 年，第 I 頁。
〔註 16〕鄭振鐸：《〈太戈爾詩雜譯〉短序》，《文學週報》（第 231 期），1926 年 6 月 27 日。

9月，鄭振鐸在《太戈爾詩選》的序言中說：「譯詩是一件最不容易的工作。原詩音節的保留固然是絕不可能的事，就是原詩意義的完全移植，也有十分的困難。」正因為詩歌翻譯在形式和內容上均存在很大的困難，故而他「主張詩集的介紹只應當在可能的範圍選譯而不能——也不必——完全整冊的搬運過來。」比如他翻譯泰戈爾的《飛鳥集》時，就注重選擇與自己有情感共鳴的詩篇，倘若是把不感興趣的詩歌翻譯成「醜化了的或為讀者所看不懂的，則反不如不譯的好。」〔註17〕1922年10月，由鄭振鐸翻譯，葉聖陶和徐玉諾校閱的泰戈爾《飛鳥集》在上海商務印書館出版，係「文學研究會叢書」之一。此版《飛鳥集》就算是選譯的佳例，共有257首詩歌，占整個英文版《飛鳥集》的四分之三以上。等到1956年，鄭振鐸根據1955年版的《泰戈爾詩歌戲劇選集》（*Collected Poems & Plays of R. Tagore*）中的《飛鳥集》英譯本，將餘下的69首翻譯出來，「現在這個樣子的新版，算是《飛鳥集》的第一次的全譯本了。」〔註18〕泰戈爾的《飛鳥集》英譯本原有326首，因第98首與第263首重複，故實際上只有詩325首。三十多年後，鄭振鐸回望這段翻譯泰戈爾詩歌的歷程時，依然感慨泰詩不易翻譯：「泰戈爾的這些短詩，看來並不難譯，但往往在短短的幾句詩裏，包涵著深邃的大道理，或尖銳的諷刺語，要譯得恰如其意，是不大容易的。它們像山坡草地上的一叢叢的野花，在早晨的太陽光下，紛紛地伸出頭來。隨你喜愛什麼吧，那顏色和香味是多種多樣的。」〔註19〕拋開詩歌形式翻譯的難度，僅就內容來講，鄭振鐸就意識到譯文難以再現原作的意義，但基於「詩無達詁」之理，讀者可以根據自己的理解去體會並獲取詩中的各種情感。詩歌翻譯的難度並沒有阻止鄭振鐸對泰戈爾詩歌的譯介，反而使他逐漸養成了嚴謹的翻譯作風。1923年9月，鄭振鐸翻譯泰戈爾《新月集》在商務印書館出版，而王獨清的譯本此前已經由創造社出版了，王的譯本應該是《新月集》在中國最早的單行本。但讀者反映「王君的譯文，太不容易懂了，似乎有再譯的必要。」〔註20〕所以，鄭振鐸的譯文算是應了讀者需求而出版的，其忠實的翻譯和詩意的表達，使譯文贏得了讀者的青睞，後來成為廣為流

〔註17〕鄭振鐸：《譯詩的一個意見——〈太戈爾詩選〉的序言》，《文學旬刊》（第48期），1922年9月1日。

〔註18〕鄭振鐸：《〈飛鳥集〉新序》，《飛鳥集》，（印度）泰戈爾著，鄭振鐸譯，上海：上海譯文出版社，1981年，第I頁。

〔註19〕鄭振鐸：《〈飛鳥集〉新序》，《飛鳥集》，（印度）泰戈爾著，鄭振鐸譯，上海：上海譯文出版社，1981年，第I頁。

〔註20〕鄭振鐸：《太戈爾新月集譯序》，《文學週刊》（第85期），1923年8月27日。

傳的通行本。

鄭振鐸翻譯的泰戈爾詩歌引發了不小的爭論。一是關於翻譯的正誤問題：1923 年 7 月 12 日，鄭振鐸在《文學旬刊》第 79 期上發表《論〈飛鳥集〉譯文——答趙蔭堂君》一文，首先對趙蔭堂指出的翻譯錯誤表示感謝：「承你費了不少工夫，替我找出幾個錯處，使我得減少幾分的工作；這不僅是我，也是一般讀者所應該向你致謝的。」但同時，也認為趙先生指出的一些錯誤並不屬實，「我也自信沒有錯」。〔註 21〕這篇文章彰顯出譯者與批評者嚴謹的翻譯作風。二是關於選譯的問題：1923 年 7 月 22 日，鄭振鐸在《文學旬刊》第 80 期上發表《再論〈飛鳥集〉譯文——答梁實秋君》，針對梁實秋不贊成「選譯」的觀點，鄭振鐸在指出泰戈爾詩歌具有特殊性的基礎上，肯定了選譯的必要性。他認為梁實秋之所以不贊成選譯，是因為「梁君不明白太戈爾詩歌的性質。太戈爾的詩集，用彭加利文寫的，約在二十種上下。通行的英文本詩集，所謂園丁，所謂飛鳥，所謂迦檀吉利等等，已經是選譯本了。」〔註 22〕此文除討論選譯問題外，鄭振鐸也對翻譯評判的態度作了回應，認為能指出翻譯的錯誤，於人於己總是好的，但倘若用「惡毒的口氣來罵那些作者或譯者」，以達到「泄其私憤」的目的，則不是批評的正確態度。泰戈爾詩歌被翻譯成英語之後，加上中國人的再翻譯，結果已非泰戈爾詩歌的本來模樣，中譯本與原孟加拉語本之間至少相隔三層，擺在中國讀者面前的不僅是選譯本，而且還是「變形」後的選譯本。

鄭振鐸翻譯的泰戈爾詩歌推動了中國小詩運動的發展，而對小詩創作的發生所產生的影響甚微。20 世紀 20 年代，中國詩壇興起了一股小詩創作潮流，其發生和發展是兩個既相聯繫，又相區別的階段：即就發生而言，小詩創作是在新詩內部孕育而成的；就發展而言，外來影響促進了它的中興。1922 年 6 月，鄭振鐸在給《飛鳥集》寫序時曾說：「近來小詩十分發達。它們的作者大半都是直接或間接受泰戈爾此集的影響的。此集的介紹，對於沒有機會得讀原文的，至少總有些貢獻。」〔註 23〕此話反映出當時中國新詩創作的真實現場，

〔註 21〕鄭振鐸：《論〈飛鳥集〉譯文——答趙蔭堂君》，《文學旬刊》（第 79 期），1923 年 7 月 12 日。

〔註 22〕鄭振鐸：《再論〈飛鳥集〉譯文——答梁實秋君》，《文學旬刊》（第 80 期），1923 年 7 月 22 日。

〔註 23〕鄭振鐸：《〈飛鳥集〉序》，《飛鳥集》，（印度）泰戈爾著，鄭振鐸譯，上海：商務印書館，1922 年，第 1 頁。

冰心、宗白華、何植三乃至鄭振鐸等人都加入了小詩創作的行列。作為小詩創作的代表性詩人，冰心就多次說她的小詩創作是在鄭振鐸翻譯的泰戈爾詩歌影響下創作而成的。〔註24〕但實際上，從冰心創作的時間和鄭振鐸翻譯泰戈爾詩歌的時間來看，後者對前者「發生期」產生的影響十分有限。冰心小詩集《繁星》和《春水》創作的時間主要集中在1919至1922年前後：《繁星》是冰心1919年至1921年間創作的164首小詩彙編而成，最初刊發在《晨報副鐫》上，後於1923年1月作為「文學研究會叢書」在商務印書館出版；《春水》在《晨報》副刊上發表的時間集中在1922年，在新潮社結集出版的時間是1923年4月，僅僅比《繁星》的出版晚三個月。1920年6月，鄭振鐸才開始選譯泰戈爾《吉檀迦利》中的作品，並於8月5日在《人道》月刊上以《〈偈檀伽利〉選譯》為題發表，這是目前可以查證的鄭振鐸最早翻譯之泰戈爾作品。因此，從時間上看，冰心小詩創作發生的時間比鄭振鐸翻譯泰戈爾詩歌的時間要早，而且鄭振鐸1922年2月提及冰心小詩集《繁星》出版的時候，〔註25〕他自己翻譯的泰戈爾《飛鳥集》還沒有出版。

冰心在《繁星》自序中寫道：「一九一九年的冬夜，和弟弟冰仲圍爐讀泰戈爾（R·Tagore）的《迷途之鳥》（*Stray Birds*），冰仲和我說：『你不是常說有時思想太零碎了，不易寫成篇段麼？其實也可以這樣的收集起來。』從那時起，我有時就記下在一個小本子裏。」〔註26〕這段話有兩個地方值得注意：一

〔註24〕冰心自己多次承認她的創作受到了翻譯詩歌的影響：她在《從「五四」到「四五」》一文中說：「我寫《繁星》和《春水》的時候，並不是在寫詩，只是受了泰戈爾《飛鳥集》的影響，把自己平時寫在筆記本上的三言兩語——這些『零碎的思想』，收集在一個集子裏，送到《晨報》的《新文藝》欄內去發表。」（冰心：《從「五四」到「四五」》，《文藝研究》1979年第1期。）在《〈冰心全集〉自序——我的文學生活》一文中，冰心說：「我寫《繁星》，正如跋言中所說，因著看泰戈爾的《飛鳥集》，而仿用他的形式，來收集我零碎的思想」。（冰心：《〈冰心全集〉自序——我的文學生活》，《冰心著譯選集》（上冊），海峽文藝出版社1986年版，第248頁。）在《創作談》一文中，冰心再次說道：「這以後不久（創作《伊人獨憔悴》以後——引者），我又開始寫《繁星》和《春水》。那是受了印度詩人泰戈爾的《飛鳥集》的影響，收集起我自己的『零碎的思想』」。（冰心：《談創作》，《冰心論創作》，吳重陽、蕭漢棟、鮑秀芬編，上海文藝出版社1982年版，第110頁。）

〔註25〕1922年2月9日，鄭振鐸在給周作人的信中提及冰心的《繁星》和許地山的《空山靈雨》的出版事宜。（陳福康：《鄭振鐸年譜》，北京：書目文獻出版社，1988年，第63頁。）

〔註26〕冰心：《〈繁星〉自序》，《繁星》，上海：商務印書館1923年，第1頁。

是 1919 年冬天，冰心和弟弟閱讀的《飛鳥集》是英文版的，至少不是鄭振鐸翻譯的中文版，因為那時候鄭振鐸翻譯泰戈爾的詩集還沒有出版，而且冰心那時將 *Stray Birds* 翻譯成《迷途之鳥》，而不是譯界通用的《飛鳥集》。其實，最早將《飛鳥集》翻譯到中國來的是王靖先生，〔註 27〕1921 年第 1 卷第 7～8 合期的《新人》雜誌上刊登了他翻譯的泰戈爾《飛鳥集》（當時他將詩集的名稱譯為《迷途的鳥》）中的 171 首詩。王靖的譯文優美清新，但遺憾的是原本在泰東書局出版單行本的計劃沒有實現。而鄭振鐸對《飛鳥集》的翻譯始於 1921 年前後，他於是年 8 月 4 日在《時事新報．學燈》發表所譯泰戈爾《飛鳥集》中的詩 1 首，而後在《小說月報》《文學週報》等刊物上陸續刊登了《飛鳥集》譯文，直至 1922 年 10 月才出版《飛鳥集》譯本。因此，冰心姐弟倆 1919 年冬天談論的《飛鳥集》，應該不是鄭振鐸的譯文，從發生學的角度來講，鄭振鐸的譯文難以對冰心產生影響。二是冰心在接觸到《飛鳥集》之前，已經開始用她不知道的「小詩體」來記錄零碎的思想了，只是弟弟的話提醒她，其實她寫的所謂「零碎」的東西，也可以像《飛鳥集》一樣「收集起來」，然後成書出版。新中國成立後，冰心在談創作經驗時說：「我偶然在一本什麼雜誌上，看到鄭振鐸譯的泰戈爾的《飛鳥集》連載，……我心裏一動，我覺得我在筆記本上的眉批上的那些三言兩語，也可以整理一下，抄了起來，在抄的時候，我挑選那些更有詩意的、更含蓄一些的，放在一起，因為是零碎的思想，就選了其中的一段，以『繁星』兩個字起頭的，放在第一部，名之為《繁星集》。」〔註 28〕此話同樣表明，冰心是先創作了小詩，然後才讀到了鄭譯泰詩，後者讓她的創作有了可供借鑒的資源，同時也讓她明白此創作具有「合法性」。從這個角度講，冰心在沒有文體自覺意識的情況下創作的小詩，在形式上契合了鄭振鐸翻譯的泰戈爾詩歌，讓她覺得自己所寫的並非「不易寫成篇段」，後者堅定了她的小詩創作路向，並給她已有的創作提供了豐富的藝術和精神營養，使之漸成現代新詩史上不可多得的「新體」。因此，我們完全可以這樣說，「小詩

〔註 27〕也有學者認為：「1917 年，郭沫若輯成《泰戈爾詩選》漢英對照本，此選本應該是中國最早的泰戈爾詩歌漢譯集。我們今天普遍認為，文學研究會的鄭振鐸為泰戈爾翻譯第一人，但他到 1922 年 10 月才出版《飛鳥集》，遲至 1923 年 9 月才又推出《新月集》。相較而言，郭沫若的譯詩集比之至少早了五年。」（熊輝：《詩歌翻譯：郭沫若鮮為人知的成就》，《博覽群書》，2016 年第 4 期。）但郭沫若的譯文沒有出版，其中是否收錄了《飛鳥集》中的詩篇也未可知，因此本文從可查的資料著手，得出王靖是翻譯《飛鳥集》的第一人的結論。

〔註 28〕冰心：《我是怎樣寫〈繁星〉和〈春水〉的》，《詩刊》，1959 年第 4 期。

運動是在新詩發展過程中出現的，是在外國詩歌的影響下興起的。」〔註29〕小詩的出現是新詩發展的結果，外國詩歌的譯介助推了它的繁榮。

20世紀20年代中後期，鄭振鐸將主要精力放在了文學出版事業上，他對泰戈爾的關注也隨之減少。但在不同的歷史時期，中國卻一再掀起譯介泰戈爾的波瀾，除了原作本身的藝術和精神魅力之外，也與鄭振鐸等人早期翻譯泰戈爾的奠基作用分不開。直到今天，鄭振鐸翻譯的《飛鳥集》《新月集》仍然是最受讀者歡迎的譯本，對中國新詩創作產生了長遠而深刻的影響。

（四）鄭譯泰戈爾的西方視域

從中國新詩發展的內部來看，鄭振鐸翻譯泰戈爾詩集無疑具有積極而正面的現實意義，至少為貧弱的新詩引入了創作資源。但從世界文學的大格局來看，鄭振鐸對泰戈爾的翻譯又帶有一定的歷史侷限，無法超越西方想像的「東方主義」色彩和強權政治文化的左右。

鄭振鐸對泰戈爾的翻譯看似從主體出發的審美認同，是他本人自願選擇的結果，但其背後卻蘊藏著譯者主體身份的缺失。換句話說，鄭振鐸對泰戈爾的翻譯並非他本人或中國詩壇選擇的結果，而是在西方文化的影響下才去關注獲得諾貝爾獎的印度詩人。泰戈爾把自己的詩歌翻譯成英文詩集《吉檀迦利》，並且得到了葉芝等人的賞識，從而使他的詩歌在西方世界裏得以流傳。諾貝爾獎的評語是：「由於他那至為敏銳、清新與優美的詩；這詩出之以高超的技巧，並由他自己用英文表達出來，使他那充滿詩意的思想業已成為西方文學的一部分。」〔註30〕此評語表明英文版的泰戈爾詩歌已非東方文學，實際上演變成了西方文學的構成部分，那鄭振鐸根據英文版翻譯的泰戈爾詩歌，某種程度上講也是在翻譯西方詩歌，或者西方人建構起來的泰戈爾詩歌。如果沒有西方人的閱讀追捧，鄭振鐸也許就不會關注到泰戈爾。鄭振鐸翻譯的《飛鳥集》《新月集》《吉檀迦利》和《採果集》中的部分作品，均來自英文版譯本。甚至到了20世紀50年代《飛鳥集》再版的時候，鄭振鐸依據的還是英文版。難怪當時創造社的鄭伯奇會說：「太戈爾詩的中國譯本，本沒有好的，又都是由英文間接譯來的，更與原文想左」。〔註31〕鄭先生看到了轉譯的弊端，卻沒有

〔註29〕馮承藻：《「小詩運動」與冰心的小詩》，《重慶師範大學學報》，1982年第2期。

〔註30〕彭洋編：《諾貝爾文學獎全集縮寫本》（卷2），南寧：廣西民族出版社，1988年，第189頁。

〔註31〕鄭伯奇：《新文學之警鐘》，《創造週報》（第31號），1923年12月9日。

看到轉譯背後是譯者主體身份的喪失。鄭振鐸翻譯泰戈爾主體身份的缺失還表現在日本文化視野介入。1923 年 8 月，鄭振鐸在《新月集》的序言中說，他之所以會走上翻譯泰戈爾《新月集》的道路，主要是許地山的引導和鼓勵，後者首先讓他從日本人選譯的泰戈爾詩集中對《新月集》裏的詩篇產生了興趣，然後再送他一本《新月集》，並囑託他對此詩集進行翻譯。同樣，郭沫若在日本留學時就接觸到了泰戈爾，因為日本對西方熱議的詩人反應更為敏捷，中國對西方文學和社會思想的瞭解往往來自日本。因此，有學者認為：「20 世紀 20 年代中國的『泰戈爾熱』並非直接來源於近鄰印度，而是簡接來源於隔洋跨海的西方與日本。」〔註 32〕印度與中國是近鄰，為什麼中國人對泰戈爾的譯介不是直接取材於斯，非得經過「隔洋跨海」的周折？這是個耐人尋味的問題，也是個有多種答案的問題，但顯而易見的卻是此泰戈爾非彼泰戈爾，中國人譯介的泰戈爾也並非自己從印度選譯的泰戈爾，而是西方文化過濾之後的產物，帶有鮮明的「西化」色彩。

鄭振鐸對泰戈爾的翻譯受到了西方社會興起的「東方詩熱」的影響，包括當時中國詩壇對《魯拜集》和日本俳句的翻譯都是基於此種原因。第一次世界大戰之後，西方科技文明和物質文化遭到了前所未有的質疑，泰戈爾等東方詩歌對「愛」的表達和對心靈世界的關切成為西方文化有益的補充，導致西方社會出現了罕見的東方詩熱。我們先來看英國詩壇，菲茨傑拉德（Edward Fitzgerald）1859 年翻譯出版了古代東方波斯詩人莪默伽亞謨的《魯拜集》，從譯者版權終止的 1901 年開始，「各種翻版如潮水湧來，至 1929 年，七十年中出了一百二十八版。」〔註 33〕此外，權威的《牛津現代英詩選（1892～1935）》（*The Oxford Books of Modern Verse: 1892-1935*）中，「印度詩人泰戈爾卻佔了七首的篇幅，魏萊（Arthur Waley）譯的白居易的《遊悟真寺詩》也足足佔了十面，為集中最長的詩。……無論如何，泰戈爾的翻譯詩在現代英詩壇上可以說是毫無地位，更談不到什麼影響，除了葉慈老人個人的依戀之外。魏萊的翻譯還多少有點影響，尤其在美國，至少現在英美的詩人很少沒有讀過翻譯的中國詩的。但是，把許多英國人常讀的美國詩除外，而單把一首白居易的長詩收集進去，未免太不顧到事實了。」〔註 34〕白居易的詩佔了 10 頁紙的篇幅，成

〔註 32〕秦弓：《「泰戈爾熱」》，《中國社會科學院研究生院學報》，2002 年第 4 期。

〔註 33〕趙毅衡：《詩神遠遊——中國如何改變了美國現代詩》，上海：上海譯文出版社，2003 年，第 173 頁。

〔註 34〕葉公超：《牛津現代英詩選》，《文學雜誌》（第 1 卷第 2 期），1937 年 6 月。

為《牛津現代英詩選》中的「長詩」，這是個讓人感到驚訝的事實。而另外一個讓人感到不可思議的事實是，編者選了7首並沒多少人閱讀的泰戈爾詩，而將英國人熟悉並常讀的美國作品排除在選集之外，由此可見當時英國詩壇對東方詩歌的「偏愛」。再來看美國詩壇，美國文學一向被視為英國文學的附庸，英國詩壇興起的東方詩風不可能不在美國產生回應。趙毅衡先生根據美國詩歌年鑒性刊物《刊物詩選》（*Anthology of Magazine Verse*）對1915年到1923年的詩歌評論進行了統計，「從評論看，中國居第三位，25篇，次於法國和意大利。……在中國之後，日本居第四位，十八篇，……印度的七篇則全是評論在倫敦與英國詩人過從甚密並得到諾貝爾文學獎的泰戈爾」。〔註35〕這說明20世紀20年代前後的美國詩壇對東方詩歌同樣投注了目光，閱讀和研究東方詩歌成為「顯學」。在向西方學習的時代洪流中，英美諸國關注東方詩歌的時尚反過來又影響了中國對東方詩歌的譯介熱，因此鄭振鐸翻譯泰戈爾並非在自覺而能動地翻譯東方詩歌，實質上是順應了西方對東方的接受觀念，帶有不可規避的西方眼光和視角。

其實不僅是20世紀20年代前後，也不僅是鄭振鐸翻譯泰戈爾一例，整個鴉片戰爭以來的中國知識分子，都很難保持獨立的民族文化身份，他們對民族歷史和記憶的書寫或多或少地會以他文化為參照，有時候翻譯的選材也不例外。以中國新文學的發展為例，我們的新詩革命在理論先行的情況下，在與傳統詩歌決絕之後，其發展往往只能以外國詩歌或外國詩歌的譯文為藍本進行創作，這多少反映出中國現代知識分子的民族文化心理和在世界民族文化之林中的自我定位。而五四前後中國人對泰戈爾的翻譯很難做到中國化的表達，更別說是中國化的選擇，整個過程基本上還是受控於西方強勢文化的發展趨勢，因為「要想輕鬆自如地談論中國化，必須充分假設中國自信其文明相對於世界的其他地方而言具有絕對的中心性（Centrality），……由於西方的在場，這種自信幾乎消磨殆盡，其程度之深，甚至迫使中國不再能為自身維繫一種獨立的身份認同，而必須或隱或顯地參照世界的其他地方，後者時常以西方為代表。」〔註36〕因此，我們現在回過頭來打量新文學的外來影響時常用「歐化」「西化」或「外化」對之加以概括，而很少有人會認為是外國文學的中國化。

〔註35〕趙毅衡：《詩神遠遊——中國如何改變了美國現代詩》，上海：上海譯文出版社，2003年，第76～77頁。

〔註36〕劉禾：《跨語際實踐——文學，民族文化與被譯介的現代性》，宋偉傑譯，北京：三聯書店，2002年，第5～6頁。

19 世紀末 20 世紀初期中國的文學革命，要以西方的文學為模板來發展我們的新文學，這已經彰顯出當時的知識分子不再盲目地將自己的文化置於世界的中心地位。國門被強制打開後，湧入的外國器物和精神層面的文化將「天朝上國」的迷夢擊得粉碎，我們早已失去了文化層面的自信，中國文學也由此走上了一條借鑒的「外化」之路。在這樣的歷史背景下，鄭振鐸翻譯泰戈爾的西方化視角就不言而喻了，譯語文化的主體身份也早已讓位給了強勢崛起的西方文化，我們必須對此有清醒而警覺的認識。

總之，鄭振鐸對泰戈爾的翻譯和介紹，不僅奠定了泰氏詩歌在中國新詩發展進程中的建構之功，也奠定了譯者在中國詩歌翻譯史上的地位，原作者和譯者均成為中外文學關係中的關鍵網結。近一個世紀後的今天，當我們重新審視鄭譯泰戈爾現象時，既要肯定其積極的歷史價值，也要看清其在紛繁的時代亂象背後的真實面貌，如此方能讓鄭振鐸翻譯的泰戈爾詩歌澤被後世。

二、無聲的反抗：吳興華的文學翻譯

隨著海外漢學界的推崇和作品的整理出版，吳興華（1921～1966）逐漸成為淪陷區乃至現代文學研究的重要作家。實際上，吳興華在翻譯領域也取得了可以比肩創作的成就，他的譯作在作品全集中「佔了五分之二的比例，由此也進一步凸現了翻譯在吳興華文學生涯中所佔的重要位置。」〔註1〕然而，自上世紀八十年代以來，大陸學界主要圍繞吳興華的詩歌創作、軼文和史料發掘、淪陷區語境及中外文學關係等方面展開研究，對其翻譯的探討還有待深化和拓展，如此方能還原他博學多識的翻譯家形象。

（一）吳興華的翻譯成就

相較於詩歌和散文創作而言，吳興華翻譯的文學作品在文體和數量上均勝一籌，涉及到英國、美國、德國、愛爾蘭、捷克、比利時和意大利等國的小說、散文、詩歌、戲劇、文論和政論作品，在中國現代和當代翻譯文學史上具有舉足輕重的地位。

吳興華翻譯的散文和小說作品涉及到英國、美國、愛爾蘭和捷克 4 個國家的 6 位作家，共計翻譯了 21 篇作品。吳興華翻譯最多的是英國著名隨筆作家愛德華·維拉爾·盧卡斯（Edward Verrall Lucas，1868～1938）的散文，共有 7 篇之多：1939 年 8 月翻譯《故國》，刊於《朔風》雜誌第 10 期；1939 年 12 月翻譯《運命》，刊於《輔仁文苑》第 2 輯；1940 年 3 月翻譯《撿東西》，刊於《中國文藝》第 2 卷第 1 期；1940 年 3 月翻譯《危機》，刊於《輔仁文苑》

〔註1〕陳子善：《不該被忘記的吳興華》，《文匯報》，2017 年 2 月 24 日。

第3輯；1940年6月翻譯《友情的束縛》，刊於《新民報半月刊》第2卷第11期；1940年8月翻譯《開會》，刊於《新民報半月刊》第2卷第15期；1940年11月翻譯《城市裏的一周》，刊發在《西洋文學》第3期。從翻譯數量上看，排在第二位的是愛爾蘭作家詹姆斯·喬伊斯（James Joyce，1882～1941），吳興華節譯了他的2篇作品：1940年10月翻譯《芬尼根守靈夜》的片段，隨評論文章《菲尼根的醒來》和《喬易士研究》發表在《西洋文學》第2期；1941年3月翻譯《詹姆斯·喬易士：友律色斯插話三節》，即《尤利西斯》的節譯，刊登在《西洋文學》第7期，他因此成為中國翻譯喬伊斯《尤利西斯》的第一人。捷克著名劇作家、科幻文學家和童話寓言家卡雷爾·恰佩克（Karel Capek，1890～1938）的短篇小說同樣被吳興華翻譯了2篇：1941年1月翻譯《生命的火焰》，刊於《西洋文學》第5期；1941年5月翻譯《園丁的一年》（選譯），發表在《西洋文學》第9期。另外，吳興華在1941年還選譯了英國玄學派詩人約翰·鄧恩（John Donne，1572～1631）的《危機時期的祈禱》。新中國成立後，吳興華1956年1月翻譯了美國政治家兼文學家富蘭克林（Benjamin Franklin，1706～1790）的《富蘭克林散文書簡選》，包括七個短篇，刊發在《譯文》雜誌1月號上。其中《近來數次屠殺的記錄》抗議白人對印第安人的屠殺行為，《北美洲的野蠻人》肯定了印第安人的禮儀，《布萊德邵的墓誌銘》充分肯定了對暴君的反抗之舉，《普魯士王腓特烈詔令一道》抗議英國想長期將美洲作為殖民地的妄想，《過高的榮譽——致昂杜安·波萊爾》是感謝法國畫家波萊爾對美國獨立戰爭的聲援，《許多有才能的勇敢的人們——致諾加萊》是回覆法國政治家諾加萊把讚美富蘭克林的拉丁詩句翻譯成法文的意見，《致某秘密特派人員》揭示了阻止美國脫離英國殖民而獨立的肮髒行為。吳興華在1957年3月翻譯了英國著名短篇小說家薩基（Saki，1870～1916）的《帕克爾泰德夫人獵虎記》和《馬克》，刊於《譯文》雜誌3月號。

吳興華主要翻譯了英語和德語詩歌。20世紀40年代早期，吳興華先後以《拜倫詩鈔》《雪萊詩鈔》《濟慈詩鈔》《司各特詩鈔》《穆爾詩鈔》《丁尼生詩鈔》《葉芝詩鈔》為題，在好友宋淇主編的《西洋文學》上發表了大量的譯詩，具體情況如下：1940年9月翻譯拜倫的4首詩歌：《那麼我們就不要再去搖船》《詩為樂曲作》《佛羅稜斯及比薩之間的大路上詠懷》和《唐瓊三節》，發表在《西洋文學》創刊號上。1940年10月，翻譯雪萊的《阿拉斯脫獻詞》和《致月》2首詩歌，在《西洋文學》第2期上發表。1940年12月，翻譯濟慈的《初讀查普曼的荷馬》《人類的季節》《賽琪之歌》《憂鬱之歌》和《最後的十四行》等 5 首詩歌，在《西洋文學》第 4 期上發表。1941 年 1 月，翻譯了司高脫的《奈德帕的女郎》，發表在《西洋文學》第 6 期上；同期還發表了吳興華翻譯穆爾的《相信我，如果這使我，今日目不轉睛》《祖國的豎琴》《在夜深深時》和《G. Eyron 請為樂曲作》等 4 首詩歌。1941 年 5 月，翻譯葉芝的《短暫》《當你已年老》《千萬別把整個心給人》《與時俱來的智慧》《亞當的詛咒》《一切都能引誘我》《給一個工作完全歸於泡影的朋友》等 7 首詩歌，發表在《西洋文學》第 9 期。此外，吳興華還翻譯了丁尼生的《提索諾斯》1 首，但丁的《神曲》，朗費羅的《伊凡吉琳》（包含《序曲．阿卡第村和伊凡吉琳》《英王的御旨》《離鄉》和《愛人的會見》）和康拉德．艾肯的《而在那高懸的園中——》。最能反映吳興華詩歌翻譯成就的當屬他對奧地利詩人里爾克詩歌的漢譯。1943 年前後，他為中德學會翻譯了中德對照本的《黎爾克詩選》27 首，於 1944 年 12 月由北京中德學會出版。新中國成立後，吳興華常以「鄺文德」之名將翻譯的里爾克詩歌刊發在香港《人人文學》和臺灣《文學雜誌》上，比如 1953 年 10 月，在香港《人人文學》第 19 期發表里爾克譯詩 2 首；1956 年 10 月，在臺灣《文學雜誌》第 1 卷第 2 期上發表里爾克譯詩 3 首；1956 年 12 月，在《文學雜誌》第 1 卷第 4 期上發表里爾克譯詩 2 首。吳興華在翻譯外國詩歌的時候，注重選擇原作者有代表性的經典作品來翻譯，這從他翻譯雪萊的作品中就可窺見一斑：「『Adonais』是雪萊譯品中的 ideal choice，當然難一點。Spenserian stanza 我毫無辦法，實在不好移植到中文來，有之則只好用十三字代替他的 iambic pentameter，用十五字代替 Alexandrine，然而我覺得那並非太好的辦法，rhyme 是不能改的。……我只想譯一些他的 lyrics 得了。After all，lyrics 是支持著他聲名最大的柱石啊！」〔註 2〕吳興華認為抒情詩是雪萊詩歌成就的集中體現，所以決意翻譯他的此類作品，體現出翻譯選材的嚴謹態度。

吳興華翻譯了梅特林克和莎士比亞的 3 部戲劇作品。1940 年 6 月，吳興華翻譯比利時劇作家梅特林克（Maurice Maeterlinck，1862～1949）的《闖入者——獻給我死去的父親》，同年 10 月，翻譯他的《檀塔琪兒之死》（選譯）。1957 年人民文學出版社出版的莎士比亞戲劇《亨利四世》可以視為吳興華翻

〔註 2〕吳興華：《吳興華全集》（第 3 卷），桂林：廣西師範大學出版社，2017 年，第 1～2 頁。

譯的代表作，在譯者序言中，吳興華充分闡釋了這部戲劇的歷史價值和藝術成就，同時還附有《關於版本、譯文和注釋的說明》，不僅道出了該譯本所依據的主要英語原本，而且還闡明了譯者在翻譯過程中應該具有合理的版本觀念：「現代莎士比亞版本學發展的情況，使機械的根據一個版本成為不可能，因此譯者除了對以上諸家版本加以綜合取捨之外，還採納了一些較新的考證和研究成果。」〔註 3〕譯者採用詩體形式來翻譯原文，在莎士比亞漢譯的歷史中算是上佳之作。

在文學作品之外，吳興華還翻譯了一些美學或文學理論作品。1940 年 5 月，吳興華與方則慈合譯了德國學者保羅．維格勒的論文《園亭——歌德之戀》，刊於《中國文藝》第 2 卷第 3 期。1942 年 6 月，翻譯德國戲劇評論家萊辛（Gotthold Ephraim Lessing，1729～1781）的《雷興自論》，雷興今譯為萊辛，本文選譯自《漢堡劇評》，發表在《中德學誌》第 4 卷第 2 期；同年還翻譯了德語作家里爾克（Rainer Maria Rilke，1875～1926）的《述羅丹》。1943 年 9 月，為中德學會翻譯尼采的《悲劇的誕生》；是月，翻譯《歌德與中國》一文，刊發在《中德學誌》第 5 卷第 3 期。關於翻譯《悲劇的誕生》，吳興華在給好友的信中有所提及〔註 4〕：「我在暑假裏給中德學會譯尼采的《悲劇的誕生》，文字既艱深，意義亦間有晦不可曉處，弄得我頭暈眼花。不過總算藉之獲得了一個嶄新的看法。這兩月來我除了每天譯二三千字外，大念其書，中外古今，上天入地，覺得一輩子也沒享過這樣的福。」〔註 5〕1944 年 6 月，吳興華翻譯瑞士蘇黎世大學常安爾（Horst von Tscharner）教授的《德語翻譯的中國詩——翻譯藝術上問題》，發表在《中德學誌》第 6 卷第 11～12 合期。1963 年 2 月，翻譯了蘇格蘭哲學家大衛．休謨（David Hume，1711～1776）的《論趣味的標

〔註 3〕吳興華：《關於版本、譯文和注釋的說明》，《吳興華全集》（第 5 卷），桂林：廣西師範大學出版社，2017 年，第 25 頁。

〔註 4〕吳興華與好友宋淇的通信保存下來的比較豐富，從二人的通信中，我們可以看見一個翻譯工作者本真的日常生活以及對待文學翻譯的嚴謹態度。如果說宗白華、郭沫若和田漢三人關於詩歌美學的通信《三葉集》可以視為中國現代詩學的開山之作，那吳興華與宋淇關於翻譯和外國文學的通信《風吹在水上》則可視為中國現代翻譯思想和外國文學研究的重要著作，我們從二人平常但又頗具專業深度的信札中，能夠管窺到一輩學人對翻譯和外國文學的獨特認識。

〔註 5〕吳興華：《吳興華全集》（第 3 卷），桂林：廣西師範大學出版社，2017 年，第 108 頁。

準》，譯文後附有譯者「後記」，闡明了休謨美學思想的進步性和侷限性，有助於讀者理解和認識休謨的美學觀點，該文收入 1963 年 2 月出版的《古典文藝理論譯叢（五）》。1963 年 10 月，吳興華還節譯了歐洲文藝運動復興時期著名的意大利文藝理論家卡斯忒爾維特洛（Lodovico Castelvetro，1505～1571）的《亞里士多德〈詩學〉疏證》，該譯作收入本月出版的《古典文藝理論譯叢（六）》。吳興華 1963 年還翻譯了德·維迦的《當代寫喜劇的新藝術》，收入《戲劇理論譯文集》（第 9 輯）。吳興華 1964 年翻譯了意大利畫家喬基歐·瓦薩里（Giorgio Vasari，1511～1574）的《達·芬奇軼事》，該文選自瓦薩里的著作《意大利著名建築師、畫家和雕刻家匯傳》，刊發在 1964 年《世界文學》第 1～2 合期上。吳興華認為在翻譯美學著作的過程中閱讀了很多相關書籍，對自己學識的增長大有裨益。

吳興華具備一個優秀翻譯家的潛質。吳興華好友宋淇的兒子在講述父親與好友的交往時，認為吳興華的翻譯具有超前的意識：「在燕大讀書時，他和我父親合編《燕京文學》，翻譯了大量英國浪漫主義詩歌。1940 至 1941 年，他們又向上海的《西洋文學》供稿，吳興華更相當前衛地介紹並節譯了喬伊斯的《芬尼根的守靈夜》（這部奇書的中譯本到 2012 年才問世）。」〔註 6〕吳興華的女兒吳同回憶說：「提及翻譯，使我聯想起父親在世時，家中四壁圖書，然而無一本詞典。母親說父親翻譯時從不借助任何詞典；無論是譯莎士比亞，還是根據意大利文原文譯但丁的《神曲》，或是從希臘文翻譯荷馬史詩。父親寫作或翻譯時也從不冥思苦想，只要提起筆來，即如行雲流水，一氣呵成；而且信手拈來，便成佳句，從不需另花時間對其文章或譯稿加以潤色。」〔註 7〕吳同對父親翻譯能力的描述看起來有些誇大，但卻並非言過其實，據宋淇講述，吳興華的外語能力特別突出，是學習語言的天才：「他不但精通英語，且法、德、意等歐洲語言皆一學就會，成績全班第一，聽說讀寫都沒有問題。後來還能閱讀拉丁文和古希臘文。他外語學得快，除了有照相機般的記性外，也跟耳朵靈敏有關。」〔註 8〕因為吳興華有出色的外語能力，他翻譯了大量的外

〔註 6〕宋以朗：《宋淇與吳興華》，《吳興華全集》（第 3 卷），桂林：廣西師範大學出版社，2017 年，第 250 頁。

〔註 7〕吳同：《蠟炬成灰淚始乾：懷念我的父親吳興華》，《吳興華全集》（第 3 卷），桂林：廣西師範大學出版社，2017 年，第 244 頁。

〔註 8〕宋以朗：《宋淇與吳興華》，《吳興華全集》（第 3 卷），桂林：廣西師範大學出版社，2017 年，第 251 頁。

國文學作品，新中國成立後他校譯了朱生豪的《莎士比亞全集》，為楊憲益先生校訂《儒林外史》英譯本，也為古希臘專家羅念生校對過不少文稿，為中國的翻譯事業做出了應有的貢獻。

吳興華具備優秀的外語能力且翻譯了如此豐富的作品，那他的譯作質量如何？吳興華從事翻譯活動主要是抱著純粹的文學愛好，但有時候也是迫於現實生活的需要。客觀而言，吳興華對淪陷區的生活不會有好感，他的兩個妹妹先後病逝，他本人的生活也十分艱苦，由於缺乏營養而患上肺結核病。這些現實的原因迫使吳興華投身翻譯，以緩解經濟上的壓力，比如他在淪陷區和德國神父一起合編德華字典，又為中德學會編譯了中德對照版的《黎爾克詩選》等，以通過翻譯賺取稿酬補貼家用。他曾翻譯過《毛主席的青少年時代》這本書，勞動的收益能解決家中取暖所需的費用：「譯了一小本書，《毛主席的青少年時代》，收入並不多，但暫可解決冬煤問題。」〔註 9〕吳興華確實通過翻譯解決了經濟上的難題，他在給友人的信中說：「我現在經濟情形已好轉，主要是靠翻譯而得到一些 contacts 和補助」〔註 10〕。因為生計之故，吳興華的翻譯難免匆忙且存在很多處理不當之處。〔註 11〕比如 1940 年 3 月翻譯的盧卡斯《撿東西》一文中有這樣的話：「幾年前當那些波希米亞人在河濱路的大理石庭堂，開一個盛大的集會時，一個混蛋（人家對我說）把一個雖壞可還湊和的錢釘在地板上，等候事件發生。」〔註 12〕「一個雖壞可還湊和的錢」的原文是「a bad but plausible sovereign」，翻譯成「一枚假的但看上去十分逼真的金鎊」才準確，因為「bad sovereign」應該是「假金鎊」之意。又比如艾肯的詩歌 *And in the Hanging Gardens*，吳興華將之譯為《而在那高懸的園中——》，其中「Hanging Garden」應該翻譯成「空中花園」，該詩中的「the knave of diamonds」被吳興華翻譯成「鑽石的侍僕」，譯文「公主在讀信。鑽石的侍僕睡眠著。／國王已經醉了，伸手把金的酒盞／拋出古塔的窗（掛著雨絲的簾幕）／直到丁香花

〔註 9〕吳興華：《吳興華全集》（第 3 卷），桂林：廣西師範大學出版社，2017 年，第 227 頁。

〔註 10〕吳興華：《吳興華全集》（第 3 卷），桂林：廣西師範大學出版社，2017 年，第 232 頁。

〔註 11〕參閱劉錚：《吳興華的紀念碑——吳興華翻譯作品概觀》，《文匯報》，2017 年 2 月 24 日。

〔註 12〕（英）盧卡斯：《撿東西》，吳興華譯，《吳興華全集》（第 4 卷），桂林：廣西師範大學出版社，2017 年，第 20 頁。

裏。」〔註13〕這幾行詩中不只是「鑽石的侍僕」讀起來令人費解，就是後面幾行詩的語言也極度歐化，如果按照漢語表達習慣翻譯成這樣似乎更好：「公主在讀信。全副武裝的侍僕睡著了。／國王已經醉了，伸手把金的酒盞／從古塔掛著雨絲簾幕的窗拋出／落到丁香花裏。」但對翻譯作品的評價不應該僅僅拘泥於字面意義的準確，尤其對詩歌翻譯而言，我們更應該注重的是對原作精神和情感的傳遞。

吳興華的翻譯作品儘管還有許多需要提煉和打磨的地方，但從內在的審美向度上看，他卻比很多譯者做得更好。有學者評價吳興華翻譯的里爾克具備了優秀譯詩的品格：「吳興華譯的《黎爾克詩選》至少將里爾克的深度和分量譯出來了。尤其值得稱道的是，吳興華讓里爾克詩歌宗教性的一面凸顯出來了。吳興華譯的《夕暮》等詩，可以說是第一次把一種深沉、嚴肅、崇高的西方現代詩歌精神帶進了中文。這些詩一掃中國新文學語言中彌漫的那股抒情氣息，引入的是真正的『異質性』。」〔註14〕從時間的角度來講，此處認為吳興華「第一次」把西方現代詩歌精神翻譯到中國的提法有些欠妥，因為吳興華翻譯里爾克的時間是在 1943 年到 1944 年之間，難道在此之前幾十年的詩歌翻譯中就沒有一個譯者或者一首譯詩將西方現代詩歌精神傳到中國來嗎？但不管怎麼說，吳興華的翻譯將西方現代精神傳遞到了中國卻是可以肯定的事實，給他的翻譯以高度肯定也是符合實情的。

人們對吳興華的翻譯主要以正面評價為主。吳興華的翻譯注重形式上的探索和原作藝術風格的傳遞，在這一點上他與卞之琳具有相似性，後者認為他們的翻譯「要求盡可能相應在中文裏（白話裏）保持原詩的本來面目。這當然是不容易，有時候是不可能的。……現在我讀到吳興華早期的譯詩，發現他當時儘管少年氣盛，獨往獨來，也無意中走過這段路。最後他終於嘗試在中文裏處理莎士比亞戲劇主體所用『素詩體』（blank verse 無韻抑揚格五音步一行體），基本上等於翻譯中和我交會了。」〔註15〕卞之琳談到吳興華年少氣盛的個性，也許與他過人的才情有關，這段話除肯定了吳興華的詩歌翻譯之外，也是對他翻譯莎士比亞《亨利四世》的認同。吳興華的翻譯儘量保持了原作的形

〔註13〕（美）康拉德·艾肯：《而在那高懸的園中——》，吳興華譯，《吳興華全集》（第4卷），桂林：廣西師範大學出版社，2017年，第308頁。

〔註14〕劉錚：《吳興華的紀念碑——吳興華翻譯作品概觀》，《文匯報》，2017年2月24日。

〔註15〕卞之琳：《吳興華的詩與譯詩》，《中國現代文學研究叢刊》，1986年第2期。

式和音韻節奏，這在莎士比亞戲劇翻譯中也是難能可貴的：「詩和散文的配合與交替是伊利沙白戲劇的突出特色。譯文在形式方面儘量遵照原文。詩用相當於原來格律的五步無韻詩體，散文用現代口語。在詩行裏出現人名地名有時會破壞韻律，但這是在原作裏也不能永遠避免的現象。遇到這些專名詞出現的時候，四個字以下的作一步讀，五個字和五個字以上的作兩步讀。如果原文有些詩行過長或過短，譯文也作相應的變化。」〔註 16〕因此，吳興華是一位相當嚴謹的翻譯家，他對《亨利四世》的翻譯保留了原作的神韻，文體形式及語言特色，在中國莎士比亞翻譯史上留下了濃墨重彩的一筆。

（二）吳興華的翻譯觀念

吳興華在翻譯實踐中逐漸積累了很多富有創見的翻譯經驗。

與一般人認為翻譯應該注重字詞句意義的精確性不同，吳興華認為詩歌翻譯和閱讀應該注重的是整體精神的傳遞，不能一葉障目般地糾結於語言和句法的特殊性，從而失去對整首詩的理解，無法再現原作的精神風貌。從這個角度來講，吳興華的翻譯觀具有超前性，他在 20 世紀 40 年代就已經擺脫了翻譯語言學派的觀點，不再追求卡德福特所謂的「字當句對」的翻譯，〔註 17〕也放棄了奈達所謂譯文與原文的「動態對等」或「信息對等」，〔註 18〕而是從詩歌的層面去觀察翻譯問題，比較符合譯介學倡導的「比較文學視野下的翻譯文學研究」〔註 19〕之核心觀點。吳興華說：「在譯詩與讀詩時，我們都必須要時時防備，不可使自己因為迷失在特殊的句法構造及新奇的字裏，而把注意力由整體引開。我可以大膽的說一句，在詩裏，一切文字字面上的問題都是次要的。」〔註 20〕翻譯語言要顧及歷史語境，不能以現在的標準去衡量以前的語言和文學形式。吳興華在討論但丁作品的翻譯時，專門就英國作家多蘿西・L.塞耶斯（Dorothy L Sayers，1893～1957）對但丁的翻譯發表了個人看法。吳興華

〔註 16〕吳興華：《關於版本、譯文和注釋的說明》，《吳興華全集》（第 5 卷），桂林：廣西師範大學出版社，2017 年，第 26 頁。

〔註 17〕J. C. Catford, *A Linguistic Theory of Translation*, London: Oxford University Press, 1965, p20.

〔註 18〕Nida.E.A & Charles R.Taber. *The Theory and Practice of Translation*. Leiden: E.J.Brill.1969, p12.

〔註 19〕謝天振：《譯介學》，上海：上海外語教育出版社，1999 年版，第 15 頁。

〔註 20〕吳興華：《〈黎爾克詩選〉譯者弁言》，《吳興華全集》（第 2 卷），桂林：廣西師範大學出版社，2017 年，第 100 頁。

認為塞耶斯的翻譯採用散文體形式，雖然避免了 19 世紀那些無韻體翻譯之弊端而略為高明，但還是不能還原但丁詩篇的「味兒」，原因在於翻譯語言風格的差異。也即是說，塞耶斯在翻譯的過程中沒有很好地估量原作的語言形態，將現代通俗語言等同於但丁詩歌中的方言口語，殊不知《神曲》的語言相對於今人而言依然具有濃鬱的古典色彩。吳興華由是評論道：「Sayers 最引以自喜的是她譯文通俗，有似 Dante 當時的口語。這是相當危險的嘗試，而且未顧及幾世紀的灰塵已把 Tuscan speech 湮沒為古典語言，自有其古香古色，重新發掘、洗刷，令其面目重現，實在亦非 Miss Sayers 所能勝任，因此其中有些小的 self-consciously arch 的俗語，頗令人不快」。〔註 21〕很顯然，吳興華對塞耶斯的但丁翻譯持保留態度，透露出他對翻譯語言，尤其是翻譯語言的風格十分珍視，譯者應該在譯文中再現原作語言的風采，而不是一味地追求語體風格的相似，從而用現代方言俗語去對應中世紀晚期的方言俗語。吳興華的夫人在談他翻譯但丁《神曲》時，所依據的原本並非容易讀懂的塞耶斯英文譯本，而是意大利原本，其目的就是要用中文再現但丁詩作語言古典而又通俗的特點：「他已開始翻譯但丁的《神曲》，他是根據意大利文原版，嚴格按照但丁詩的音韻、節拍譯出的。和他年輕時寫的詩相比，又步上更高的境界，更趨完臻、精練。」〔註 22〕

吳興華雖然沒有專門論及翻譯文體的問題，但從他的許多言論中可以看出，他主張翻譯時應該選用恰當的文體形式，不能將無韻體詩歌譯為散文，也不能將韻文譯成通俗的民間藝術形式，同時應該充分體現詩歌文體的音樂性特徵。吳興華曾批評當時中國翻譯界的不正之風，認為很多譯者的行為「荒唐已極，無容批評。諸人最大的毛病都在以散文（不通的散文）譯 blank verse，碰到韻文偶句時，則以『大鼓詞』腔調出之，令人氣塞。」〔註 23〕雖然用散文體翻譯外國詩歌具有充分傳遞信息的優勢，但卻使原詩的藝術形式和語言特徵蕩然無存，吳興華因此反對翻譯中的形式錯位，他在翻譯但丁作品時，就拒絕塞耶斯通俗的散文體翻譯。詩歌是一種特殊的文體，尤其對抒情詩而言更是

〔註 21〕吳興華：《吳興華全集》（第 3 卷），桂林：廣西師範大學出版社，2017 年，第 210 頁。

〔註 22〕謝蔚英：《憶興華》，《吳興華全集》（第 1 卷），桂林：廣西師範大學出版社，2017 年，第 8 頁。

〔註 23〕吳興華：《吳興華全集》（第 3 卷），桂林：廣西師範大學出版社，2017 年，第 222 頁。

如此，它不長於敘事，但在抒發情緒之外還具有很強的音樂性效果。中國古詩的節奏和韻律均是構成音樂效果的主要元素，但對中國新詩而言，情緒的起伏則構成了一種特殊的內在音樂性。如何在翻譯中再現原詩的音樂性特質，這是每一個譯者在翻譯過程中必須面對和解決的問題。對於里爾克這樣的詩人來說，其作品中濃鬱而獨特的音樂性是很難通過翻譯在另一種語言中再現的，故吳興華表示自己只能盡力為之：「在翻譯這些詩時，我充分感到（並且比任何失望的讀者還要更覺懊喪）黎爾克的無法模擬的音樂經這次笨拙的移植是怎樣完全化為烏有了。而黎爾克的音樂又是如此獨特，不能用任何語言裏任何詩人的作品來替代。失去了它，我們無異於失去了詩本身極重要的一部分。我之在譯詩中還遵守著原詩的節拍，韻腳，與其認為是試著補償以上說的損失，不如說是在形式上聊自解嘲而已。」〔註 24〕

詩歌翻譯與詩歌創作之間呈現出互為因果的關係，很多詩人在翻譯外國詩歌的過程中習得了創作經驗，走上了詩歌創作的道路，在作品中留下了明顯的外來影響痕跡；也有部分詩人是在創作之餘從事詩歌翻譯，他們常常按照自己的創作風格或詩歌理念來翻譯外國詩歌，把外國詩歌翻譯成很像自己的詩歌。後者並非簡單的歸化翻譯，它涉及到詩人在翻譯中踐行自我藝術主張的問題，比如胡適翻譯羅塞蒂的《老洛伯》，聞一多用現代格律體翻譯豪斯曼的詩歌等均屬此類情況。吳興華同樣談到了翻譯與創作的膠著關係：「有時翻譯點東西，老覺得譯出來太像自己的詩，也沒法子辦。」〔註 25〕當然，一個成熟的詩人往往才會在翻譯中產生吳興華式的「苦惱」，倘若譯者自身還處於創作的探索期，或者根本不從事創作，那他勢必會被原作者「牽著鼻子走」，反而不會將外國詩歌翻譯得很像自己的作品。但創作有時也會染上翻譯的色彩。譯者也可根據自己喜好模仿外國作品的文體形式來進行創作，吳興華曾勸朋友不要在不喜歡的作品上費時費力地翻譯，倒是可以仿照喜歡的作家來創作：「你提起所想作的翻譯工作，我也覺得不大值得費力，其實你若喜歡 Strachey 那本 *Eminent Victorians*，無妨仿其體裁，用中文寫一些值得深思的人物，裒成一書，分而觀之，各自成文，合則自有其 unity，豈不甚妙？Pater 的 *Renaissance* 也

〔註 24〕吳興華：《〈黎爾克詩選〉譯者弁言》，《吳興華全集》（第 2 卷），桂林：廣西師範大學出版社，2017 年，第 102 頁。

〔註 25〕吳興華：《吳興華全集》（第 3 卷），桂林：廣西師範大學出版社，2017 年，第 40 頁。

是屬於此類。Austin Dobson 的 *Eighteenth Century Vignettes* 雖略嫌浮淺，文筆也甚可喜，再者，這類工作最先的需要是作者有一副深廣的同情心和闊大的背景」。〔註 26〕這是吳興華 1946 年 11 月 5 日給好友宋淇的信中之片段，他提醒宋先生不要去翻譯自己不喜歡的作品，與其在這方面浪費時間，不如模仿一些外國作家進行創作。吳興華提及的里頓・斯特拉奇（Lytton Strachey）是英國著名的傳記作家，這本《傑出的維多利亞人》用一種新的精神打破維多利亞時期盛行的舊神話，作者巧妙地揭露了紅衣主教曼寧和操縱慾強、神經質的弗洛倫斯・南丁格爾的自私野心，是十九世紀自由主義價值觀的體現，也標誌著傳記藝術新時代的到來。吳興華希望宋淇採用傳記文學的方式來寫當下人物，並在創作中貫穿新思想和新精神，雖只是一種體裁上的仿寫，但在當時仍不失為一種創造性的嘗試。

吳興華在創作中會不自覺地受到之前閱讀外國詩作的影響，不由自主地將那些印象深刻的外國詩句移植到自己的作品中。這是「潛翻譯」給譯者創作帶來影響的典型案例，〔註 27〕即吳興華閱讀里爾克（Rilke）等人的詩歌後，將之翻譯轉化為中文留存在大腦中，遇到相似的情景或感情方可激活那些「隱藏」在記憶中的譯作，然後譯作的意象或詩行以碎片的形式出現在譯者創作的詩歌中，從而給譯者的創作產生隱型而直接的浸染。吳興華為中德學會翻譯里爾克的詩歌期間，吃驚地發現自己的創作竟然與這位德語詩人有驚人的相似之處，他坦誠地寫道：「上星期我替中德學會譯完了近三十首 Rilke 的詩，其中有很好的，有二流作品，……在翻譯時，我時常禁不住吃驚，自己和他，暗合的地方會如此多。有許多詩句竟是整個從他的詩裏搬過來的。我以前念 Rilke 可太多了，因此有些深入腦海的印象不知不覺的也就轉移到自己詩上。」〔註 28〕這種翻譯和創作行為，表面上看起來是吳興華閱讀外國詩歌產生的結果，但對操民族語的譯者兼詩人而言，外國詩歌即便是碎片化地影響其創作，其間也必須經歷翻譯的環節，否則外國詩歌的片斷不會以漢語的形式出現在譯者的創作中。不過吳興華對里爾克詩句的模仿甚或借用並非有意的抄襲行為，而

〔註 26〕吳興華：《吳興華全集》（第 3 卷），桂林：廣西師範大學出版社，2017 年，第 168 頁。

〔註 27〕關於「潛翻譯」的論述，參閱熊輝：《論中國現代文學中的潛翻譯》，《文學評論》，2013 年第 5 期。

〔註 28〕吳興華：《吳興華全集》（第 3 卷），桂林：廣西師範大學出版社，2017 年，第 129 頁。

是他閱讀里爾克的詩歌太多並將之內化為自己思想情感的元素，內化為自己的創作資源，繼之在創作中不自覺地採用了里爾克的詩句。當然，閱讀里爾克帶給吳興華的影響並非停留在仿寫層面，更重要的是他習得了里爾克的作詩方法，尤其是怎樣在詩歌中表現人的靈魂：「然而我從他獲得的最大的益處，還是在寫作方法上，也就是說比較狹義的 craftsmanship。……怎樣在最高、最有意義的一點上抓住一個人的靈魂，像畫家使炊煙在天空靜止，片時給最易變的物質以永恆的外表似的。」〔註 29〕

吳興華在翻譯中逐漸意識到了現代漢語的侷限。翻譯工作是有意義的文化交流活動，譯者應該有跨語際交流和傳遞文化的歷史使命，也應該對這項工作抱有理想。但在翻譯過程中應該考慮兩種語言和讀者的需要，如果譯語不能很好地傳遞原文的思想內容，則會使翻譯的理想難以實現。與此同時，翻譯文學需要考慮讀者的需求，倘若翻譯的作品不能滿足譯者的審美，或讀者根本不喜歡譯者的作品，那翻譯又有什麼意義呢？因此，吳興華認為要達到翻譯的現實目的，目標語需要具備傳遞原文意義的素質，而現有的漢語則難以「勝任」：「英國文化協會主持的翻譯工作，固是好事，然而即使出版之後，也定如石沉大海，可以預卜。可貴的只有譯者的理想，熱情與精神而已。如今翻譯最大的問題是在中文本身，規模淺狹，表現力貧弱，根本對付不來好的英文，同時讀者在哪裏？」〔註 30〕吳興華認為，翻譯中譯文和原文根本不可能完全對應，但究竟是譯文應該湊就原文，還是原文來湊就譯文呢？這裡固然涉及到文化地位和話語權的問題。通常情況下，處於弱勢地位的文化會服從處於強勢地位的文化，在翻譯的過程中「屈從」於強勢文化。故而在翻譯西方作品的時候，中國譯家就會讓中文去湊就外文，採取異化的翻譯方式。當然，這裡也涉及到另外一個層面的話題，那就是「表現力貧弱」的中文在湊就外文之後，又會給自身帶來什麼意想不到的後果呢？吳興華關於漢語翻譯西書存在侷限的觀點與劉半農幾乎如出一轍，「五四」時期，後者在那篇有名的「雙簧戲」文章《復王敬軒書》中指出：「當知譯書與著書不同，著書以本身為主體；譯書應以原本為主體；所以譯書的文筆，只能把本國文字去湊就外國文，決不能把外國文

〔註 29〕吳興華：《吳興華全集》（第 3 卷），桂林：廣西師範大學出版社，2017 年，第 129 頁。

〔註 30〕吳興華：《吳興華全集》（第 3 卷），桂林：廣西師範大學出版社，2017 年，第 184 頁。

字的意義神韻硬改了來湊就本國文。」〔註31〕在劉半農看來，這種處於弱勢地位的「湊就」行為，其實對民族文學語言的發展有積極的推動作用，像鳩摩羅什和玄奘這樣的翻譯大師由於採用了西域語言的「極曲折極縝密」的表述方式，捨棄了當時晉代或唐代的語言表達習慣，因而沒有隨著朝代的更迭而失去存在的價值，反而由於其固有的西域文化色彩延傳至今。劉半農這段話的真實用意是要求五四時期的翻譯應該使用一種不同於白話文或文言文而偏重於原語色彩的第三種語言去從事翻譯。這在客觀上有利於為中國新文學輸入更多的語言表達方式，從側面表明翻譯對中國新文學建設的積極意義。

吳興華提出中文在翻譯中很難具備完全呈現優美英文的特質時，現代漢語已經有三十多年的發展歷史了，相較於「五四」時期新文化語境中蹣跚起步的現代漢語而言，可謂成熟了不少，但卻依然在翻譯中難以和英文處於「對等」的地位。正是在不斷的翻譯外國文學和「湊就」外國文字的過程中，現代漢語自身的表達能力才得以逐漸提高。吳興華之所以持現代漢語無法翻譯出好的英語文學之想法，背後的原因極為複雜，涉及到現代漢語的發展和提升問題，而中外文化地位的不平衡應該才是問題的癥結所在。從個人的角度來講，實乃與吳興華對現代新文學評價較低有內在的一致性。吳興華雖然創作現代新詩，但他平時讀書和討論學問的精力基本上集中在外國作家作品以及中國古代作家作品兩個領域，新文學很少進入他的觀照視野。有時候，吳興華甚至直接批評新文學發展不夠成熟：「我對英美現代文學還甚留意，小說、戲劇、詩、散文，無所不看，對比之下，中國情形真叫人灰心，恐怕須一百年之後才能普遍的抬頭，目前只有耳聞某某作家不錯，有希望，眼見的作品毫無例外的都是幼稚不堪，此地朋友常常笑我見了古書、洋書都是愛不釋手，唯獨不屑一顧人人搶著看的鉛印書。」〔註32〕中國現代文學創作尚且處於起步階段，那憑藉並不成熟的語言和文體去翻譯優秀的外國文學作品，譯文的質量可想而知。

翻譯是中外文化交流過程中必不可少的中介環節，即便翻譯會導致原作藝術的流失，人們正是憑藉翻譯才得以與其他文化發生聯繫：「翻譯的存在也自有理由。它使我們接近其他的文化，其他的想像方式，而使我們對之有更親

〔註31〕劉半農：《復王敬軒書》，《新青年》（第4卷第3號），1918年3月15日。
〔註32〕吳興華：《吳興華全集》（第3卷），桂林：廣西師範大學出版社，2017年，第192頁。

切的瞭解。」〔註33〕正是基於這樣的認識，吳興華才為中國讀者奉獻了很多精彩的譯作，而其翻譯思想也才會具備更多的合理性。

（三）吳興華的翻譯評論

作為文學翻譯的在場者，吳興華熟悉同時代人的譯作，他有能力對他們的翻譯做出評判。也許是恃才傲物，也許是同時代譯者翻譯質量確實不高，吳興華對20世紀三四十年代的翻譯評價普遍不高，顯示出他對文學翻譯有美好的期待和較高的要求。

吳興華對里爾克傾注了較多的熱情，不僅專門寫文章介紹里爾克的詩歌，而且還翻譯了他的許多作品。正是出於對里爾克偏愛的緣故，他希望中國翻譯界能譯出其名篇佳作，若非如此，便會對譯者的作品感到遺憾甚至加以批評。馮至是當時中國翻譯德語文學，尤其是里爾克詩歌的先行者，但吳興華對他所譯里爾克的詩歌並不認同，認為「馮至譯 Rilke 詩並不足以代表 Rilke。」〔註34〕這句話的言下之意有兩種可能：一是馮至在翻譯里爾克的時候，沒有選擇最好的作品來翻譯，所以譯作不足以代表里爾克的成就；二是馮至翻譯里爾克的時候，由於翻譯水平有限，沒有將後者的藝術再現出來，所以譯作不能代表中國譯者翻譯里爾克的成就。不管是哪種情況，吳興華對馮至翻譯的里爾克都沒有好評價，即要麼是選材有問題，要麼是翻譯質量不高。吳興華甚至不承認自己閱讀過里爾克的中譯詩歌，當然也就是沒有閱讀過馮至翻譯的里爾克詩歌，他自認是從英文中首先接觸到里爾克：「說起來也許會惹人笑，我是在英文翻譯里第一次遇見黎爾克的名字。那篇詩就是我在本期中試著想用可憐的中文移植過來的《奧菲烏斯・優麗狄克・合爾米斯》。和他一比起來，我曾一度心醉的現代英美詩是如何的淺薄而不值一顧？而那還是翻譯，在過程中原作的十分美至少要丟五分的翻譯」。〔註35〕吳興華覺得里爾克的詩歌是偉大的佳作，即便是從德語翻譯成英語的過程中原詩的藝術喪失了百分之五十，但英文譯本依然讓他折服。言外之意就是說，他不是通過閱讀馮至的翻譯接觸里爾

〔註33〕吳興華：《〈黎爾克詩選〉譯者弁言》，《吳興華全集》（第2卷），桂林：廣西師範大學出版社，2017年，第99頁。

〔註34〕吳興華：《吳興華全集》（第3卷），桂林：廣西師範大學出版社，2017年，第50頁。

〔註35〕吳興華：《黎爾克的詩》，《吳興華全集》（第2卷），桂林：廣西師範大學出版社，2017年，第78～79頁。

克的，他根本不認同馮至的翻譯，也不會去閱讀馮至的翻譯，更不能從馮至的翻譯中去發現里爾克原作的美感。而實際上，馮至早在 1934 年就節譯了里爾克的《馬爾特・勞利得・布里格隨筆》，刊發在《沉鐘》雜誌 1934 年 1 月 30 日第 32 期上；《新詩》1936 年第 1 卷第 3 期開闢了「里爾克逝世十年祭特輯」，刊登的是馮至早年的全部里爾克譯詩；上海商務印書館 1938 年出版了馮至翻譯的《給一個青年詩人的十封信》，係「中德文化叢書」之七。可以說，馮至、梁宗岱、卞之琳等人翻譯的里爾克，構成了一代人閱讀的精品和不可或缺的寫作資源，吳興華 1937 年才考入燕京大學，翻譯的里爾克詩歌 27 首德漢對照版遲至 1944 年才由「中德學會」出版，所以他直接閱讀馮至等人翻譯里爾克作品的可能性很大。如果吳興華是有意遮蔽自己從漢譯本中第一次接觸到里爾克的話，那表明他對當時的里爾克翻譯作品並不認同；如果他是真的從英語文學中第一次接觸到里爾克的話，那同樣表明當時的里爾克翻譯作品沒有進入文學青年的「法眼」，其質量和影響力還有待提升。

吳興華對卞之琳的翻譯同樣嗤之以鼻。他在給好友宋淇的信中表示，只要他們能夠有時間來翻譯西書，那翻譯的質量絕不會低於時下盛行的譯品：「關於翻譯之事，你的態度有點太慎重而緩慢。若你有機會翻翻現有的翻譯，即最有名的，其中謬誤可笑之處亦難免。我想我們大概看看，動手就譯，不見得不如卞之琳等人。最要緊的須有那個『猛勁』——the quality you admired so much in 傅雷。我們全太懶，這是應當矯正的。」〔註 36〕吳興華雖然點名評價了卞之琳的翻譯，但他的話主要還是鼓勵宋淇等外語能力較強的人應該加大對翻譯的投入，他們的譯文質量不會遜色於當時在譯界享有盛譽的卞之琳等人。吳興華對卞之琳的批判還涉及到翻譯文學的價值導向問題，卞之琳在 20 世紀 50 年代初期堅持以馬克思主義思想為指導來選擇翻譯作品，從而使翻譯與文學產生了隔閡。他對此不無嘲諷地寫道：「前些日子開會遇到卞之琳，每討論譯一本書就要問馬克思是否提到過它，有保障沒有？令人哭笑不得。聽周煦良說他給北大外語系研究生出題：其一為以馬列觀點，回溯英國詩歌的歷史。考生皆為之擱筆。不知他自己對這題怎麼樣答法？」〔註 37〕卞之琳在社會主義國家堅

〔註 36〕吳興華：《吳興華全集》（第 3 卷），桂林：廣西師範大學出版社，2017 年，第 217 頁。

〔註 37〕吳興華：《吳興華全集》（第 3 卷），桂林：廣西師範大學出版社，2017 年，第 224 頁。

持馬克思主義指導思想的地位是正確的，無可厚非；而吳興華則站在文學的立場上來分析翻譯問題，也沒有從根本上否定馬克思主義思想，在討論文學問題時也是合理的。二者的分歧在於各自站在不同的立場上看問題，對翻譯或文學的認識自然就會產生差異。饒有意味的是，吳興華自己後來也加入了「馬列主義文藝觀」的行列，每每翻譯外國的文論著作時，必在譯者前言或後記中闡明所譯作品的社會主義文藝價值立場。同時，卞之琳也沒有因為吳興華曾經看輕自己的翻譯而對他冷眼相看，反倒專門寫了《吳興華的詩與譯詩》一文，對吳興華的詩歌創作天賦和翻譯能力大加讚賞，成為少有的專門談論吳興華創作及翻譯的珍貴文獻。

吳興華認為當時很多翻譯作品存在語言不順的弊病。新中國成立之後，由於吳興華在北京高校擔任英文教職，有較高的文學和英文造詣，因此擔任了政府組織的翻譯「審查」工作，讓他有更多的機會接觸並仔細校閱很多譯稿。對於人們普遍評價較高的朱生豪所譯莎士比亞戲劇，在他看來仍然有很多值得詬病的地方：「現在正在『審查』過去一些舊譯本，我們擔任莎翁。看到一本眾口交贊的朱生豪譯的莎翁戲曲，朱氏為一年青學生，有此毅力，自可佩服，後來死了沒有譯完。序中旁人把他捧得『一佛出世』，甚為可笑。我想若給我們工夫，譯得比他一定要好，至少文字要通得多。」〔註38〕吳興華「審查」朱生豪的譯本時，想必是結合原文認真對照閱讀，他的評價具有一定的客觀性。吳興華肯定朱生豪有翻譯的毅力，但是評論者將其翻譯捧得過高似乎言過其實，在他看來朱譯本的語言欠缺通順，如果他自己有時間來翻譯，那譯文的質量一定會勝過朱生豪。吳興華認為大陸翻譯文學質量低劣，文從字順的屈指可數。他在給宋淇的信中說：「此地翻譯人才及過去譯本太壞太壞，沒好氣所致。近來我們也許要看些譯本（官方的名目是『審查』），文字通順的十無三四，更不用談忠實準確了。想到那些冒然執筆的人，和你無盡無休的在作準備之作，其中何啻雲泥之隔？」〔註39〕吳興華認為新中國成立後中國翻譯界缺少有真知灼見的翻譯者，目前的譯者大都不具備翻譯的素質，所譯作品根本不能閱讀：「一班譯書匠標準太低，常識尤差。我現在對絕大多數的譯本和現代創作

〔註38〕吳興華：《吳興華全集》（第3卷），桂林：廣西師範大學出版社，2017年，第221～222頁。

〔註39〕吳興華：《吳興華全集》（第3卷），桂林：廣西師範大學出版社，2017年，第219頁。

已抱定抵制態度——根本不看。」〔註 40〕正是鑒於中國翻譯界令人觸目驚心的尷尬現狀，吳興華號召有翻譯能力的人馬上行動起來，而不應該過於謹慎而阻止了翻譯的腳步，因此他希望有人在翻譯領域「能努力下去，在短時間內作出些成績來。」〔註 41〕吳興華真正佩服的譯者很少，傅雷是其中之一，孫大雨用格律體翻譯莎士比亞似乎贏得了他的讚賞，其翻譯的《李爾王》被吳興華稱為「國內莎氏譯本第一」〔註 42〕。但孫大雨在譯者自序中自我抬高的行為，則令吳興華心生不快：「孫大雨的 *King Lear*，也滿好。只是在序言中不斷的自吹自擂，而且以一些鴛鴦蝴蝶的形容詞唐突莎士比亞，則有些『措大習氣』。」〔註 43〕

吳興華曾加入了宋淇譯作修改的風波中，他在整個事件中看起來有給好友「助陣」的意味，但也折射出他尊重譯者翻譯風格的思想。1940 年 7 月 24 日和 1941 年 8 月 1 日，吳興華在給宋淇的信中兩度討論了出版人張東蓀要修改他翻譯的事情，他的情感始終偏向朋友一方。張東蓀是民國時期著名的哲學家和政治家，也是有名的出版人，他在出版宋淇翻譯的哲學著作時，邀請吳興華校稿並提出有兩個方面需要做出修改：第一是語言上要多使用長句，建議吳興華把宋淇譯文中的短句改成從句，但吳興華認為這屬於個人翻譯的風格問題，因此就拒絕了張東蓀：「我原先以為是你有譯遺漏了或譯得和他原意不合的地方，他給改了一下，要我 polish 一下他的英文，所以冒然答應了。後來才知道他對你的 style 有不滿的地方，屢次要把你較簡單的句子，改為他所謂的『複句』，反對你用 thus 和 however，及其他不通的 objections，我當時拒絕了。」〔註 44〕第二個地方就是宋淇在譯者前言中說馮友蘭是「幸運的」，張東蓀認為這是對馮友蘭學術實力的詆毀，是「罵人的話」，希望吳興華能夠隱去馮友蘭的名字，同時把「幸運的」這個詞加以修改，但吳興華認為編者無權脩

〔註 40〕吳興華：《吳興華全集》(第 3 卷)，桂林：廣西師範大學出版社，2017 年，第 226 頁。

〔註 41〕吳興華：《吳興華全集》(第 3 卷)，桂林：廣西師範大學出版社，2017 年，第 219 頁。

〔註 42〕吳興華：《吳興華全集》(第 3 卷)，桂林：廣西師範大學出版社，2017 年，第 230 頁。

〔註 43〕吳興華：《吳興華全集》(第 3 卷)，桂林：廣西師範大學出版社，2017 年，第 227 頁。

〔註 44〕吳興華：《吳興華全集》(第 3 卷)，桂林：廣西師範大學出版社，2017 年，第 4 頁。

改原稿的內容，因此也拒絕了張東蓀的修改建議：「他又要我改你的 translator's preface，第一：不要馮友蘭的名字，他認為你說胡、馮二人較張 fortunate 為罵人的話，要我改 fortunate 一字。我覺得他改譯稿尚情有可原，改人家原作他沒有權利」。〔註 45〕當編輯要修改翻譯文稿時，如果沒有字面意義上的錯漏，只是行文上不合編輯之意，當屬可修改與不修改的範疇。吳興華和宋淇是好友，自然就選擇了不修改；這一點確實屬於翻譯風格的問題，編輯也不必強人所難，吳興華的做法是合理的。至於第二點需要修改的地方，則因人而異，編輯要使自己出版的作品免遭各方攻擊，不得不追求四平八穩，一切可能引起爭執的地方都是需要修改和刪除之處；可對於大學者而言，他們的一切語言和意義都是不可修改的，故而吳興華和張東蓀處理宋淇譯者前言內容的態度都是合乎情理的，吳興華尊重譯者語言風格的做法是值得肯定的，也是每位編輯需要盡可能包容和理解譯者的地方。

吳興華本質上是一個傲氣和自負的人，擁有極高的英文和文學天賦，導致他總是漠視同時代人的翻譯。1943 年 10 月 22 日，吳興華在給宋淇的信中寫道：「前幾天我又翻了一遍錢鍾書先生的雜感集，裏面哪管多細小的題目都是援引浩博，論斷警闢，使我不勝欽佩。可惜我此時局促在北方，不能踵門求教，請你若見到他時，代我轉致傾慕之意。近來我總沒心念英文，也找不到一個有點腦筋的談談英美文學，此地大部分號稱主修英文的人，等畢業了，關於整個世界文學的知識，還趕不上我們大一的時代。」〔註 46〕吳興華認為當時北京城中念英文專業的人不通英美文學，是沒有腦筋的人，哪怕畢業論也趕不上他念大一時的水平。許多年後，宋淇的兒子在評價吳興華的這段話時說道：「單看這一小段文字，已可見吳興華的傲氣，對自己的學識十分自負，同時也看到中年錢鍾書在那個文化小圈子中的地位。」〔註 47〕當然，吳興華這種自負的個性也會給他的創作和翻譯帶來侷限，卞之琳後來曾這樣評論過吳興華的個性與文學之路的關係：「中外書本研究的深廣而公私生活圈子的狹隘，也可能給興華過去帶來了新發展的主觀限制，而客觀上由不得自己而盛年謝世，也就剝脫

〔註 45〕吳興華：《吳興華全集》（第 3 卷），桂林：廣西師範大學出版社，2017 年，第 5 頁。

〔註 46〕吳興華：《吳興華全集》（第 3 卷），桂林：廣西師範大學出版社，2017 年，第 122 頁。

〔註 47〕宋以朗：《宋淇與吳興華》，《吳興華全集》（第 3 卷），桂林：廣西師範大學出版社，2017 年，第 254 頁。

了他重振詩作業、打開新局面的機會，實在可惜。」〔註 48〕或許這就是所謂的「智者千慮，必有一失」吧。

（四）殖民與政治語境下的翻譯活動

勒菲弗爾（André Lefevere）和巴斯奈特（Susan Bassnett）等翻譯文化學派的代表性學者主張從外在的文化維度去研究翻譯的傳播和接受，注重研究影響翻譯的各種外在因素，包括譯者、出版社、讀者、意識形態、出版制度和市場需求等，亦即所謂的「贊助人系統」。〔註 49〕倘若從這個角度來審視吳興華的翻譯，我們會發現潛在的讀者訴求、意識形態等構成的時代語境「規訓」和制約了他的翻譯，導致他對自己的翻譯作品做出生硬的闡釋。

吳興華借助翻譯在殖民地語境中表達個人情感。吳興華是燕山大學英文專業的高材生，畢業後憑藉卓越的英文水平留校任教，從事翻譯工作本是理所當然的事情，但他全身心地投入翻譯則是在北京淪陷之後。滯留燕園的吳興華為什麼會在日軍攻陷北京之後才專注於翻譯呢？在輿論控制嚴格的環境下，中國作家的創作必然受制於各種現實因素的干擾，受到出版的嚴格審查和殖民統治的監管。而恰恰是翻譯可以讓作家遠離是非場域，譯者雖然有借翻譯之名表達個人情感和社會理想之意，但卻能在原作者的「庇護」下順利表達自己的訴求，實際上是採用迂迴的方式來抒發個人之志。吳興華的翻譯同樣如此，比如在殖民語境下的中國作家不能書寫反殖民精神，不能表達民族之志，不能張揚反抗和鬥爭精神等，但他翻譯的很多詩作卻能充分表達這些內容。北京淪陷之後，吳興華工作的燕京大學內遷，但他苦於一大家人的拖累而選擇了留下，但他拒絕為日偽政府做事，而是在中法文化協會與中德學會擔任翻譯，通過翻譯來謀取生存所需。殖民地文化語境使自由的文學活動受到了衝激，淪陷區文學也形成了自身的特點：「以北京為中心的華北淪陷期文學的顯著特點是，除延續著五四新文學傳統外，在日本殖民文化強勢介入的情況下，日本大東亞主義要封殺的歐美文明，仍有存在的空間，並且實質性地納入淪陷區文

〔註 48〕卞之琳：《吳興華的詩與譯詩》，《中國現代文學研究叢刊》，1986 年第 2 期。

〔註 49〕翻譯文化學派領軍人物安德烈·勒菲弗爾對贊助人作過這樣的界定：「贊助人可以是個人，比如麥迪琪、麥西那斯或路易斯十六；也可以是群體，比如宗教組織、政治黨派、社會階層、皇家朝臣、出版機構或媒體（報紙、雜誌和影視公司），等等。」（Lefevere, André. *Translation, Rewriting and the Manipulation of Literature Fame*. New York: Routledge. 1992, p15.）

學。」〔註 50〕吳興華的創作和翻譯活動恰好說明了淪陷區文學對民族文學傳統的延續和英美文學的借鑒這一特點。在這一時期，吳興華的內心無疑是焦躁不安的，民族的出路、家庭的破敗及個人前途的渺茫，導致「他選擇譯介了里爾克中期的作品，如《畫冊集》、《新詩甲集》、《新詩乙集》等，其中許多詩歌是反映探索人生意義者迷惑、彷徨與苦悶的心情和貧窮與不幸者的心理。」〔註 51〕他還翻譯了後期浪漫主義詩人拜倫、雪萊和濟慈的詩作，穆爾的《祖國的豎琴》等，充分體現處譯者內心對殖民者的反抗和愛國熱情。總之，吳興華選擇翻譯的作品之內容和情感與他當時身處殖民語境中的內心感受是一致的，他在創作中也逐漸對傳統詩歌文化和外國詩歌加以內化，似也可看出他的民族精神和淪陷區作家心態。

除借助翻譯來表達在殖民地語境下不能書寫的情感之外，吳興華等很多留守北京的愛國詩人和青年學者只能在純粹的藝術研討中消磨時間，等待民族自由的春天早日來臨。僅就詩歌創作而言，吳興華的作品顯示出非常濃厚的知性化色彩，由此給讀者造成了閱讀的難度：首先，讀者必須理解他詩歌中使用的中西典故，這需要對中國古典文化和西方文化有較為精深的理解，否則也容易滑向「隔靴搔癢」的表層閱讀；其次，讀者必須理解他詩歌中的理智之美，這是自古希臘以來西方美學不斷追求和意欲達到的藝術境界，一般讀者對之也難以完全領會。〔註 52〕在創作中消弭內心的苦悶是淪陷區作家生存的方式之一，但吳興華還通過翻譯純粹的美學或哲學著作來實現自身的學術和精神追求，也許只有這樣才能讓自我超越戰爭年代的侷限，獲得更長久的藝術生命。「日軍即使能令北平陷落，卻攻不入一個青年藝術家的夢，轟轟烈烈的炮彈雖曾震撼千萬里的黃土大地，然而六十年後能震動人心的」，〔註 53〕卻不如這些寫滿了吳興華藝術夢想的創作和翻譯作品。在北平淪陷期間，吳興華翻譯了尼采、休謨、萊辛、卡斯忒爾維特洛等人的美學作品，顯示出他退守書齋並專心學問的決心。有學者在分析吳興華為什麼會在中國淪陷區文壇籍籍無名

〔註 50〕張泉：《北京淪陷期詩壇上的吳興華及其接受史——兼談殖民地文學研究中的背景問題》，《抗戰文化研究》，2011 年第 5 輯。

〔註 51〕覃志峰、傅廣生：《吳興華詩譯思想研究》，《武漢科技大學學報》，2007 年第 5 期。

〔註 52〕馮睎乾：《吳興華：A Space Odyssey》，《吳興華全集》（第 1 卷），桂林：廣西師範大學出版社，2017 年，第 425～461 頁。

〔註 53〕馮睎乾：《吳興華：A Space Odyssey》，《吳興華全集》（第 1 卷），桂林：廣西師範大學出版社，2017 年，第 424～425 頁。

的原因時認為，吳興華「基本上沒有參加與日偽當局有瓜葛的文藝社團和文學活動。雖然他不迴避在校園以外的報刊上發表作品，但游離於主流文學場域，沒有進入評獎、座談、會議等儀式性的文學生產體制。」〔註 54〕這表明吳興華與殖民統治當局之間保持著距離，他並沒有進入殖民文學體制中，而且從 1942 年到 1945 年間他不再在淪陷區發表詩作。這些行為證明吳興華無疑是一個有民族氣節的作家，他在淪陷區艱苦的生活環境中沒有向侵略者低頭，轉而通過翻譯來維持生計，同時抒發內心的積鬱之情。但即便如此，我們也不能否認吳興華通過對純藝術的追求來反抗殖民統治的目標，「實際上，在『人間鬼域』的北平，退守書齋，從現實『抽身而退』，遠非後人想像的那般輕而易舉」，這種行為「所蘊藏的淪陷區知識分子『亡國奴』的焦慮和悲哀，……是特定時空下一個民族心靈世界立體而多元的呈現」〔註 55〕。

新中國成立後的文藝評論具有鮮明的時代氣息，即堅持馬克思主義的價值觀念和評判標準，將唯心主義美學思想視為「異端」。而正是意識形態的高度統一與藝術追求的多樣性之間形成了難以調和的矛盾，導致吳興華對自己翻譯的文論作品做出生硬的闡釋，從而將純藝術作品納入到馬克思主義文論的序列中。比如他翻譯休謨《論趣味的標準》一文後，寫了一則較長的譯者後記，其中辯解了自己為什麼會翻譯一位唯心主義者的美學論文：「他的哲學體系是主觀唯心主義和懷疑主義的，……但他也看到徹頭徹尾的相對論……休謨知道尊重經驗，他看到人類的美學感受經驗有極大的普遍性，甚至『比哲學或科學問題更容易得到定論』，所以他又主張有一個絕對客觀的審美標準。」〔註 56〕一方面，吳興華認為休謨是主觀唯心主義者和懷疑主義者，這在社會主義語境下是會遭到批判的美學思想；但另一方面，他又認為休謨是相對論者，是具有客觀審美標準的美學家，這又是與社會主義美學價值觀念相一致的，從而為自己翻譯休謨的文章找到了合法性。社會主義話語環境對吳興華翻譯的影響集中體現在他對達·芬奇的描述上。吳興華翻譯瓦薩里的《達·芬奇軼事》時，在譯文前附加了很長的引入語，採用恩格斯的話來評價這位意大利畫家：

〔註 54〕張泉：《北京淪陷期詩壇上的吳興華及其接受史——兼談殖民地文學研究中的背景問題》，《抗戰文化研究》，2011 年第 5 輯。

〔註 55〕李陽：《夢的世界與醒的世界——吳興華 1940 年代前期戰時書寫的心理症候探微》，《現代中文學刊》，2020 年第 2 期。

〔註 56〕吳興華：《〈論趣味的標準〉後記》，《吳興華全集》（第 4 卷），桂林：廣西師範大學出版社，2017 年，第 100～101 頁。

達・芬奇「不僅是大畫家，並且是大數學家、力學家和工程師，他在物理學各種不同的部門中都有重要的發現」。〔註 57〕這還算是比較客觀的評價，而吳興華自己則從時代對個人成長之塑造的角度來批判薩瓦里的文章，認為其過分強調達・芬奇的繪畫天賦並對他的藝術成就進行唯心主義的闡釋，完全忽視了促使天才產生和發展的現實因素，也對促使天才如此勤奮努力的時代因素缺乏必要的認識。很明顯，吳興華在此抱著現實主義的觀點，強調時代對個人成就的積極意義，無非是要肯定社會主義新時代的進步性。吳興華除借助翻譯前言來擺明自己的政治立場之外，還進一步站在社會主義的立場上抨擊資本主義，由此突出自己翻譯的國家和階級立場。吳興華把達・芬奇的一生描述得十分悲慘，認為苦難的生活才是他創作的源泉：「達・芬奇生時雖然受到王公貴人的禮聘尊奉，但是看見祖國屢遭戎馬蹂踐，自己寄人籬下，流離失所，尤其是常常經受庸人的譏嘲嫉視，因而痛切感到醫生的崇高理想無從實現。由此而產生的鬱鬱寡歡的心情，無疑給他的藝術活動帶來很大影響。這些事實足以揭穿西方資產階級學者關於文藝復興所編造的種種『美好神話』。」〔註 58〕這段話有兩點值得我們討論：一是吳興華深受中國新文學作家成長經歷的影響，將魯迅、郭沫若等人棄醫從文的模式套用到達・芬奇身上，把他定格為棄醫從藝的典型，立意將這位意大利畫家塑造成能夠被中國讀者接受的形象；二是由畫家個人生活推及西方資本主義社會，批判資產階級學者「美化」西方文化的行為；三是他在歐洲大陸內的遷徙對一個藝術家而言也是理所當然，並沒有流離失所或寄人籬下之感，吳興華如此描述達・芬奇的目的，是要將其塑造成具有「無產階級」或「底層人」生活體驗的藝術家。吳興華根據新中國成立後的接受視域，將達・芬奇刻畫成一個現實主義者，一個具有唯物主義觀念的科學家；同時還將其定型為一個打破社會不公的革命者形象，認為他具有「獻身科學的精神和衝破分工限制的驚人魄力」〔註 59〕。達・芬奇在吳興華的描述中變得如此「新潮」且完全脫離了他生活的時代，搖身變為 400 多年之後的社會主義文藝家形象，這自然是時代語境對譯者「規訓」的結果。

吳興華將自己的翻譯作品描述成具有追求真理和勇於創新的典範之作。

〔註 57〕（德）恩格斯：《自然辯證法》，北京：人民文學出版社，1957 年，第 5 頁。

〔註 58〕吳興華：《〈達・芬奇軼事〉譯者前記》，《吳興華全集》（第 4 卷），桂林：廣西師範大學出版社，2017 年，第 104 頁。

〔註 59〕吳興華：《〈達・芬奇軼事〉譯者前記》，《吳興華全集》（第 4 卷），桂林：廣西師範大學出版社，2017 年，第 104 頁。

吳興華在翻譯《詩學》「疏證」的時候，充分肯定了卡斯忒爾維特洛的歷史貢獻：「《疏證》對《詩學》的整理、補充和發揮奠定了亞里士多德在意大利文藝批評中的領導地位，把問題從對慣例和規律的爭辯提高到綱領性的水平。其次，卡斯忒爾維特洛能夠在較大程度上擺脫當時學術界從理論到理論的教條習氣。他堅持戲劇是為了演出的，因此必須考慮演出的對象。在不止一處，他曾援引觀眾實際的反應來駁斥書呆子氣的戲劇立法者。」〔註 60〕正是由於對卡斯忒爾維特洛作品的認同，吳興華認為《〈詩學〉疏證》中的那些對亞里士多德的錯誤理解和改寫行為都是值得原諒的，畢竟卡斯忒爾維特洛是一個勇於追求真理的創新者，「他才不怕犯大不韙，不止一次毅然背離了亞里士多德。固然他對亞里士多德提出的改正有些站不住腳，有些根據不夠充分，有些甚至於是誤解原文，但是他那種追求真理的勇敢精神和其他墨守成規的理論家相比較，可以說是優劣判然的。」〔註 61〕很顯然，吳興華在此將卡斯忒爾維特洛塑造成了一個追求真理的「革命者」形象，這種形象和精神契合了時代語境對作家和學者的審美期待，也有利於翻譯作品的傳播和接受。

即便是在翻譯莎士比亞的歷史劇《亨利四世》時，吳興華依然將其定位成除舊布新的時代之作，蘊含著濃厚的革命色彩。吳興華在翻譯《亨利四世》的譯者序言中，將這部作品認定為是革新之作，是反映偉大時代變遷更迭的具有革命色彩的戲劇。吳興華這樣描述《亨利四世》的誕生背景：「舊的秩序正在崩潰，代之而起的新力量也開始露出了猙獰的一面。伊麗莎白和她所代表的都鐸專制王權威信日益降落，王位繼承問題也還沒有解決。《亨利四世》上下篇正是在這樣的環境下寫成的。它雖然以歷史事件做題材，卻絕不是對當前現實的逃避，它是戰鬥和風暴中的產物，是它的時代的深刻反映。」〔註 62〕吳興華在譯者序言中一再強調他所譯之戲劇的現實主義色彩，突出城市裏「乞丐」「囚徒」和「流浪人」的艱苦生活，突出「農民和工徒的暴動」等具有無產階級革命性質的歷史事件，強調歷史題材所處的變化性語境，這與新中國成立後提倡的文藝作品的方向密切相關，唯有這樣的作品才是現實社會所需要的，凸顯出

〔註 60〕吳興華：《亞里士多德〈詩學〉疏證．後記》，《吳興華全集》（第 4 卷），桂林：廣西師範大學出版社，2017 年，第 239 頁。

〔註 61〕吳興華：《亞里士多德〈詩學〉疏證．後記》，《吳興華全集》（第 4 卷），桂林：廣西師範大學出版社，2017 年，第 240 頁。

〔註 62〕吳興華：《〈亨利四世〉序》，《吳興華全集》（第 5 卷），桂林：廣西師範大學出版社，2017 年，第 3 頁。

社會主義語境對翻譯文學選材及作品解讀的制約。但也正是這樣的制約，給譯者和讀者理解外國文學作品提供了現實主義的視角，人們也易於發現新的問題和觀點。吳興華還引用斯大林的話來評價《亨利四世》所處時代的革命性：「在十六世紀的下半期，那正是封建制度在英國開始瓦解，將要為資本主義所代替的時代，同時也正是（如斯大林指出的）獨立的英吉利民族國家形成的時代。資產階級領導的反封建鬥爭現在已經逐漸推移到社會政治舞臺的前方。在許多文學作品裏我們可以找到對這場鬥爭不同角度的反映，史劇對群眾的吸引力是以沸騰的愛國熱情為基礎的，這種愛國熱情本身也是一個典型的時代產物。」〔註 63〕斯大林的觀點是馬克思主義世界化的結果，吳興華引用他的話來強調《亨利四世》的時代是新的階級崛起的時代，是群眾愛國熱情集聚的時代，還是試圖把莎士比亞的戲劇與自己所處的時代拉扯上關係，從而為自己的翻譯作品開闢存在的空間。

在新生政權的領導下，吳興華注重發掘譯作中人民的力量。吳興華將《亨利四世》中君王處理叛亂的歷史刻意理解成「王權和人民的關係問題」〔註 64〕，「人民」相對於「群眾」而言具有更加濃厚的政治意味，吳興華對莎劇的解讀算是充分重視了「人民」的立場和歷史作用，也比較符合新中國成立後文藝為廣大人民服務的發展方向。為了將《亨利四世》闡釋為符合社會主義文藝觀的戲劇作品，吳興華還引用了馬克思和恩格斯給劇作家拉薩爾的信中所指出的其創作的不足，那就是「只集中描寫貴族而忽略了農民和市民的活動所構成的五光十色的背景。」〔註 65〕而吳興華據此認為，《亨利四世》無疑充分展現了馬克思和恩格斯所謂的「五光十色的背景」，讓「日益抬頭的中下層人民的形象在莎士比亞對歷史的處理裏取得了越來越大的分量；直到最後，在《亨利四世》和《亨利五世》裏，他們走出到前方，成為影響戲劇主題的一個重要部分。」〔註 66〕在肯定莎士比亞戲劇創作對農民和市民重視的基礎上，吳興華進一步挖掘了《亨利四世》對人民力量和革命意志的表現：這部歷史劇「表面上呈現

〔註 63〕吳興華：《〈亨利四世〉序》，《吳興華全集》（第 5 卷），桂林：廣西師範大學出版社，2017 年，第 4 頁。

〔註 64〕吳興華：《〈亨利四世〉序》，《吳興華全集》（第 5 卷），桂林：廣西師範大學出版社，2017 年，第 5 頁。

〔註 65〕吳興華：《〈亨利四世〉序》，《吳興華全集》（第 5 卷），桂林：廣西師範大學出版社，2017 年，第 21 頁。

〔註 66〕吳興華：《〈亨利四世〉序》，《吳興華全集》（第 5 卷），桂林：廣西師範大學出版社，2017 年，第 21 頁。

了王權對大貴族的勝利，描寫了一個英明君主的成長，但在更深入的一層，它還揭露了人民和一切形式的剝削統治階級中間存在的矛盾。誠實地面對這種矛盾，認識到人民不屈不撓的意志會使這種矛盾繼續深化下去，這是莎士比亞偉大的地方。」〔註 67〕吳興華對莎士比亞戲劇的生硬闡釋，對人民力量的重視，也許是他在特殊時代語境下不得已而為之的行動，但也許是他經過長期生活實踐之後主動選擇的結果。

吳興華的文學翻譯跨越了兩個不同的歷史時期和文化語境，即淪陷期和新生的社會主義中國，他的翻譯在主觀上正好印證了各時代的文學訴求。吳興華等人只有採用生硬闡釋的方式，才能使他翻譯的所謂的資產階級作家或藝術家被讀者大眾所接受，他對外國作家作品的形象塑造甚或「歪曲」理解也僅僅是作為手段的「糖衣」，最終目的是要給中國文藝界翻譯引入西方藝術精髓的「炮彈」。從這個角度來講，吳興華對待翻譯可謂是別有用心，證明他對文學藝術一直抱著不變的初心。

〔註67〕吳興華：《〈亨利四世〉序》，《吳興華全集》(第 5 卷)，桂林：廣西師範大學出版社，2017 年，第 21 頁。

後　記

本書所選內容，大都是基礎性的資料整理和觀念辨析，也是近二十年來我建立學術理想的根基和出發點。整理成冊之目的，不是奢望呈現創新性的學術觀點，僅求為有相關志趣者鋪路築基，讀者如能由此獲益並深化現代詩人或翻譯研究，便應了本書的初衷。

現代詩人在窘迫的語境下，似「盜火者」普羅米修斯為中國新文壇輸入了異域的謠曲，人們由此接收到豐富的文學及思想樣態，或淨化心靈，或對外國文學產生濃厚興趣，或得到啟示並開創新的創作格局。這些詩人對外國文學懷著「朝聖」般的敬重之心，艱難地跋涉在翻譯的道路上，為中外文學和文化締結了一段又一段奇妙的姻緣。有感於此，本書標題為「朝聖路上的文學姻緣」。

感謝李怡老師的邀請，感謝花木蘭文化事業有限公司的編輯，使我有幸出版此書。我和李老師淵源頗深，讀碩和讀博期間，他都給我們開設過專業平臺課，知識廣博、思想深邃和思維靈活是其留給學生們的「刻板」印象。更巧合的是，李老師參加了我的碩博論文答辯及博士後出站報告評審，對我每個階段的學習研究提出了可貴的意見和建議。李老師樂於幫助和提攜年輕人，我曾求助他處理個人私事，他欣然允諾，最後得償所願。

經年漂泊，身心狼狽，輾轉反覆，終於安居成都。與生活了近二十五載的重慶相比，這裡是溫潤涼爽的；與生活了近兩載的上海相比，這裡是慢悠閒適的。溫潤和閒適之地，心情舒展，生活平靜，願從此安好！

2023 年 4 月 3 日於望江川大